第三册

初唐先声

盛唐洪音

诗词伴着语文飞

申怡 著

人民东方出版传媒
People's Oriental Publishing & Media
東方出版社
The Oriental Press

《蓬莱飞雪图》 唐 杨升

壹
初唐先声
·启华章·

《演乐图轴》局部 唐 周昉

《宫殿图页》 唐 李昭道

壹·初唐先声

·启华章

不会写诗的将军不是好皇帝

《帝京篇十首》

唐太宗李世民是中国历史上最有名的皇帝之一，一手缔造了“贞观之治”的他，是当之无愧的一代明君。同时，他又爱好文学和书法，在诗、赋，甚至文学理论上都有一定的成就，产生了不小的影响。还没当皇帝的时候，他就注重文学发展，曾经开设过文学馆，还和“秦府十八学士”结交，这都成了文学史上的佳话。成为皇帝之后，李世民仍然很注重文治，他曾说：“朕虽以武功定天下，终当以文德绥海内。”李世民并不是嘴上说说而已，在处理朝政的间歇，他写了不少诗。《全唐诗》收录了李世民近百首诗，其中《帝京篇十首》作为一组诗，被放在了《全唐诗》第一卷卷首，作为开篇。

那李世民这组《帝京篇十首》到底写得怎么样呢？我们来欣赏一下前三首。

帝京篇十首（其一）

李世民

qín chuān xióng dì zhái　hán gǔ zhuàng huáng jū
秦川雄帝宅，函谷壮皇居。
qǐ diàn qiān xún qǐ　lí gōng bǎi zhì yú
绮殿①千寻②起，离宫③百雉④余。
lián méng yáo jiē hàn　fēi guàn jiǒng líng xū
连甍⑤遥接汉，飞观迥凌虚。
yún rì yǐn céng què　fēng yān chū qǐ shū
云日隐层阙，风烟出绮疏⑥。

注释

① 绮殿：华丽的宫殿。

② 寻：古代长度单位，八尺或七尺为一寻。

③ 离宫：帝王正式宫殿以外供游乐休息的宫殿。

④ 雉：古代城墙面积计算单位，长三丈高一丈为一雉。

⑤ 甍：屋脊，代指房屋。

⑥ 绮疏：雕刻成空心花纹的窗户。

写这十首诗的时候，李世民刚做皇帝不久。第一首应是他在高处望着远处的宫殿有感而发，描写了宫殿的雄伟地势和壮丽景象。

前两句，描写了“帝京”也就是唐都长安的地理位置，让人感觉京城很稳固，既有秦川（关中平原）作依托，又有函谷关当屏障。“千寻起”是夸张，写宫殿之高；“百雉余”也是夸张，写面积之大。“遥接汉”和“迥凌虚”是说宫殿都要接到天上去了，仍旧在说宫殿高大。最后，他换了一个角度，用“云日隐层阙，风烟出绮疏”描绘宫殿高耸入云、风烟从窗户飘出的壮观景色。其中，“隐层阙”的“云日”不仅实指云彩和太阳，也代指臣和君。“出绮疏”的“风烟”也指朝廷治理国家的一些决策。这些都是诗人想象出来的，诗人通过它们含蓄地表达了自己的感情。由此可见，本诗作为这组诗的开篇，含有深意。

后面几首诗顺理成章地写起了皇帝的日常生活。

帝京篇十首（其二）

李世民

yán láng bà jī wù，chóng wén liáo zhù niǎn
岩廊罢机务，崇文聊驻辇①。
yù xiá qǐ lóng tú，jīn shéng pī fèng zhuàn
玉匣启龙图②，金绳披凤篆。
wéi biān duàn réng xù，piǎo zhì shū hái juǎn
韦③编断仍续，缥帙④舒还卷。
duì cǐ nǎi yān liú，qī àn guān fén diǎn
对此乃淹留，欹案⑤观坟典。

注释

① 驻辇：帝王出行，途中停车。

② 龙图：古代有多种解释，此处应是指《易经》。

③ 韦：皮绳。

④ 缥帙：淡青色帛做成的书衣，代指书卷。

⑤ 欹案：读书时用来托书的架，也可指斜靠着床椅披览的动作。

组诗的第二首，讲的是李世民下朝之后还要勤奋读书的事。在朝堂上忙了大半天，下朝后，李世民命御辇停在崇文馆，他要去读书。他拿出玉石匣子中的龙图，摊开一册用金绳穿着的书简，聚精会神地读了起来。“龙图”指《易经》，“凤篆”是道家的经书，加上后文提到的“坟典”，都是在说明李世民博览群书。“坟典”指的是传说中上古时代三皇五帝的书，这里泛指古籍。其实，读什么书不重要，诗人的重点是表明自己效法上古圣人，想做一个好皇帝。“韦编断仍续，缥帙舒还卷”中的“韦编”指的是“韦编三绝”的典故。《史记》里说，孔子读《易经》读得太频繁了，以至于编联竹简的皮绳多次脱断。李世民想要天下人看到他的治学态度：我不是随便翻翻书做做样子的，跟孔子一样，我是在认真学习。但皇帝也是正常人，除了工作和学习，也需要娱乐活动。不过，皇帝就算参加娱乐活动，也不能像普通人那样放纵。事实上，别说皇帝，就是普通老百姓，沉迷游戏还耽误事呢，皇帝沉迷娱乐，耽误的可是国家大事啊！所以，第三首诗，他虽然写到了游戏，但写的不仅仅是娱乐，让我们来看看他是怎么玩儿的吧。

帝京篇十首（其三）

李世民

yí bù chū cí lín，tíng yú xīn wǔ yàn。
移步出词林①，停舆②欣武宴。
diāo gōng xiě míng yuè，jùn mǎ yí liú diàn。
雕弓写明月，骏马疑流电。
jīng yàn luò xū xián，tí yuán bēi jí jiàn。
惊雁落虚弦，啼猿悲急箭。
yuè shǎng chéng duō měi，yú zī nǎi wàng juàn。
阅赏诚多美，于兹乃忘倦。

注释

① 词林：翰林院。

② 舆：轿辇。

这首诗写的是李世民在处理政务之余，去欣赏武术表演。第一句就交代了事情的起因：李世民在下班后，偶遇武术表演，不禁停下车来欣赏。中间四句，写的是骑马射箭的表演有多精彩。“马上皇帝”李世民行伍出身，十六岁左右就已经上战场了。戎马半生的他，能不对武术表演感兴趣吗？他太喜欢了，以至于看得入神，自然而然地忘掉了疲倦。李世民对国防军事很重视，从来都是亲力亲为。这里写他对武术表演很感兴趣，实际上是在传达他重视武备的思想。

《帝京篇十首》的前三首诗都是从皇帝的视角叙述的，由宏观到具体，一点一点地告诉天下人，“朕”每日都在做些什么。这几首诗的排列也很有趣，由景色起兴，先写工作，再写学习，最后写娱乐。在古代，皇帝是天下人的表率，所以，从某种角度上说，不能单纯地把李世民的《帝京篇十首》看作一组普通的诗，它有着很深的政治宣传色彩，让百姓看看，皇帝坐拥的是什么样的江山，皇帝每天都在干着什么样的事。

李世民一直有得位不正的嫌疑。这个皇帝的位置，完全是靠李世民自己打来、争来的，他十六岁左右就随父出征，展现出军事天赋，二十岁就被封为秦王，二十三岁，一战覆灭两个国家。之后，就发生了玄武门之变，李世民还不到三十岁就做了皇帝。所以，登基之后，李世民多多少少有一点儿要证明给天下人看的心理，一心一意要当个好皇帝。他写“纳善察忠谏，明科慎刑赏”，是坐在龙椅上的自我反省；他写“去兹郑卫声，雅音方可悦”，是说千万不能沉迷靡靡之音，要时刻警惕享乐的危害；甚至他登上高楼，也要写“愧制劳居逸，方规十产金”，来反省自己有没有大兴土木，劳民伤财……时时刻刻都想着要做好表率，写起诗来更是有一股引领天下文风的气势。

在《全唐诗》里，《帝京篇十首》有一篇很有意思的序。这篇序写了二百多字，非常长，内容是李世民对历代帝王的评价。在点评完前人之后，李世民又表达了自己的政治理想，还有他写作《帝京篇》的动机。简而言之，李世民瞧不上陈后主“后庭花”那样的文学，他要在诗坛树立一种完全不同于前朝的、雅正道德的诗风。他提出，诗歌创作要有助于劝诫和政理。李世民有句名言：“以古为镜，可以知兴替。”《帝京篇十首》这组诗，让我们进一步理解了这句话的内涵。

【写作锦囊】

《帝京篇十首》的整体风格是自然平实、形象生动、情景交融的。李世民主要成长在文风华丽的时代，因此他的诗歌创作也难免带有一些前朝诗歌的习气，以至于被后世诗学家——明代的王世贞评价为“殊无丈夫气”。而这组诗，也被王世贞认为是李世民粉饰太平、好大喜功之作。

但仔细分析李世民的文学思想后，我们会发现，他主张文学必须注重实际，对现实生活要有教化作用。李世民很不喜欢过去糜丽的文风，他强调文学的实际作用。无论是在艺术上，还是思想上，李世民的诗作都没有特别落后，当然，跟盛唐的诗作是没法比的，毕竟李世民是“兼职”的，主要工作是当皇帝。

我们赏析《帝京篇十首》时，不应该回避李世民的皇帝身份，同时，也不能因为他是皇帝就戴上有色眼镜。《帝京篇十首》的艺术水准虽然达不到唐诗最高峰的水平，但也足够说明作为皇帝的李世民文字功底相当了得。

无论是写宫城景象，还是写自己读经、看表演等日常活动，李世民都用平实的词语自然地表达出了自己的情感和思想；无论写什么活动，都写出了这些活动的本质特征和充满生机的动态，已经十分难得了。

国家级荣誉获得者的自喻

《蝉》《初晴应教》

李世民非常重视文化发展，在当皇帝之前，他就在长安城设立文学馆，广招天下文人大儒。当时，进入文学馆被称为“登瀛洲”，意思是如同登上仙境，这些人前途无量。文学馆中的十八位代表人物被称为“十八学士”，由此就有了流传后世的“十八学士登瀛洲”的典故，李世民还特意命阎立本为十八学士画像。后来，为了纪念唐王朝的功臣，李世民下旨建了凌烟阁。凌烟阁建好以后，李世民又让阎立本给二十四位功臣画像，并将画像陈列在阁中，这就是著名的“凌烟阁二十四功臣”。

这两项大唐王朝国家级的荣誉，有没有人同时获得呢？答案是有，且只有三人。你是不是有些惊讶，真有人这么厉害吗？能同时获得这两项荣誉？他们是谁呢？他们分别是杜如晦、房玄龄和虞世南。前两人有“房谋杜断”的著名典故，那虞世南是谁呢？我们通过他的两首诗，走近这位传奇人物吧。

虞世南在南朝陈、隋朝和隋末起义军领袖窦建德手下都做过官。他的文采很好，书法更是有名。李世民打败了窦建德之后，招揽人才，虞世南由此成为文学馆的“十八学士”之一。虞世南从李世民还是秦王的时候就跟随他，备受器重，想告老还乡都不被批准。一天，李世民起了雅兴，邀请弘文馆学士们共赏海池景色，谈诗论画。李世民问大家：“你们谁有新的诗歌作品啊？”虞世南随即朗诵出一首《蝉》。这首诗一出，立刻夺得头彩，李世民也很开心，重重地赏赐了虞世南。

《蝉》是一首咏物诗，也是一首谜语诗。什么是谜语诗呢？就是可以拿来猜谜用的诗。全诗没有一个“蝉”字，读者却能明白，这写的是蝉，王维的《画》、唐寅的《画鸡》也有类似的效果。下面，我们来看看这首诗。

蝉

虞世南

chuí ruí yǐn qīng lù liú xiǎng chū shū tóng
垂绥①饮清露，流响出疏桐。
jū gāo shēng zì yuǎn fēi shì jiè qiū fēng
居高声自远，非是藉②秋风。

注释

① 垂绥：指古人结在颔下的帽带下垂的部分，蝉的头部有伸出的触须，形状好像下垂的冠缨。

② 藉：借。

前两句写的是蝉的形象和所处的环境。“垂绥饮清露”的意思是，蝉垂下像冠缨一样的口器，吸饮清晨的露水。古人认为，蝉只喝露水，不食人间烟火，常常用它来代表品性高洁。这句肯定不只是单纯地写蝉的习性，还有象征意义。“垂绥”象征官员，但官员通常又不可能像蝉只喝露水那样清高，这不是矛盾吗？虞世南是想用这个矛盾来表达他的不服——谁说当官就不能清高？后面两句表面写的是蝉的品质，事实上却在回答前两句的“不服”。蝉的鸣叫声能传得远，表面上看是凭借秋风助力，但虞世南却说，不是这个原因，是因为它“居高”，自然声音就传得远。这是结合他自己来说的，他身居高位，行事端正，自然能像蝉那样守住清正的品质，不需要凭借外力，也能把这种品质传播到远方。

《蝉》是一首咏物诗，这类诗词往往不仅仅是咏物而已，更多的是在咏物中寄托自己的情感。蝉这种昆虫，本来就具有浓郁的象征性。早在汉朝，人们就发现蝉是从土里钻出来的，然后“金蝉脱壳”再获新生。所以当时的人们认为蝉有起死回生的能力，会让去世的人嘴里含一个玉蝉，希望死者也能获得这种能力。

到了唐朝，人们虽然不再希望能从蝉身上得到起死回生的能力，但又发现了蝉餐风饮露，不食人间烟火，这不正是理想中清洁高雅之士的特征吗？于是蝉又成了清高的代表。这首《蝉》每一句都在写蝉本身的习性，而实际上每一句都在暗示虞世南自己的品行高洁。句句写蝉，又句句咏人，咏物的深层意义是咏人。这首诗的关键是抓住了蝉的某些别有意味的具体特征，从中找到了物与人、诗与现实的巧妙契合。

虞世南本人也确实如同蝉一样，是一位真正的高士。他作为“十八学士”之一、“二十四功臣”之一，非常博学，而且品行高洁，很受尊重。虞世南经常和李世民谈论历代帝王的功过得失，从不阿谀奉承，总是直言表达自己的真实看法。李世民曾多次称赞虞世南有“五绝”：忠谠（dǎng）一绝，为人忠诚正直；友悌（tì）一绝，能与兄弟相友爱；辞藻一绝，诗赋文采斐然；书翰一绝，书法艺术冠绝当朝；

博闻一绝，通晓古今文献，博闻强识。李世民甚至赞叹他：“群臣皆若世南，天下何忧不理！”意思是如果大臣们都像虞世南这样，天下何愁治理不好啊！真是极大的赞颂！

这首诗是李世民问的时候，虞世南朗诵的。他是即兴发挥的，还是提前写好的，我们不清楚。这种奉皇帝的命令作的诗叫“应诏”，也就是回应皇帝的命令的意思，武则天给这种文体改了个名字，叫“应制”。“应诏”和“应制”都是奉皇帝的命令而作的诗，而“应令”则是奉皇后、太子的命令作诗。还有一种叫“应教”的，那是奉诸侯王之命而作的诗。过去的文人好累啊，既要“应诏”“应制”，还要“应令”“应教”。李世民的第四个儿子魏王李泰和虞世南关系很好，两人经常一起讨论诗文，而虞世南写过一首《初晴应教》，便有学者猜测他是“应”了李泰的“教”，我们来看看这首应教诗吧！

初晴应教

虞世南

chū rì míng yàn guǎn　xīn liū mǎn liáng chí
初日明燕馆，新溜满梁池。
guī yún bàn rù lǐng　cán dī shàng xuán zhī
归云半入岭，残滴尚悬枝。

这首应教诗写的是初晴的天气，王子与大臣们一起宴饮。新酿的酒流满了梁池，远处归云隐入山间，还有一片残云好像挂在树枝上。跟《蝉》放在一起比较，这首《初晴应教》“奉命而作”的痕迹就非常明显了。这样看，《蝉》未必是即兴发挥，更像是提前写好，当场背诵而已。

《初晴应教》是虞世南作的宫体诗，明显不如《蝉》的意境深远。这种宫体诗，虞世南的内心是反对的。据说有一次，李世民作了一首宫体诗，让虞世南“应诏”也写一首。虞世南委婉地拒绝了，他说：“皇上您写的这首诗虽然很工整，但内容不是那么文雅端正。陛下喜欢的，下面的臣子、百姓必然趋之若鹜，这首诗一旦流传出去，天下的人都追随效仿，怎么办呢？因此臣不能作。”这太刺耳了，要是隋炀帝听见肯定会发怒。李世民不愧是一代明君，听了虞世南的话，顺水推舟地说：“朕不过是在试探你罢了！”不但没生气，还赏赐了他。 虞世南去世后，李世民曾为他作诗一首，以示怀念。他感叹地说：“钟子期死，伯牙不再鼓琴。朕的这首诗，该拿给谁看呢？”之后命褚遂良把这首诗拿到虞世南的灵帐边读完再焚烧，也算是成就了一段君臣之间诗文唱和的千古佳话。

【写作锦囊】

虞世南位高权重，又深得圣宠。但是他这两首诗，《蝉》是以蝉自比，《初晴应教》是随王应和，都不露任何骄纵的痕迹，就算《蝉》

中凸显自己的高洁，也是用了比兴的手法，不明说。虞世南没把自己比喻成鲲、鹏、鹰、虎这些猛兽，而是比喻成一只非常不起眼的蝉，也能够看出他的老成谨慎，非常有自知之明，能找准自己的定位。

乾隆皇帝的“御用枪手”沈德潜在《唐诗别裁》里说：“咏蝉者每咏其声，此独尊其品格。”一句话点明了虞世南咏蝉不同以往之处——看中了蝉的品格。唐代有三首写蝉的名作，虞世南的《蝉》与骆宾王的《在狱咏蝉》、李商隐的《蝉》并称为唐代文坛咏蝉诗的“三绝”。

虞世南“居高声自远，非是藉秋风”，是清高显贵的人笔下的蝉；骆宾王“露重飞难进，风多响易沉”，是患难困顿的人笔下的蝉；李商隐“本以高难饱，徒劳恨费声”，是落魄时候发牢骚的话。这三首诗都是唐代托“蝉”言志的名作，由于作者地位、遭遇、气质的不同，所以同样的写作对象，却呈现出了完全不同的面貌，构成了不同的艺术形象。所以，我们也可以在大家都认为某一物代表某种品质时，抓住它突出的、别样的特点，寄托别样的情感，发出别样的感慨。这样，你的作品也可以别具一格。

归隐的孤独落寞

《野望》

《野望》是隋末唐初诗人王绩的作品。先来简单介绍一下王绩，他字无功，号东皋子，他的哥哥王通是隋末大儒，曾经培养了魏征、杜如晦、房玄龄等大批杰出人才。王绩本身也颇具才学，不仅会弹琴，还能写一手好文章，但他性格狂放，爱喝酒，不爱做官，先是主动请求外放，之后干脆辞掉了官职，在东皋（今属山西万荣）的河边搭建起一座茅屋，每天下地种田，寄情于山水。

从经历和性格来看，王绩与陶渊明很像，二者诗风也相似。这首《野望》是王绩的代表作，描写的是秋天山野的风景，语言清新质朴，在闲适的情调中，还带着一丝苦闷和彷徨，抒发了诗人惆怅、孤寂的情怀。

野望

王绩

dōng gāo bó mù wàng xǐ yǐ yù hé yī
东皋①薄暮②望，徙倚③欲何依。
shù shù jiē qiū sè shānshān wéi luò huī
树树皆秋色，山山唯落晖。
mù rén qū dú fǎn liè mǎ dài qín guī
牧人驱犊④返，猎马带禽⑤归。
xiāng gù wú xiāng shí cháng gē huái cǎi wēi
相顾无相识，长歌怀采薇⑥。

注释

① 东皋：地名，今属山西万荣。作者弃官后隐居于此。皋，水边地。

② 薄暮：傍晚。薄，接近。

③ 徙倚：徘徊。

④ 犊：小牛，这里指牛群。

⑤ 禽：泛指猎获的鸟兽。

⑥ 采薇：采食野菜。据《史记·伯夷列传》，商末孤竹君之子伯夷、叔齐在商亡之后，“不食周粟，隐于首阳山，采薇而食之”。后遂以“采薇”比喻隐居不仕。

首联“东皋薄暮望，徙倚欲何依”描绘的景象是，傍晚时分，夕阳西下，诗人站在东皋的高地上向远处眺望，来回走动。“欲何依”三个字化用了曹操《短歌行》里的“月明星稀，乌鹊南飞。绕树三匝，何枝可依”，诗人以无枝可栖的乌鹊自比，表明了自己的心境。大家可以想象一下这首《野望》里的画面，虽然诗人没说“我心情不好”，但从他的神态和动作，我们能感受到他的惆怅。这也为整首诗的情感表达奠定了基调。

接下来的四句，诗人开始描写在薄暮中看到的景物。“树树皆秋色，山山唯落晖”，诗人将目光望向远处，树上全都涂上了秋日的金色，山峰全都洒满落日的金色余晖。“秋天”是什么颜色？“落晖”是什么颜色？金黄色。这两句描写的是静态的画面，金黄色的树叶和夕阳的光辉相互映衬，为我们勾勒出了一幅温暖而又宁静的画面。

紧接着，“牧人驱犊返，猎马带禽归”，诗人把目光投向了近处，他看到牧民们正驱赶着牛羊回圈，猎人们骑着马，带着猎物满载而归。这两句描绘的是动态的画面，“驱”“返”“带”“归”几个动词用得十分巧妙，一下就把村民们忙碌的身影勾画了出来，而且特别富有乡土气息。颔联和颈联，一个是静态一个是动态，一个是远景一个是近景，搭配和谐，让整首诗有一种田园牧歌的味道。不管是谁置身在这样的环境中，他的心都会不由自主地被这静谧、祥和的氛围融化，甚至会沉浸在这安适、悠闲的乡野之中。前面咱们说过，这首诗的基调是惆怅、孤寂的。可是，生活在这样一个宁静和谐、悠闲自在的环境中，诗人为什么会感到孤寂呢？

在接下来的尾联中，诗人告诉了我们答案——“相顾无相识，长歌怀采薇”。意思是，尽管这里景色优美、环境舒适，但诗人环顾四周，却看不到一个熟悉的身影。诗人之所以寂寞、孤独，是因为在这里没有朋友。王绩与陶渊明不一样，陶渊明可以放下身段，和村民们打成一片，成为一个地地道道的庄稼汉。但王绩是个性格狂放的读书人，尽管因为看不惯朝堂上某些官员的行为而选择了辞官归隐，但他并没有真正融入乡野生活。从陶渊明的《归园田居》中可以看出，他是满心欢喜、带着重获新生的心情回到乡村的，而王绩不同，他完全是因为讨厌官场才选择了躬耕隐居，情非所愿。因此，他既不能忍受官场的黑暗，也不能适应隐居田园的生活，无论在哪里，都是一个“局外人”，这样一来，他的孤独也就无法避免了。诗人在现实中找不到知音，只好回到书中寻找精神寄托，和他进行灵魂对话的，是伯夷、叔齐。“长歌怀采薇”讲的是伯夷、叔齐的典故，在本系列第一册讲解《采薇歌》的时候，我们讲过这个典故。诗人说要跟伯夷、叔齐做朋友，是想表达自己品行高洁、超然物外，有高士的情怀。

如果单独看这首诗，虽然写得很美，但跟众多精彩的唐诗相比，好像也不是很出彩。但站在文学史的角度，这首诗却有着很不寻常的意义。诗歌发展到南北朝时期后，诗人普遍追求艳丽的辞藻，而不是情感的表达，《文心雕龙》就曾尖锐地批评过这种现象，说：“俪采百字之偶，争价一句之奇，情必极貌以写物，辞必穷力而追新，此近世之所竞也。”为了追求文字的华美，他们甚至到了疯狂的地步。王绩最大的贡献就在于，他用自己质朴、平淡的诗作，让走偏的诗歌风气又回到了正轨。对此，后世评价，让诗的文字质朴却富有韵味，千年以来，只有陶渊明能做到，白居易虽然极力模仿，但还是太粗浅了。能够跟陶渊明一较高下的，只有王绩。应该说，这是非常高的评价了。

这首诗的首尾两联抒情，中间两联写景，情和景巧妙融合，层层深入，把秋天清冷的暮色和诗人孤独彷徨的心情完美地衔接在一起，带给读者极美的艺术享受。这首《野望》的语言虽然平淡质朴，但意味却是深长的，它就像一只报春的燕子，预报了之后的诗歌发展新时代的到来。

【写作锦囊】

这首诗的写作脉络十分清晰，堪称写景文的范本。

首句中的“薄暮望”，照应题目中的“望”字，统领全篇，交代了诗人来这里的目的是欣赏景色。诗人的观察顺序是由远及近的，“树树皆秋色，山山唯落晖”是他在往远处看，“牧人驱犊返，猎马带禽归”是他在往近处看。颔联和颈联一远一近，一静一动，为我们描绘了一幅绝美的乡野画面。

对于“徙倚欲何依”的问题，诗中也一一做了回答：秋叶落在大地上，太阳落山，牛羊回圈，牧民和猎人也都回到了自己的家中。而诗人自己呢，他也找到了心灵的归宿，跟古代的隐士伯夷、叔齐神交。全诗首尾呼应，结构清晰，值得我们品读。

海内存知己，天涯若比邻

《送杜少府之任蜀州》

说起《送杜少府之任蜀州》，大家或许都不陌生，但可能有点儿想不起具体的诗句。不过，要是说起“海内存知己，天涯若比邻”，大家肯定非常熟悉。这句千古名句便出自这首诗，早已经成了深厚友谊的代名词。这首小诗的作者是王勃，“少府”是唐朝对县尉的通称，“之”就是去，“任”就是上任，也就是有一位姓杜的少府将到四川去做官，王勃在长安相送，临别时赠送给他这首诗。接下来我们就细致地看看这首诗吧。

送杜少府之任蜀州

王勃

chéng què fǔ sān qín，fēng yān wàng wǔ jīn
城阙辅三秦[①]，风烟望五津[②]。
yǔ jūn lí bié yì，tóng shì huàn yóu rén
与君离别意，同是宦游人。
hǎi nèi cún zhī jǐ，tiān yá ruò bǐ lín
海内存知己，天涯若比邻。
wú wéi zài qí lù，ér nǚ gòng zhān jīn
无为在歧路[③]，儿女[④]共沾巾[⑤]。

注释

① 城阙辅三秦：意思是三秦辅卫着长安。城阙，指长安。三秦，指关中地区。项羽灭秦后，把秦故地分封给秦王朝的三名降将，故称“三秦”。

② 五津：指岷江上的五个渡口，即白华津、万里津、江首津、涉头津、江南津，这里代指蜀州。

③ 歧路：岔路口。

④ 儿女：恋爱中的青年男女。

⑤ 沾巾：泪沾手巾，形容落泪之多。

“城阙辅三秦，风烟望五津”，第一句是倒装句，正确的顺序是“三秦辅城阙”，三秦之地像卫队一样护卫着长安。“五津”是长安去往蜀州要经过的五个渡口。诗人先描述了两人分别以后所在的位置，长安之外是三秦，三秦之外是蜀州。杜少府要去蜀州上任，而作者还留在京城长安，彼此的距离是很遥远的。但诗人却说，站在长安的城头，好像可以望到蜀州的渡口，他用夸张的手法，一下就把彼此的距离大大缩短了。这两句一出手就豪迈壮阔，描绘出了比较宏大的空间。

诗人提出，我和你的离别已成定局，可你我的命运，却又何其相似，我们都为仕途奔波，远离家乡。在古代，客居他乡、离乡宦游是很常见的，士人大多在外漂泊。所以，很多漂泊无定的状态都会出现在诗歌中。在这种漂泊无依的境遇中，如果能有人陪伴，或者有人志同道合，便会成为生命中的一大幸事。所以，“与君离别意，同是宦游人”这句点出了两人都是宦游人，因而都知道对方的漂泊之苦、奔波之累，就更有惺惺相惜之感。可是，这么相惜的两个人，却不能在山高水远的路程中互相陪伴，作者只能出言宽慰。

他是如何宽慰的呢？名句由此而出——“海内存知己，天涯若比邻”。它为何会成为千古名句呢？因为它用简短的十个字，最大限度地削弱了空间距离带来的障碍，同时拉近了心理上的距离。同时，作者还用假设的方式，替对方着想，将心比心地表达：你不用伤心，不用失望，不用觉得孤独，因为即使远隔天涯海角，我们的感情仍旧像近邻一样。朋友之间，我替你着想，你也替我着想，彼此便是对方最坚实的后盾。而且，我是那么笃定，你是我的知己，我是你的知己。既然是知己，那么就无须担心山遥路远阻断我们的感情；既然是知己，即便远隔山海，仍旧会在心底觉得，你就在我身旁。咱们现在的社会，即便两人相隔较远，也可以通过更便捷的通信方式拉近彼此的距离。可是古代不行，所以，当时的人们表达情感大多要靠想象，靠虚实结合。王勃对友人说：你放心，前路也好，天涯海角也罢，我都能够陪伴你，即使我的人不在，我的心灵也会一直随你而去。后来，李白也沿用了这种写法，写下了“我寄愁心与明月，随君直到夜郎西”。

既然是近邻，便不必拘泥于旧俗，非要在岔道分手，这便是“无为在歧路”；也更不用儿女情长，洒泪告别，这便是“儿女共沾巾”。你看到作者的洒脱，看到作者的自我宽慰，会不会也由衷地感叹：他是多么令人佩服啊！古代的分离和现在的分离不一样，现在，人们可以用火车、飞机缩短赶路的时间，用电话、视频，缩短感情上的距离，缓解相思，即便这一次告别了，也会笃定，还有下一次的相会。但是古代呢？交通极为不便，人活在社会中，如一叶浮萍，无所依托，这时的离别，仿若生死之别，因为这次告别后，并不知道还有没有机会再相见，很可能一转身就是一生。所以，作者用这种巧妙的方式宽慰对方，宽慰的不仅仅是对方那颗飘摇不安的心，还有天下无数儿女、无数游子、无数被迫分离之人的破碎之心。以一人之情，写出天下人之情；以一人之感，言说天下人之感。

这不愧是名句，放之四海，皆有所感，写出了人类跨越时空的感受。对这首诗，后来的诗人给予了非常高的评价："此等诗气格浑成，不以景物取妍，具初唐之风骨。"而好的诗歌正是要有风骨，有强大的内在精神。

关于友情的诗歌，古往今来还有很多，送别也是诗歌中屡见不鲜的主题，例如《赠汪伦》写"桃花潭水深千尺，不及汪伦送我情"；《赋得古原草送别》写"又送王孙去，萋萋满别情"；《送孟浩然之广陵》写"故人西辞黄鹤楼，烟花三月下扬州"……这些送别的诗歌，都无一例外在描绘送别场景，抒发送别之情，鲜少涉及如何在更高层面上对失意之人进行宽慰，而本诗做到了。这首诗从情与理的层面宽慰了失意的双方，也给予我们心灵的慰藉，所以被誉为千古奇诗。这让我想起了黄庭坚的《寄黄几复》，其中也有两句名句："桃李春风一杯酒，江湖夜雨十年灯。"讲的便是诗人只能去设想对方的处境，进而表达失意的感受，却不能给予对方一些宽慰。所以，这首诗的特别之处，就在于能够用看似感性实则理性的方式来宽慰对方，升华两个人之间的友情。

【写作锦囊】

王勃是"初唐四杰"之一，他的诗歌对唐诗的发展产生过重要的影响，诗歌中运用的写作手法也令人称道。

首先，他的诗，用字准确而又精妙。比如，"风烟望五津"的"望"

字。杜少府要去的地方是蜀州，与长安远隔千里，但诗人却没有描写距离的遥远，而是说“城阙辅三秦，风烟望五津”，一个“望”字，瞬间拉近了两人心理上的距离，不仅拓展了诗歌的意境，也创造出一种雄阔刚劲的气韵，为全诗奠定下豪放的基调。

其次，他的诗，用典用得好。这首诗中的千古名句“海内存知己，天涯若比邻”，化用了曹植的“丈夫志四海，万里犹比邻”。曹植是用这句诗劝说曹彪去远方建功立业，被王勃化用之后，这两句诗不仅包含了鼓励朋友去闯荡的意思，也蕴含着对朋友的依依惜别之情。

这首诗没有一般送别诗的悲切，反而语言清丽、格调明快，展现了诗人旷达的胸襟和高远的志向。

放下手中书，奔赴战场

《从军行》

唐朝政治清明，无论是经济还是文化都发展得很好，是中国历史上最辉煌的朝代之一，但即便如此，边境上也时有战争发生。因此，到疆场上杀敌报国、建功立业的风气，在当时的读书人中间非常流行。杨炯的《从军行》便是以唐朝初期的一场战事为背景，描绘了一个读书人弃文投武，到边塞参军入伍、征战沙场的过程。尤其是尾联“宁为百夫长，胜作一书生”，不禁让我们联想到历史上那些奋不顾身投笔从戎的士子。古往今来，这一联诗不知道引得多少年轻士子热血沸腾，奔赴战场！

杨炯的《从军行》是初唐非常有名的边塞主题诗歌。“从军行”属于乐府的旧标题，多以军旅战争为题材，杨炯“旧瓶装新酒”，写成了一首非常成熟的五言律诗。

从军行

杨炯

fēng huǒ zhào xī jīng　xīn zhōng zì bù píng
烽火照西京①，心中自不平。

yá zhāng　cí fèng què　tiě qí rào lóng chéng
牙璋②辞凤阙③，铁骑绕龙城④。

xuě àn diāo qí huà　fēng duō zá gǔ shēng
雪暗凋旗画⑤，风多杂鼓声。

nìng wéi bǎi fū zhǎng　shèng zuò yì shū shēng
宁为百夫长⑥，胜作一书生。

注释

① 烽火照西京：意思是边塞的报警烽火传到了首都长安。烽火，古代边防告急的烟火。

② 牙璋：古代发兵时所用的兵符，分为两块，相合处呈牙状，朝廷和主帅各执一半。此指代奉命出征的将帅。

③ 凤阙：宫阙名，在汉代建章宫外，上有金凤，这里泛指皇宫。

④ 龙城：匈奴祭祀天地、祖先、鬼神的地方，为匈奴的政治中心地。

⑤ 雪暗凋旗画：意思是大雪弥漫，天色昏暗，使军旗上的图案颜色变得模糊暗淡了。

⑥ 百夫长：一百个士兵的头目，泛指下级军官。

诗人一上来就说“烽火照西京，心中自不平”，为整首诗的风格定下了基调。边关要塞点起了烽火，层层传递，很快传到了京城。边塞的烽火能“照”到西京吗？显然不能。诗人用这个“照”字，一是写出了军情的紧急，二是展现了情报传递的迅速，用得很巧妙。敌军入侵的消息刚刚传到京城，立刻激起了士子们的报国之情，久久难以平息。一个“自”字，可以看出这种不平不是外人强加的，而是发自内心的，是自动自觉地为国担忧，人物境界立刻就拔高了。紧接着，“牙璋辞凤阙，铁骑绕龙城”，这两句讲的是边疆的战争信息传来，主帅率领军队辞别京城，奔赴前线，以排山倒海之势包围敌方要塞。牙璋是古代的兵符，这首诗里用牙璋代指出征的将帅，这种写法叫借代。这一句和下一句都是在写接到前线战争信息之后，唐王朝军队做出了怎样的行动。

“雪暗凋旗画，风多杂鼓声”描写了将士顶风冒雪、奋勇作战的场景。大雪漫天，军旗上沾满了雪花，旗帜上的颜色暗淡，和漫天的雪色融为一体。“凋”的原意是草木凋零败落，而这里，凋零的不是草木，而是军旗，“凋旗画”写出了军旗因大雪遮蔽而不再鲜明的样子。一个字描绘出了风雪之大，遮蔽了万物。狂风怒吼，和壮威的鼓声乐声交杂在一起，凸显了这场战争的雄壮与艰难。“凋旗画”是看到的，“杂鼓声”是听到的，一句写颜色、一句写声音，战争场景直达感官。我们仿佛身临其境，不仅能三百六十度无死角地看到唐军战士的英勇无畏，也能更深切地感受到战争的残酷无情。

“宁为百夫长，胜作一书生”是广为传诵的句子，表达了杨炯有心投笔从戎、卫国立功的愿望。他宁愿做一个统领百十人的小军官，浴血沙场，跟敌人拼个你死我活，也不想躲在书房里，当一个舞文弄墨的太平书生。这两句诗直接表达了杨炯内心深处最热切的想法，也说出了千古文人士子内心想说却说不出来的话，又凝练，又有力，又吸引人。

不管是班超的投笔从戎，还是李贺的“请君暂上凌烟阁，若个书生万户侯”，抑或是杨炯的“宁为百夫长，胜作一书生”，他们的言语之中都洋溢着一种喋血沙场、为国征战的豪情。这种豪情显然不单纯是为了建功立业，而更多是被爱国的热情所驱使。正因如此，他们的诗歌和精神才能代代相传，成为一股永恒的力量，激励着后人。杨炯这首诗的影响很大。《从军行》之后，盛唐边塞诗人高适在《塞下曲》中写下“大笑向文士，一经何足穷”；岑参在《送李副使赴碛西官军》中慨叹“功名只向马上取，真是英雄一丈夫”；李贺也在《南园十三首（其五）》中写下“男儿何不带吴钩，收取关山五十州”。这些诗都延续了杨炯“宁为百夫长，胜作一书生”的志向，为文弱书生披上了一层英勇的色彩。

作为一首军旅之歌，《从军行》表现了将士骁勇善战、为国捐躯的壮志豪情。诗中威武雄壮的出征场景、激烈争斗的杀伐景象，既渲染出金戈铁马、气吞万里的气势，又描摹了志士击楫中流的斗志，给人力量，动人心魄。作为一首边塞诗的作者，诗人独辟蹊径，从读书人的角度写他们弃笔从戎的渴望和投身国难的伟大抱负，又贯穿着文人忧国忧民的主线。这条线索，可以说从唐、宋一直延续到我们现代。这首《从军行》的开篇就写边疆的战争爆发了，作为一个书生，他又爱国，又无力。这种忧患情怀在古代诗人中很常见，与范仲淹的名句“先天下之忧而忧”、陆游的“位卑未敢忘忧国”所表达的报国之心是一致的。只是，忧患情怀的表现形态是不同的，深深地喟叹是一种，积极地参与也是一种。

《从军行》这首诗处处体现着儒家注重实际、经世致用的精神，充满了积极参军的豪情壮志。“修身、齐家、治国、平天下”是入世文人的一种追求，也是一种操守。诗中写读书人渴望投笔从戎，渴望建功立业，正是对这种追求的一个明晰的注脚。在古代，读书人既是知识分子，又可能是管理社会的政治家，他们之中有些人投笔从戎，希望在军旅中有所建树。特别是唐朝，不少文官会被皇帝派到边境，比如高适、王维等，他们真的去了边塞。军旅生活带给了他们更为深切的感受，让他们产生了一种别样的情怀。有了军人的阅历，忧患就不再是缥缈悠远的叩问，也不再单单是文人墨客的政治伤怀。以入世的精神为底蕴，忧患意识就显得更加切实，更加深沉，也更加感人。

【写作锦囊】

《从军行》这首五律在艺术方面有三个特点。

一是语言形象，概括力强。诗人选取了军旅生活中最有代表性的片段与场面来描写，语言形象，诗味很浓。不说敌人入侵，而是说“烽火”；不说军队如何出发、到达，而是写“牙璋”“铁骑”；不说作战条件艰苦，而是渲染风雪交加的画面，给人留下想象的余地。

二是节奏明快。这首诗的节奏非常快，就像是一段急促的音乐。依次写出战争发生，心中不平，离开京城，直围敌城，雪暗凋旗，风擂鼓响，内心活动……节奏明快急促，跟军旅生活的情调和谐一致。

三是艺术风格质朴豪放、雄浑刚健。军旅生活没有那么多缠绵委婉，边塞诗明显不同于当时诗坛上的纤巧绮靡之作。王勃、杨炯、卢照邻、骆宾王，这“初唐四杰”均来自社会中下层，已意识到齐梁诗风的不良倾向，立志革除当时文坛上的这种弊病。往前追溯，什么时候的诗是刚健清新的呢？汉魏时期。杜甫曾在《戏为六绝句》中对“初唐四杰”给予了高度评价：“王杨卢骆当时体，轻薄为文哂（shěn）未休。尔曹身与名俱灭，不废江河万古流。”“初唐四杰”之作在当时曾被推崇纤丽之风的文人嘲笑，说他们是“轻薄为文”。但历史正如杜甫所说的那样，在这些见识浅陋之人“身与名俱灭”之后，“初唐四杰”的诗文则与江河同在，千古流芳，其中，自然也有杨炯的这首歌颂军旅生活的《从军行》。

盼望沉冤昭雪出困境

《在狱咏蝉》

我们比较熟悉的骆宾王的作品，应该就是那首童谣一样的《咏鹅》：“鹅鹅鹅，曲项向天歌。白毛浮绿水，红掌拨清波。”朗朗上口，适合低龄儿童。据说，这首诗是骆宾王七岁的时候写的。骆宾王不会永远是小孩子，成年之后，他和很多文人一样，入朝为官，经历了官场的风风雨雨。

唐高宗仪凤三年（678），骆宾王入朝担任侍御史，但因事入狱。《在狱咏蝉》这首诗，正是写于这一年。题目已经说明了骆宾王当时的处境：时局不稳，人在狱中，命途多舛。骆宾王有名的诗不多，除了小诗《咏鹅》，恐怕就是这首《在狱咏蝉》了。这是一首托物言志的诗，所咏之物是蝉，抒发的是诗人品行高洁却遭难被囚的哀怨悲伤之情。

在狱咏蝉

骆宾王

xī lù chán shēng chàng nán guān kè sī shēn
西陆①蝉声唱，南冠②客思深。
bù kān xuán bìn yǐng lái duì bái tóu yín
不堪③玄鬓④影，来对白头吟⑤。
lù zhòng fēi nán jìn fēng duō xiǎng yì chén
露重⑥飞难进，风多响易沉。
wú rén xìn gāo jié shuí wèi biǎo yú xīn
无人信高洁，谁为表予心。

注释

① 西陆：代指秋天。

② 南冠：代指囚犯。

③ 不堪：经受不起。一作“那堪”。

④ 玄鬓：即蝉鬓。古时女子将发鬓梳成蝉翼形。这里代指蝉。

⑤ 白头吟：乐府曲名，“白头”指的是人，这里代指诗人自己。

⑥ 露重：秋露浓重。

“西陆蝉声唱，南冠客思深”，“西陆”指秋天，一般情况下，东陆指春天，南陆指夏天，北陆指冬天，诗歌开篇就点明了季节是秋天，题目叫“咏蝉”，秋天的蝉，不像夏天那么高昂和充满活力，其生命即将走到尽头，作者说“蝉声唱”，这歌声可能有对生命的不舍，虽然是歌唱，但却像哀鸣。“客思深”，有的版本写作“客思侵”，诗人说自己是客，一个“客”字点出了孤独之感，被囚禁在异地的诗人内心无比惆怅，思绪万千。惆怅的原因诗人一步步揭晓。

“不堪玄鬓影，来对白头吟”，诗人可能听到蝉鸣，想到了蝉鬓，想到了曾经朝气蓬勃的年少时期，可这样的时光已经过去了，现在的他白发苍苍，有一种人到暮年的深深的无力感。

“露重飞难进，风多响易沉”，天气逐渐寒冷，秋露浓重，蝉已经很难展翅高飞了，而且它的歌声也淹没在瑟瑟的秋风之中。蝉的生活越来越艰难，可作者只是在说蝉吗？当然不是，别忘了，诗人身处牢狱之中，想必他的生存状况也很艰难，可谓“风刀霜剑严相逼”。

“无人信高洁，谁为表予心”，作者直抒胸臆，说没有人相信蝉是高洁的，言外之意即自己也是清白的，谁能为自己申冤，还自己清白呢？在诗的结尾，作者像秋天的蝉一样发出了无奈的悲鸣，凄厉又悲凉。

“蝉”是古诗词中的常见意象，古人误以为蝉是靠喝露水生存，再加上它常居高处，所以把“蝉”视作高洁的象征。在这里，骆宾王以秋蝉自比，自伤自怜，既展现自己的高洁品行，也表达自己的满腔愁情。骆宾王在此诗的序言中很清晰地讲述了自己的遭遇和感受，诗歌只是以更形象而意味深远的方式表达罢了，大家有兴趣的话可以找来看一看。诗人为什么被捕入狱呢？其实他是被冤枉的，当时武则天当政，骆宾王在长安担任侍御史，数次上疏论事得罪了武则天，所以被诬陷进了监狱，他内心自然会有怨愤，希望沉冤昭雪。

【写作锦囊】

读诗不能缺少对意象的研究，多读诗，慢慢地积累下来，我们就会知道有哪些事物是具有特别意义的，尤其是对经典诗中的典型意象，我们一定要了解，比如这首诗中的蝉。

意象在入诗之前就存在于生活中，有着它的特点和个性，不以个人的意志为转移。当意象被诗人选中，进入诗歌，它就自然会沾染上诗人的个人情感色彩，有了诗人的主观痕迹。但是，诗人又各有特点，因此，同一种事物在不同的诗歌中会成为不同的意象。

比如，燕子是古诗词中的常见意象，许多诗里都写到了燕子，却各自选取了燕子的不同特点。虞世南的《蝉》、李商隐的《蝉》和骆宾王的《在狱咏蝉》三首诗中，都选取了蝉这个景象，但因为诗人之间身份、地位、经历的不同，诗中表达的情感也会大相径庭。虞世南的《蝉》写“垂绥饮清露，流响出疏桐。居高声自远，非是藉秋风”，是用比兴的手法，表明自己虽然身居高位，但依旧清正廉洁。而李商隐在《蝉》中却写道：“本以高难饱，徒劳恨费声。五更疏欲断，一树碧无情。薄宦梗犹泛，故园芜已平。烦君最相警，我亦举家清。”李商隐诗中的蝉就是生活中倒霉的自己。而骆宾王的《在狱咏蝉》，则抒发了自己品行高洁却蒙冤入狱的哀怨之情。所以，读诗不能用固化的思维去理解意象，一定要结合诗作自身的特点，要因“诗”制宜。这三首诗能流传至今，很重要的一点在于，三位诗人都是妙手，自然超拔出众，正所谓“居高声自远”！

这类诗能给我们的启发，当然是在托物言志上。咏物和托物还是有一点点的不同。咏物的重点是什么？比如《咏柳》，就是一首咏物诗。“碧玉妆成一树高，万条垂下绿丝绦。不知细叶谁裁出，二月春风似剪刀”这首诗重在写柳树的形态。如果是托物言志呢？要看物有何所托，志又在何处。《在狱咏蝉》的重点不是描绘蝉，而是说诗人会怎样。不管是咏物诗《咏柳》，还是托物诗《在狱咏蝉》，都会表达诗人的某种情感，但我们还是应该从语文概念的角度对它们进行辨析和学习，这样才能更精准地实现自己的写作目的。

如果你也想学习这种托物言志的写法，需要记住，要表达坚定的志向，那无论如何不能托浮萍、柳絮这种物。诗人选择用什么来承载他的情感和想法，除了他的倾向和写作意图，还要考虑“物”的特性。

年年岁岁花相似，岁岁年年人不同

《代悲白头翁》

人们常说天妒英才，比如生命终止于二十六岁的王勃，二十七岁离世的李贺，他们的英年早逝令人叹息。有人不禁联想，如果他们能高寿，是会继续为后人留下经典的诗文，还是江郎才尽呢？有一位诗人比王勃还小一岁，留下了“年年岁岁花相似，岁岁年年人不同”的传世名句。这位诗人不到三十岁就离开了人世，而且他的死因十分模糊，甚至带点儿传奇色彩，让后人每每想起，都不禁感慨万分。这位诗人叫刘希夷，据说，就是这首代表作——《代悲白头翁》，为他招来了杀身之祸。

675 年，刘希夷考中了进士，一起考中进士的还有比他小五岁的舅舅——宋之问。宋之问，大家也许不熟悉，但说起“近乡情更怯，不敢问来人”这句诗，大家应该不会陌生，这便出自宋之问的诗作。史料称刘希夷长相俊美，文采出众，弹得一手好琵琶，写的作品大多与儿女情长有关。不过，他的创作特立独行，不赶潮流。当时流行讲究韵律的近体诗，但是刘希夷偏偏只爱写古体诗，所以他虽然出仕做了官，却不被欣赏和器重。和舅舅宋之问在官场上的如鱼得水、平步青云比起来，刘希夷的仕途始终没有什么起色。或许就是这样的经历增添了他的忧郁气质，因此他的作品风格以哀怨清婉为主。

野史传闻，宋之问看中了刘希夷这首《代悲白头翁》，想让外甥割爱，说：“好外甥呀，我给你些好处，把你的诗给我，算我写的，行不行？”刘希夷当然不肯。不料，宋之问居然让人用装满土的袋子把刘希夷活活压死了。这个说法未必可信，不过，宋之问阿谀张昌宗兄弟，名声确实很差。再加上刘希夷年纪轻轻，却死得莫名其妙，这首诗又是如此精彩，免不了被后人揣测。最后，这个故事中的恶人宋之问也没有得到善终，唐玄宗李隆基一上台，宋之问就被赐死了。这个故事是不是也为这首诗增加了一些传奇、神秘的色彩呢？下面，我们就来欣赏一下刘希夷这首著名的《代悲白头翁》吧。

代悲白头翁

刘希夷

luò yáng chéng dōng táo lǐ huā fēi lái fēi qù luò shuí jiā
洛阳城东桃李花，飞来飞去落谁家？
luò yáng nǚ ér xī yán sè xíng féng luò huā cháng tàn xī
洛阳女儿惜颜色，行逢①落花长叹息。
jīn nián luò huā yán sè gǎi míng nián huā kāi fù shuí zài
今年落花颜色改，明年花开复谁在？
yǐ jiàn sōng bǎi cuī wéi xīn gèng wén sāng tián biàn chéng hǎi
已见松柏摧为薪②，更闻桑田变成海。
gǔ rén wú fù luò chéng dōng jīn rén hái duì luò huā fēng
古人无复洛城东，今人还对落花风。
nián nián suì suì huā xiāng sì suì suì nián nián rén bù tóng
年年岁岁花相似，岁岁年年人不同。
jì yán quán shèng hóng yán zǐ yīng lián bàn sǐ bái tóu wēng
寄言全盛红颜子，应怜半死白头翁③。
cǐ wēng bái tóu zhēn kě lián yī xī hóng yán měi shào nián
此翁白头真可怜，伊昔红颜美少年。
gōng zǐ wáng sūn fāng shù xià qīng gē miào wǔ luò huā qián
公子王孙芳树下，清歌妙舞落花前。
guāng lù chí tái wén jǐn xiù jiāng jūn lóu gé huà shén xiān
光禄④池台文锦绣⑤，将军⑥楼阁画神仙。
yì zhāo wò bìng wú xiāng shí sān chūn xíng lè zài shuí biān
一朝卧病无相识，三春行乐在谁边？
wǎn zhuǎn é méi néng jǐ shí xū yú hè fà luàn rú sī
宛转蛾眉⑦能几时？须臾⑧鹤发⑨乱如丝。
dàn kàn gǔ lái gē wǔ dì wéi yǒu huáng hūn niǎo què bēi
但看古⑩来歌舞地，惟有黄昏鸟雀悲。

注释

① 行逢：一作“坐见”。

② 松柏摧为薪：意思是松柏被砍伐作柴薪。

③ 白头翁：白发老人。

④ 光禄：光禄勋，古代官名。

⑤ 文锦绣：指以锦绣装饰池台中物。

⑥ 将军：指东汉贵戚梁冀，他曾为大将军。

⑦ 宛转蛾眉：本为年轻女子的面部妆容，此代指青春年华。

⑧ 须臾：一会儿。

⑨ 鹤发：白发。

⑩ 古：一作“旧”。

首先，我们来说一说这首诗的题目。“白头翁”是指白头发的老头儿。而“代悲白头翁”，顾名思义，就是感慨年华易逝、人生短促的意思。短短五个字中，让人费解的是这个“代”字，“悲白头翁”就已经能表达出含义了，为什么还要加一个“代”字呢？因为这首诗是模仿古乐府来写的，所以要在正式的题目前加上一个“代”字做标志。汉乐府当中本来就有“白头吟”的旧题，写的是一个女子与她的情人分手，心意决绝的故事。相传汉武帝时期，卓文君得知她深爱的丈夫司马相如想要纳妾，就写了一首《白头吟》，表达自己的态度和立场。诗中的“愿得一心人，白头不相离”成为历代痴情男女表达爱意时常用的句子。而这首诗中，刘希夷借旧题写出了新意，借老翁之口，咏叹青春易逝、富贵无常，有着奇妙的构思和婉转的抒情，当然，还有优美的语言、和谐的音韵，所以这首诗才能如此光彩照人。

这是一首七言诗，一共有二十六句。这首长长的诗，我们分三个部分来品读。第一部分是前十二句，写一个洛阳女子感伤落花，抒发人生短促、红颜易老的感慨；第二部分有十句，写白头老翁的遭遇，抒发世事变迁、富贵无常的感慨；最后四句是第三部分，总结全篇的意旨。

“洛阳城东桃李花，飞来飞去落谁家”，描绘了洛阳城东的晚春景色。洛阳是唐代的东都，十分繁华。在洛阳城的东面，桃树、李树先后绽放出艳丽的花朵，处处洋溢着生机勃勃的气息。俗话说，“人无千日好，花无百日红”，韶光易逝，没过多久，洛阳就到了落花纷飞的季节，凋零的花瓣不知会飘向哪里。这两句写景有起兴的作用，朱熹说“兴”是先言他物来引起所咏之物，一般情况下，起兴用在诗章或者各节的开头。下文表达对大好春光、妙龄红颜的憧憬和留恋，对桃李花落、青春易逝的感伤和惋惜，都是从开篇这两句生发开来的。“洛阳女儿惜颜色”以下的整整十句都写了什么呢？洛阳的少女面对着漫天飞舞的落花，生出了无限的感慨，之所以感伤，是因为由大自然的变化联想到了美的短暂。中国人一向信奉天人合一，对于外在的自然环境变化是十分关注的。同时，自然环境的变化也会引发人们内心深处的情绪变化。少女不禁心想，既然花的美这么短暂，那我的美自然也无法长久，继而生出了“今年落花颜色改，明年花开复谁在”

这样的疑问。“已见松柏摧为薪，更闻桑田变成海”中，“松柏摧为薪”出自《古诗十九首》中的《去者日以疏》：“古墓犁为田，松柏摧为薪。”“桑田变成海”指的是什么？“桑田”就是肥沃的田地，这句诗的字面意思是陆地变成了海洋。这也是个典故，出自《神仙传》中麻姑的故事。这两句话引用典故，形象地表现了世事变化很大，树木化为柴火，桑田变成沧海。“古人无复洛城东，今人还对落花风”这两句揭示了人生一世，宇宙中永恒不变的客观规律。下面，名句来了，“年年岁岁花相似，岁岁年年人不同”，这两句是既优美、流畅又工整的对偶句，集中表现了青春易老、世事无常的感叹，是传世佳句。宋代词人李清照有一句“物是人非事事休”，同样也是在感慨自然之景看似没有什么变化，但是人在不断变化，世界也在不断地变化。我们平时也喜欢说“年年有今日，岁岁有今朝”，总是希望能留住人世间美好的时光，但是谁都知道，留是留不住的。在这十四个字里，“年年”“岁岁”重复出现了两次，前后次序交错，读起来朗朗上口，音韵和谐又有趣味，让我们不禁对诗人的巧思奇想和他过人的文字功力深感佩服。

第二部分从“寄言全盛红颜子”开始，用十句诗概括地叙述了白头翁一生的经历。“寄言全盛红颜子，应怜半死白头翁”是过渡句，将白头翁和红颜女子联系了起来。红颜女子即使现在年轻，也会像白头翁一样有衰老的那一天，反之，“此翁白头真可怜，伊昔红颜美少年”，白头翁也曾有过年轻的时候。作者将二人联系在一起，不仅仅是写他们二人，其实也映射了现实生活中的很多人。人终将老去，这是每个人不得不面对、正视的问题。“公子王孙芳树下，清歌妙舞落花前。光禄池台文锦绣，将军楼阁画神仙”说的仍是白头翁。从前，他也经常和公子王孙在一起，在树下花前歌舞游乐，经历过一段富贵的生活。“光禄”是一种官职，这里用了东汉名将马援的儿子马防的典故。马防在汉章帝时期，官封光禄勋，生活很奢侈，用锦绣来装饰池台。而“将军”呢，指的是东汉的贵戚梁冀，他曾经是大将军，《后汉书·梁冀传》记载，他曾大兴土木，建造府宅。诗人在此处借历史人物表达，无论当年多么富贵，到如今都好比明日黄花，已经凋谢了。“一朝卧病无相识，三春行乐在谁边？”年龄越来越大，人的身体机能也逐渐出现问题，容易生病。当白头翁生病以后，身边没人照顾，也没人理睬他，行动不便的他又如何去参加春游呢？没办法，只能把这个机会让给别人了。这句诗虽没有直接描写白头翁生病时、衰老时的模样，但仅仅从人老了，没办法继续春游行乐，便让我们对白头翁产生了同情和怜悯。我们每个人都会有生病、衰老的那一天，那时的我们又会是怎样的呢？这就是诗歌的感染力，虽然诗中的主人公不是你，却会让你不由得联想到自己。感染力体现在什么地方？就体现在你读过这首诗后，会不禁发出“对对对，好时光过得很快”这样的感叹。

我们来看结尾部分，这四句写了女子容颜的变化，年轻时的女子多么美丽，随着年龄的增长，她逐渐衰老，头上开始出现丝丝白发。

头发的颜色由乌黑变得灰白，这个变化的过程也是女子衰老的过程。这两句感叹美貌的少女转眼之间就变成了白发的老妇，对青春易逝、时光难留的惋惜溢于言表。“但看古来歌舞地，惟有黄昏鸟雀悲”，前面写白头翁有过一段开心快乐的时光，衰老的女子也曾青春貌美，这样的时光能持续多久呢？这两句给了答案，总会有逝去的那一天。曾经的繁华享乐，曾经的游戏场所，都像是过眼云烟，如今，只剩下几只鸟儿栖息在树上，偶尔发出凄惨的叫声。这句诗的意境和刘禹锡的“旧时王谢堂前燕，飞入寻常百姓家”有些相似。王家、谢家屋檐下的燕子，也飞到了平常百姓的家里，由此可见，纵使像王、谢那样的魏晋大族，也有衰落的一天。小小的鸟儿，也让我们感受到了周遭的变化，和标题的“悲”相呼应。

刘希夷生前名声并不大，或许也和这首诗没能广为传唱有直接的关系。在他死后，孙翌在《正声集》中对他大加称赞：“以希夷诗为集中之最。”从此以后，刘希夷才声名鹊起，被众人所熟知。由此我们也对刘希夷有了更加深入的了解，他虽有才华，但也一直无人赏识，他也曾经历过一段难熬的岁月。人的经历会影响其创作，刘希夷的经历对他的诗歌也产生了深远的影响。这也是我们从他的诗歌里感受到消极感伤的情绪的原因。

【写作锦囊】

这首诗从写法上，也让我们感受到了刘希夷的特立独行。他没有随波逐流，按照近体诗去写，反而结合古体诗、近体诗的特点，自成一派。他先写点儿事，写了事以后，又加了一些自己的想法，接着，他又写了点儿事情，又加入了想法，这种写作方式就是夹叙夹议。与此同时，这首诗还运用了对比的表现手法，他将红颜女子和白头老翁进行对比，从而让我们更加真切地感受到了时光易逝、青春易老的感叹。尤其是“年年岁岁”这两句比喻精当，语言精粹，打动人心。类似的诗词还有“同来望月人何处？风景依稀似去年”“今年花胜去年红。可惜明年花更好，知与谁同”“人生代代无穷已，江月年年望相似”，都是在强调时光的无情，和一种听凭命运安排的无奈。这首诗语言凄美，把花与人对照着写，特别耐人回味，也让后人借此发出更多感慨。

千里马苦等伯乐

《感遇（其二）》《登幽州台歌》

解读这组诗歌之前，我们先来讲一个故事。初唐时，有一位诗人去长安求职，希望能够施展抱负，结果一个赏识他的人都没有。一天，这位诗人在街上闲逛，突然听到喧哗，原来有人在卖古琴，要价千金！千金呀，这可太贵了，于是大家都在一旁看热闹。这诗人一掷千金，毫不犹豫地买下了古琴，他还说明天要在这里请大家欣赏琴曲。消息一下子就传开了，第二天，很多人早早地来到这里，想听听能花千金买古琴的人，琴弹得到底怎么样，人越聚越多。谁想到，诗人却“啪”的一声把古琴摔在了地上！他慷慨激昂地说：“我有诗文百篇，与之相比，琴艺算得了什么？请大家欣赏我的诗文吧。”说完，他就把自己的诗文分发给大家看。

读了这个故事，你是不是也不禁感叹：“这人也太善于营销了！”没错，这位诗人正是因此一炮而红。他就是大名鼎鼎的初唐诗人——陈子昂。从上面这个小故事当中我们知道，陈子昂有钱，更有才华，不仅有抱负，还颇为自信。可是，现实中，他不仅没有实现自己的理想，反而一次一次地遭受迫害。为什么呢？带着这样的疑问，我们来欣赏一下《感遇（其二）》和《登幽州台歌》这两首诗。先看《感遇（其二）》。

感遇（其二）

陈子昂

lán ruò shēng chūn xià, qiān wèi hé jīng jīng
兰[①]若[②]生春夏，芊蔚[③]何青青[④]！
yōu dú kōng lín sè, zhū ruí mào zǐ jīng
幽独空林色，朱蕤[⑤]冒紫茎。
chí chí bái rì wǎn, niǎo niǎo qiū fēng shēng
迟迟[⑥]白日晚，袅袅秋风生。
suì huá jìn yáo luò, fāng yì jìng hé chéng
岁华[⑦]尽摇落[⑧]，芳意竟何成！

注释

①兰：兰草。

②若：杜若、杜衡，生于水边的香草。

③芊蔚：指草木茂盛的样子。

④青青：同“菁菁”，指草木茂盛的样子。

⑤蕤：花下垂的样子。

⑥迟迟：慢慢走的样子。

⑦岁华：草木一年一度开花，故云“岁华”。

⑧摇落：凋零。

“兰若生春夏，芊蔚何青青”，“兰”指兰草，“若”指杜若，它们都是在春夏时节生长，枝叶变得茂盛。“幽独空林色，朱蕤冒紫茎”这两句说的是什么呢？说孤芳自赏的花儿在空幽的山林里自开自落，红花儿下垂，覆盖了紫色的茎。“迟迟白日晚，袅袅秋风生”，怎么判断秋天的到来呢？此时昼夜的长短会发生一些变化。秋天到来以后，白天越来越短，夜晚越来越长。而且，秋天多风，不知不觉中，风已经刮了起来。“岁华尽摇落，芳意竟何成”的意思是，一年开一次花的草木都凋零了，心里的愿望到底什么时候才能实现呢？

这首诗是组诗《感遇》中的第二首，应是陈子昂早期的作品，与他后期苍凉悲壮的诗风完全不同。从“青青”“袅袅”“迟迟”“芳意”这类词中，大家体会到的感情是非常柔软的，和他后来写的诗句感觉不大一样。这首诗采用的是非常典型的比兴手法。诗人以兰草、杜若来比喻自己，屈原是这样自比的始祖。兰草、杜若都是美好的香草，但是如果没人采摘，它们就只能飘摇零落。正如诗人自己，满腹的才华、满腔的热血，可如果没人赏识，他也只能像兰草、杜若一样湮没在尘世中。

接下来再看一首最能体现陈子昂风采的诗——《登幽州台歌》，这是他最著名的作品。陈子昂是一个什么样的人呢？我们可以给他一些标签，比如，敢于进谏，为国为民，政治上他有远见卓识、有出色的才能。如此优秀的陈子昂也想有一番作为，然而却接连遭受打击。

面对这样的境遇，陈子昂不禁悲从中来，写下了《登幽州台歌》这首诗。

读诗之前，先给大家讲一下标题中的“幽州台”。幽州台又叫黄金台、招贤台，是燕昭王为招纳贤才而建造的。先秦时期，齐国和中山国趁燕国发生内乱，抢占了燕国一大片土地，还杀死了燕昭王的父亲。燕昭王以此为奇耻大辱，发誓要招纳贤才，雪家恨，报国仇。为此，燕昭王去拜访了郭隗（wěi）。郭隗是当时非常有名的贤臣，也是一个谋士。他给燕昭王讲了一个千金买马骨的故事。

古代有一个国君，想用千金买千里马，可他一连等了三年，这钱都没花出去，买不到千里马。这时，有个侍卫自告奋勇说：“我去帮您买吧。”国君回答说：“好啊，那你去吧。”三个月之后，侍卫回来了，说：“我花五百金买到了一匹千里马，只不过，马已经死了，买到的是千里马的骨头。”国君听了，大怒道：“我要的是活的千里马，死的有什么用？干吗白白浪费了五百金？”侍卫却胸有成竹地说：“死的千里马，国君还肯花五百金，更何况是活的千里马呢？这样一来，大家都知道大王喜欢千里马了，肯定会有人给您送来的！”这大概是最早的广告效应了吧？果不其然，不到一年，这位国君就得到了三匹千里马。

郭隗讲这个故事，是为了告诉燕昭王：“如果您真心想要招纳贤才，就从厚待我开始吧。如果大家看到像我这样的人都能得到重用，一定会争着抢着来投奔您的。”燕昭王一听，觉得很有道理，就采纳了郭隗的意见，厚待郭隗，还建造了黄金台，招纳贤才。没过多久，他就招徕了魏国的大军事家乐毅、齐国的阴阳家邹衍和赵国的大将剧辛等人。当时，很多有名的人物都投奔了燕国。公元前 284 年，燕昭王联合一些国家一起讨伐齐国，齐国无力阻挡，惨败。最后，齐国只剩下莒（jǔ）城和即墨没有被攻占。从此，弱小的燕国不仅洗刷了以前的耻辱，抢回了丢失的土地，还变成了强大的诸侯国，进入发展的黄金时代。

故事讲完了，我们一起来看看这首诗。

登幽州台歌

陈子昂

qián bú jiàn gǔ rén，hòu bú jiàn lái zhě。
前不见古人，后不见来者。
niàn tiān dì zhī yōu yōu，dú chuàng rán ér tì xià。
念天地之悠悠①，独怆然②而涕③下。

注释

① 悠悠：形容时间的久远和空间的广大。

② 怆然：悲伤的样子。

③ 涕：眼泪。

古代文人都希望能够遇到燕昭王这样的君主，因为他能够发现人才、赏识人才、重用人才，正所谓“世有伯乐，然后有千里马”。可是，像这样英明的君主实在是太少见了，所以诗人就感叹“前不见古人，后不见来者”。往前看，像燕昭王这样求贤若渴的圣君已经不在了。往后呢？也没见到赏识人才的明君。“念天地之悠悠，独怆然而涕下”的意思是，人生苦短，几十年稍纵即逝，诗人一想到这里，不由得悲从中来，流下了眼泪。

【写作锦囊】

《感遇（其二）》抒发的是怀才不遇的惆怅。既然是称赞自己，那语言就得委婉一些。古代有没有直接说自己很棒、很厉害的人呢？有，但毕竟是少数。文人大多自谦，在诗歌里称赞自己时，一般都会委婉一些。所以这首诗采用的是比兴的手法，兰草和杜若都是美好的香草，如果没有人采摘，就只能飘摇零落。诗人以兰草、杜若来自比，表达了怀才不遇的苦闷，写得细腻而生动。

《登幽州台歌》是陈子昂的代表作，从情感上看，我们可以感受到他不受重用的苦闷。古往今来，有太多文人墨客有才华，有抱负，却无处施展，看着他们留下的文字，着实令人为他们遗憾、惋惜。从结构上看，这首诗既写出了时间的绵长，又写出了空间的辽阔，意境开阔，十分有感染力。

大书法家的小诗作

《山行留客》

《山行留客》是唐代书法家张旭的诗作，这首诗围绕着挽留到山中来访的客人展开，赞美了春天美丽的景色，表达了诗人对美好的自然景色的喜爱之情。还有一点，留客嘛，就是希望和友人共赏美景。我们读起来，会感觉到他语言的质朴。质朴，就是不夸张，没有太多的描写，一看就能看懂，但是意味深长。先说说作者张旭吧，张旭书法成就极高，他写的是草书，因而被称为“草圣”。每每醉酒之后，他就写狂草，所以又被称为“张颠”。他和另外一位大书法家怀素并称为“颠张醉素”，他和张若虚等人并称为“吴中四士”，还和贺知章等人并称为“饮中八仙”。他的草书和李白的诗歌，还有裴旻的剑舞，并称为唐朝的“三绝”。

你是不是很好奇，他的称号怎么这么多？这是因为好多人都想把张旭拉到自己的阵营当中去。张旭的诗留存下来的不多，而且诗的笔法也和他的草书一样，不按常理出牌，不拘一格，另辟蹊径。比如，他的这首《山行留客》就写得富有韵味，耐人咀嚼。客人到山中正是春意融融的时候，自然之景，美不胜收，这首诗紧扣诗题当中的“留”字，借留客于春山之中，描绘了一幅意境清幽的山水画。一起来读一读吧。

山行留客

张旭

shān guāng wù tài nòng chūn huī　mò　wèi qīng yīn　biàn nǐ guī
山光物态弄春晖①，莫②为轻阴③便拟归④。
zòng shǐ　qíng míng wú yǔ sè　rù yún　shēn chù yì zhān yī
纵使⑤晴明无雨色，入云⑥深处亦沾衣。

注释

① 春晖：春光。

② 莫：不要。

③ 轻阴：阴云。

④ 便拟归：就打算回去。

⑤ 纵使：纵然，即使。

⑥ 云：指雾气、烟霭。

起句描绘了一幅明丽的山中春色图，鲜明又活泼。凛冽的冬天已经过去，寂寞的山林又一次披上了绿装，万物复苏，争相沐浴在温暖的阳光里，散发出勃勃的生机。春深似海，群山如黛，展现出春日多姿多彩的醉人美景。这首诗从正面描写山景，但诗人没有具体地描写一泉一石、一花一木，而是放眼整座春山，去勾勒它的整体面貌。一句“山光物态弄春晖”，就将万象更新的春日风光描绘得淋漓尽致；一个“弄”字，就把春天生机勃勃、欣欣向荣的景象渲染得如诗如画。这是什么手法？是拟人，赋予山中景物人的性格，也赋予万物和谐的、活跃的情态和意趣。“山光”“物态”“春晖”都是静态的事物，但诗人用一个“弄”字，巧妙地将它们组织在一起，赋予了这些事物动感。这句诗不仅写出了春天的勃勃生机，同时，也展现了诗人对山中美景的由衷热爱。“山光”和“物态”的范围很大，诗人没有进行具体的描写，而是写得非常概括，就像画画时只勾勒了边线，画面任你想象。这种写法体现了诗人的匠心和个性，特别像他擅长的草书，讲究的就是线条的流动、内在的随性，从而淋漓尽致地抒发隐蔽在内心深处的种种情感。读者可以尽情地发挥想象力，进行第二次艺术创作。

春天的一切美景似乎都在眼前了，你能听到什么？山泉叮咚，百鸟鸣唱。你能看到什么？繁花盛开，草木青翠。诗人很聪明，他一上来就把山中的美景摆在客人眼前，用秀丽的风光来动摇客人归去的心，先声夺人，留客就有了底气。山中留客的目的是什么？就是共赏山中的景色。

“莫为轻阴便拟归”，从这句中可以看出天气变化了，起云了。

大家正玩得兴高采烈，天空突然飘来一片浮云，山雨欲来，客人看到天上阴云渐涌，害怕下雨，打算回去。可景色还没看尽，诗人便劝客、留客说：你看呀，好不容易冬尽春来，万物复苏，草长莺飞，到处都是一派生机勃勃的好春光。面对着这样美不胜收的景致，怎么能因为天上有点儿阴云，你就打算回去，放弃了这难得的踏春赏春之旅呢？他否定了客人的想法，而且第一句诗已经生动地展现了山林的春光之美，分量十足，某种程度上可以说服客人留下。如果说第一句的理由仍然显得不够充分的话，那么接下来，诗人更耐心地进行了详细的解释："纵使晴明无雨色，入云深处亦沾衣。"诗人揣摩着客人的心理，他为什么心生退意呢？他不是不想欣赏春山美景，只是担心下雨淋湿了衣服。雨天如此，那天晴又怎么样呢？诗人就一条条地分析说明了"莫为轻阴便拟归"的理由。首先，春天山中云雾缭绕，空气湿润，就算是在晴天，没有半点儿雨水降落，行走在山道之中，衣服也会被沾湿。不管是晴天还是雨天，在山中游玩总是不可避免地沾湿衣服，所以，又何必在意这个问题呢？诗人劝客人："既然你考虑的是这个问题，那得了，既来之则安之吧。"这是第一个原因。其次，虽然他没有继续描写山中的景色，实际上，却句句都在显示着山中春色的奇妙莫测。

诗人热爱春山，热爱这样的美景，丰沛的感情就像山涧当中的溪流，流淌在字里行间。沾衣虽然难免，但是空山轻雨，云烟缥缈，这是另外一种极富诗意的境界，何不欣赏雨中的美景呢？不要错过美好的春光。从另一个角度来说，“云青青兮欲雨”也是春日游山的一大乐趣。那么，我们就不必为一片“轻阴”就归去了。诗人的语气诚挚恳切，让人无法拒绝，何况还有这么一句诗——“无限风光在险峰”。美景，不是你浅尝辄止、随便爬一爬山就能看到的，一定要登山探谷，身临其境，才可能领略。

而“入云深处”这四个字，很容易让人联想到王安石《游褒禅山记》里的话：“入之愈深，其进愈难，而其见愈奇。”就是说，走入一个洞穴，走得越深，能看到的奇景就越多。要想有这样的收获，“非有志者不能至也”，意思是，不心存壮志、一心向前，是到不了奇境的。可见，除了消除客人心中的疑虑，诗人其实还有一层用意，那就是借山中的美景来吸引客人。“入云深处亦沾衣”说明山中空气湿润、气候宜人，相应的，山中的景色肯定也非常美。这首诗妙就妙在，诗人并没有直接描述山中的美景，但只轻轻一点，就足以激发客人的想象，让他发自内心地留下来了。全诗意境含蓄，构思精巧，情和景融为一体，特别耐人回味。

这首《山行留客》，除了营造出一种引人想象的清幽的山中美景之外，它还具备一种理趣，这就与一般的写景诗有所区别。“轻阴”是登山赏景的阻碍，也可以看作做任何事会遇到的困境，而要想欣赏到山中更奇绝的美景，自然是不顾“轻阴”，要想取得更大的成就，也不要怕路途艰险，而是要迎难而上。经受一些“轻阴”带来的风雨的历练，在战胜困难后迎来的美景才能更加赏心悦目，其乐无穷。

【写作锦囊】

张旭的这首《山中留客》所表现出来的写作特点和他的书法风格如出一辙，借助看似简约随意的线条，呈现出情感意趣，井井有条，充满了秩序感和逻辑性。读诗时，如果能在看起来有好多情感的诗中找到秩序、逻辑，你读诗的水平就上了一层台阶。

这首诗就好像是一篇三段式的议论文，论点鲜明，论据充分，论证有力，说理非常透彻。但是又没有说教之嫌，面对客人的犹豫徘徊，他没有粗暴地拦阻否定，而是摆事实、讲道理，委婉含蓄地劝导，希望对方能多留一些时间，一起在山中观花赏景，非常富有启发性，让人听了以后觉得很舒服，不忍心拒绝他。

从这一点，能看出诗人还是有细腻、温和的一面的。用浅近的语言去揭示深刻的人生哲理：无论遇到什么问题和困难，都不应该半途而废，轻言放弃；要不畏艰险，积极向上，努力进取。以好像置身世外、颇有隐逸之风的出世之语写入世之思。和同类的登山春游诗相比，这首诗别具一番悠然不尽的韵味。

年老回乡的惆怅

《咏柳》《回乡偶书二首》

早春二月，柳树早早地舒展了它的枝叶，柳枝柔软而细长，呈现出一种妩媚鲜妍的状态。柳树在中国已经有四千多年的栽培历史了，据考证，“柳”这个字最早出现在甲骨文当中。古代蜀地拿树来定边界，用的就是柳树。柳树作为传统文化中的一种典型意象，千百年来，吸引了一代又一代的文人骚客。《诗经》中有“昔我往矣，杨柳依依。今我来思，雨雪霏霏”的句子；罗隐也曾写“自家飞絮犹无定，争解垂丝绊路人”。这些诗中的柳树，都有着细柔修长的枝条。看到这里，你的脑海中是不是也会浮现出一幅画面？随着春风的来临，柳枝会长出嫩绿的新叶，丝丝下垂，美不胜收。不可否认，柳树是春天的使者，春天代表什么？代表希望。但是我们翻开贺知章这首耳熟能详的作品，会发现春天也代表着一种浪漫，我们先来读一读。

咏柳

贺知章

bì yù zhuāng chéng yí shù gāo wàn tiáo chuí xià lǜ sī tāo
碧玉妆成一树高，万条垂下绿丝绦。
bù zhī xì yè shuí cái chū èr yuè chūn fēng sì jiǎn dāo
不知细叶谁裁出，二月春风似剪刀。

首句中的“妆成”指的是美女妖娆多姿的妆面。从一开始，诗人就把柳树拟人，让它化身为美人。有人用杨柳细腰来形容美人苗条的身段，杜牧也曾写过这样的诗句：“无力摇风晓色新，细腰争妒看来频。绿阴未覆长堤水，金穗先迎上苑春。”但是，贺知章为什么不用“美人”，而用“碧玉”这个词呢？原因有二。第一，“碧玉”很容易让人联想到柳树的颜色，“碧”字与下文“绿丝绦”中的“绿”字相互照应。第二，“碧玉”二字中藏有典故。碧玉是东晋时的著名歌女，《乐府诗集》中有几首《碧玉歌》，据说都是为她而写的。其中“碧玉小家女，不敢攀贵德。感郎千金意，惭无倾城色”这一首广为流传，成语“小家碧玉”也由此而来。王维的《洛阳女儿行》中也写“自怜碧玉亲教舞，不惜珊瑚持与人”。在许多古代文学作品里，“碧玉”都是年轻貌美的女子的代称。在这里，贺知章用“碧玉”来形容柳树，可以说是非常形象地表现出了柳树柔美的姿态。第二句“万条垂下绿丝绦”用夸张、比喻的方式把垂坠的细长柳丝轻盈的样子描绘得栩栩如生。“垂”字写出纤细的柳枝在风中慢慢摆动的姿态。可以说，这句诗把垂柳的样子写“活”了。诗人眼中的柳树，就像一位美丽可爱的姑娘，充满了生命力，让人喜爱。爱垂柳的人不止贺知章一个，很多人都夸奖过柳树的美丽。《南史》中，齐武帝就非常喜欢蜀地的柳树“状若丝缕”的样子，甚至赞美它们“风流可爱”。在这里，贺知章将柳条说成“绿丝绦”，很可能就是用了这个典故。

再看后两句，“不知细叶谁裁出”一句，通过设问的方式引出了一个新的写作对象。是谁剪裁出了细叶这种秀美的样子呢？最后一句回答了这个问题——是轻抚万物的春风，像剪刀一样修剪着大地上的花花草草，修剪着生命，使它们多姿多彩。春风，是万物复苏的起床号，是自然对生命的一种唤醒，也是美的创造者，让我们能够欣赏到大自然的美。

从“碧玉妆成”到“剪刀”，我们能看出诗人一系列的艺术构思。诗中出现了一连串的形象，从“柳腰”过渡到“柳枝”，再突出“柳叶”，一环紧扣着一环。从“碧玉妆成”的美人姿态，到“万条垂下绿丝绦”的衣着饰物，再到最后写春风“心灵手巧”，裁出纤细修长的柳叶，这样的联想无疑是美的。留在早春的嫩绿，就像碧玉一样，是一种青春的绿，和下文的“二月春风”遥相呼应，释放出新鲜的气息，也道出了喜爱柳树、欣赏柳树是中国人独有的浪漫。

从古至今，用词质朴都是一篇文章的可贵之处。这就是人们所说的“文章本天成，妙手偶得之”。下面，我们再来看一看贺知章的另外一组诗——《回乡偶书二首》，也是在一片自然的春光中妙手偶得的佳作。贺知章久居他乡，回到了熟悉又陌生的故乡，心中不禁涌起伤感和慨叹，于是写成了下面这首诗。

回乡偶书二首（其一）

贺知章

shào xiǎo lí jiā lǎo dà huí，xiāng yīn wú gǎi bìn máo shuāi。
少小离家老大①回，乡音无改鬓毛②衰。
ér tóng xiāng jiàn bù xiāng shí，xiào wèn kè cóng hé chù lái。
儿童相见不相识，笑问客从何处来。

注释

① 老大：年纪大了，贺知章回乡时已年逾八十。

② 鬓毛：额角边靠近耳朵的头发。

“少小离家老大回”，诗人三十多岁离开家乡，八十六岁才回去，在离家和回乡之间，“少小”和“老大”相对，非常概括地写出了常年离家、漂泊归乡时的复杂心情和岁月如梭的感伤之情。“乡音无改鬓毛衰”这一句写的是一个场景：一个人两鬓斑白，但是说起家乡话时语音语调还像以前一样，未曾改变。这就是流淌在人们血脉当中的乡情。诗人用他不变的乡音来映衬改变了颜色的“鬓毛”，言下之意是他从未忘记故乡。听着熟悉的乡音，诗人才会觉得他本来就该属于这里。在这里，他能卸下所有的防备，全身心投入地去感受故乡的温暖气息。离开家乡那年，自己还年轻；几十年后重返故里，自己已经是个鬓发稀疏的老头子了。此情此景，怎能不令人感慨万千呢？随后，“儿童相见不相识，笑问客从何处来”。前句是铺垫，写故乡的小孩子看到诗人并不认识，便用看陌生人的眼神看他，进而用对待外乡人的态度来对待他。对小朋友们来说，这句问话只是好奇，不带任何的恶意；对诗人来说，这却是沉重的一击，再一次提醒他，自己真的是老了，故乡恐怕已经没有谁还认得自己了。不仅如此，孩子们还继续在诗人的精神世界里“补刀”，他们不但不认识诗人，还要称呼他为客人，问他从何处来。小朋友活泼欢乐的口吻和诗人失落的心理构成了一个巨大的反差，让这首诗的情感厚度增加了一层。

从整首诗的结构来看，首句起笔非常平淡，直接叙事，接下来峰回路转，别有境界，就好像林黛玉评价诗歌所说的“背面敷粉”，了无痕迹。虽然写的是一种悲哀的感情，却是借欢乐的场面去表现。乍一看是写儿童，其实却是在写自己回乡后的感慨和哀伤，这就叫大巧若拙，大道至简。

《回乡偶书二首》的第二首可以看作第一首的续作。诗人到家了，在和亲人的闲谈当中，了解到家乡的变化，不免发出物是人非的慨叹。一起来看一看吧。

回乡偶书二首（其二）

贺知章

lí bié jiā xiāng suì yuè duō　jìn lái rén shì bàn xiāo mó
离别家乡岁月多，近来人事半消磨①。
wéi yǒu mén qián jìng hú shuǐ　chūn fēng bù gǎi jiù shí bō
惟有门前镜湖②水，春风不改旧时波。

注释

①消磨：逐渐消失、消除。　②镜湖：贺知章家乡附近的湖。

首句“离别家乡岁月多”和前面的“少小离家老大回”相呼应。诗人不厌其烦地表明离家的日子很久，感慨时光流逝，岁月变迁。时光的确是一把无情的刻刀，改变了环境，也改变了人的模样，所以他说“近来人事半消磨”。这句诗乍一看很抽象，实际上却是诗人触动心绪才写下的句子。多少人事的变换暗藏在家长里短中呢？有时候，我们都难以分辨故乡到底是此刻脚下的土地，还是我们记忆里不曾褪色的印象；我们怀念的到底是故乡的人，还是故乡的事。一句“半消磨”道尽了其中滋味。接着，诗人叹道：“惟有门前镜湖水，春风不改旧时波。”贺知章回到家乡时，已经是八十六岁高龄了，在唐代，这非常高寿了。可能在回家的路上，贺知章还幻想着，或许还有几位亲朋好友在世，他们还记得自己，还可以陪自己一起聊一聊过去的事情。可是，当他回到家乡，却发现他深深想念的人们，都已经不在了。这该是怎样的忧伤心情呢？杜甫在《赠卫八处士》中写道：“少壮能几时？鬓发各已苍！访旧半为鬼，惊呼热中肠。”意思是，青春苦短，转眼就老了，昔日交往的朋友有一半都已经去世了，诗人只能怀着激荡的心情，连声哀叹了。人事沧桑变幻，但是门前镜湖的水还是那么静谧悠远。微风一起，轻轻荡漾，与几十年前一模一样。

【写作锦囊】

概括起来，《回乡偶书二首》用的是反衬的手法，强调的是物是人非的主题。我们了解了贺知章这组诗歌的内容以后，再回头看看，《咏柳》中还有哪些值得我们进一步思考的点呢？

《咏柳》是一首咏物诗，写的就是早春二月的杨柳。“沾衣欲湿杏花雨，吹面不寒杨柳风”，春风有着特别温柔的力度，在吹拂杨柳的时候，柔软的柳枝微微一动，从此，杨柳就和春风连在了一起。对于春天的联想，《回乡偶书二首（其二）》里也有“惟有门前镜湖水，春风不改旧时波”的描写，这样的春天，少了几分杨柳风的轻盈，多了几分物是人非的厚重和淡淡的悲哀。

相较于历经磨难的其他诗人来说，贺知章的人生际遇应该说是非常幸运了。贺知章出生就遇到了盛世，整体上，做官的路也非常顺利，人生际遇相对平稳。同时，贺知章也有着旷达、洒脱的个性，他几乎不会在诗歌里抒发愤世嫉俗或自伤身世的情绪，偶尔有一点儿惆怅、一点儿伤感，也不影响他诗歌整体乐观昂扬、雍容潇洒的格调。贺知章写起诗来感情真挚，语言自然朴实，没有过多修饰，而是从内心生发。正是因为他的诗源于生活，发于心底，所以才显得意境深远。我们写作文的时候，也可以像这样，借普通的事物自然地表达发自内心的情感。

一篇压倒全唐诗

《春江花月夜》

初唐诗人张若虚的《春江花月夜》是一首非常知名的唐诗，诗题里有五个元素：春、江、花、月和夜。诗沿用的是南朝陈和隋朝乐府的旧题。这首诗一共三十六句，每四句换一个韵脚，整篇既有诗情，又有画意，还有哲理，被闻一多誉为“诗中的诗”。更有人认为《春江花月夜》的优美奇绝达到了“孤篇盖全唐”的高度。那么，这到底是一首怎样的诗呢？一起读一读吧。

春江花月夜

张若虚

chūn jiāng cháo shuǐ lián hǎi píng，hǎi shàng míng yuè gòng cháo shēng。
春江潮水连海平，海上明月共潮生。
yàn yàn suí bō qiān wàn lǐ，hé chù chūn jiāng wú yuè míng。
滟滟①随波千万里，何处春江无月明②。

jiāng liú wǎn zhuǎn rào fāng diàn　yuè zhào huā lín jiē sì xiàn
江流宛转绕芳甸[3]，月照花林皆似霰[4]。

kōng lǐ liú shuāng bù jué fēi　tīng shàng bái shā kàn bú jiàn
空里流霜[5]不觉飞，汀上白沙看不见。

jiāng tiān yí sè wú xiān chén　jiǎo jiǎo kōng zhōng gū yuè lún
江天一色无纤尘，皎皎空中孤月轮。

jiāng pàn hé rén chū jiàn yuè　jiāng yuè hé nián chū zhào rén
江畔何人初见月？江月何年初照人？

rén shēng dài dài wú qióng yǐ　jiāng yuè nián nián wàng xiāng sì
人生代代无穷已，江月年年望相似。

bù zhī jiāng yuè dài hé rén　dàn jiàn cháng jiāng sòng liú shuǐ
不知江月待何人，但见长江送流水。

bái yún yí piàn qù yōu yōu　qīng fēng pǔ shàng bú shèng chóu
白云一片去悠悠，青枫浦[6]上不胜愁。

shuí jiā jīn yè piān zhōu zǐ　hé chù xiāng sī míng yuè lóu
谁家今夜扁舟子[7]？何处相思明月楼[8]？

kě lián lóu shàng yuè pái huái　yīng zhào lí rén zhuāng jìng tái
可怜楼上月裴回[9]，应照离人[10]妆镜台。

yù hù lián zhōng juǎn bú qù　dǎo yī zhēn shàng fú hái lái
玉户帘中卷不去[11]，捣衣砧上拂还来。

cǐ shí xiāng wàng bù xiāng wén　yuàn zhú yuè huá liú zhào jūn
此时相望不相闻，愿逐月华[12]流照[13]君。

hóng yàn cháng fēi guāng bú dù　yú lóng qián yuè shuǐ chéng wén
鸿雁长飞光不度[14]，鱼龙潜跃水成文[15]。

zuó yè xián tán mèng luò huā　kě lián chūn bàn bù huán jiā
昨夜闲潭梦落花，可怜春半不还家。

jiāng shuǐ liú chūn qù yù jìn　jiāng tán luò yuè fù xī xié
江水流春去欲尽，江潭落月复西斜。

xié yuè chén chén cáng hǎi wù　jié shí xiāo xiāng wú xiàn lù
斜月沉沉藏海雾，碣石潇湘[16]无限路。

bù zhī chéng yuè jǐ rén guī　luò yuè yáo qíng mǎn jiāng shù
不知乘月几人归，落月摇情满江树[17]。

注释

① 滟滟：形容波光荡漾。

② 月明：月光。

③ 芳甸：花草茂盛的原野。

④ 霰：白色不透明的小冰粒。

⑤ 流霜：飞霜，比喻从空中洒落的月光。

⑥ 青枫浦：即双枫浦，在湖南浏阳南。

⑦ 扁舟子：指飘荡江湖的游子。

⑧ 明月楼：明月映照下的楼阁。这里指楼上的思妇。

⑨ 裴回：同“徘徊”。

⑩ 离人：指守候在家的思妇。

⑪ 玉户帘中卷不去：意思是，月光洒在玉门帘上，欲卷而去之而不得。玉户，用玉装饰的门，也用作门的美称。

⑫ 月华：月光。

⑬ 流照：照射。

⑭ 鸿雁长飞光不度：大雁远飞却不能飞出月光。暗示鸿雁不能传书。

⑮ 鱼龙潜跃水成文：鱼儿出没只能使水面泛出波纹。暗示鱼儿不能传书。古人有鱼儿传书一说。乐府诗《饮马长城窟行》：“呼儿烹鲤鱼，中有尺素书。”鱼龙，这里指鱼。

⑯ 潇湘：潇水和湘江，均流入洞庭糊。

⑰ 落月摇情满江树：意思是，落月牵动着离人的别愁，将光辉洒满江畔的林木。

这首诗读起来有一种空灵、朦胧又幽静的美。它生动描写了良辰美景。首句“春江潮水连海平”中的“春江”在哪里呢？在江西。江西是没有海的，诗人却凭借丰富的想象力，想象着江水涨得跟海平面齐平，勾勒出一幅壮阔的画面。连同“海上明月共潮生”一起欣赏，会看到诗人描绘了一幅整体的画面：由低处看到的江，慢慢涨潮，与海齐平，接着，便看到了海上的明月。“共潮生”则表现了海上明月升起，好像跟江潮一同起伏的宏伟气势。《登鹳雀楼》当中，王之涣的“白日依山尽，黄河入海流”，也是将河与海相连，展现出的也是一种壮阔气象。“海上明月共潮生”，一个“生”字，赋予了明月和潮水一样蓬勃的生命力。月光清亮，普照春江，江水在月色下涌动，波光粼粼。诗人把江和月变成一幅茫茫无际的画面，给了读者无限的想象空间。

再往下“江流宛转绕芳甸”，诗人开始写江水，江水曲曲弯弯地绕过芳甸。芳甸是什么？是春天的原野。诗人没有明写春，但是一个“芳甸”便透露了时节，只有春天的原野才能这样花草遍生。这时候是晚上，月光泻在花树之上，就好像霰。霰是什么？是小雪珠。屈原在《九章》中写过“霰雪纷其无垠兮，云霏霏而承宇”的诗句，这里形容花树上像是被撒上了一层洁白的小雪粒，既写了花林，又写了月色，生动形象。整个大千世界被浸染在如梦幻一般的银辉中，便呈现出“空里流霜”的场面。下一句，“汀上白沙看不见”。往回看为什么看不见白沙？因为月光遍洒，在诗人眼中，天地间只剩下皎洁明亮的月光存在了。为什么“空里流霜不觉飞”？因为有月光。为什么花林都像被雪覆盖一样呢？因为有月光。“江流宛转绕芳甸”时有月光的笼罩吗？有啊！这就叫“何处春江无月明”，这就叫浑然一体。诗人写不同的场景，都是为了展现出月光的美丽。

诗人由孤月写到了孤月给我们带来的景象，随后把自身的感悟与江、天融合，写下了“江天一色无纤尘，皎皎空中孤月轮”这两句，写出了月色的皎洁，玉宇的澄明，“江天一色”是写景色的壮阔，“无纤尘”是写景色的干净，而“皎皎空中孤月轮”则直接推出了这轮圆月。“江畔何人初见月？江月何年初照人？”则是由景引起的遐思冥想。这皎洁的月色引起了诗人关于人生的联想：“人生代代无穷已，江月年年望相似。”人生是短暂的，江月却永远存在。这里有一点儿感慨的情绪，但诗人并没有陷入颓废，诗歌基调还是积极的。不知道江月在等着什么人，人生代代是相连相济的，可江月似乎永远不能等到想等的人，月光之下，江水滔滔，一去不复返，这一江奔涌的春水将诗情带到了更深远的境界。

前三组诗句，由“春江”和“海”引出了“月”，然后写月色。再到下面抒情的两组诗句，展现了诗人一点点的哀伤。他把自己放到了更大的宇宙空间、更绵长的历史当中去体悟自然。

笔锋一转，回到自然。“白云一片去悠悠，青枫浦上不胜愁”写的是什么呢？是白云和青枫浦。白云是飘动的，远行的人也行踪不定；青枫浦是地名，是伤离别的地方，这两处是托物寄情。“谁家”“何处”都是在提问。谁家的游子驾一叶扁舟在外漂泊？又是谁家的思妇在明月的照耀下，倚着高楼遥寄相思呢？这里用到了互文的写法，“谁家”

与“何处”遥相对应。远行的游子和高楼上的思妇，都在这夜的月光下，默默地想念着对方。下面以思妇视角展开描写：“可怜楼上月裴回，应照离人妆镜台。”说月光“裴回”，实际就是在形容浮云游动，时时遮掩月亮，月光时亮时暗。月亮看到了这位孤独的女子，想安慰她、与她做伴，于是将自己柔和的光辉投到她的梳妆台上，也就是“应照离人妆镜台”。“玉户帘中卷不去”，思妇在楼上，看到这容易引起相思的月光，心中的思念更甚了，她想赶走这恼人的月光。诗人让思妇寄情于月，或者说是把怨情发泄在月亮身上。可月色是卷不去的。她把卷帘放下，开始捣衣，天冷了，她要给思念的那位游子送衣服。这一句中的“拂还来”是把月光拂走，月光却又回来了的意思。这样的描写就好像是月亮真诚地依恋着她。“卷”和“拂”这两个动作，透露出女子内心的惆怅和迷茫。她本不想让月亮引起相思之情，可是这种相思又岂是说放下就能放下的呢？此时，相望同一轮明月，却没有游子的音讯，思妇甚至想跟着月亮飞上天空，去看看亲爱的人在哪里！

“鸿雁长飞光不度”中的“鸿雁”本身是传书的一个典型意象。但是，现在鸿雁也带不走思妇的信，这让人更觉悲凉。然后，诗人写“鱼龙潜跃水成文”，借景来说眼前的怅惘。思妇的感情经过这短短四联诗，便活灵活现了。

最后八句，诗人又换了一个描述的对象，主人公成了游子。诗人写闲潭落花、月色西斜，表现出时光的无情流逝，更烘托出游子那强烈的思归怀人之情。“斜月沉沉”中叠音字的出现，加重了情感的抒发，渲染了游子的孤寂。“碣石潇湘无限路”说明他离家遥远，加深了相思之意。游子进而想到，在这个美好的夜晚，也许会有人回到家乡，与亲人团聚吧？而他自己呢？他满怀怅惘的离情，只能寄托给这一江春水、一片月色。“落月摇情满江树”中的“摇情”二字把思妇之情、游子之情、诗人之情、月光之情交织成一片，有一种回味不尽的绵邈韵味。

理解这首诗后，我们再来简单了解一下诗人张若虚。他是扬州人，与贺知章、张旭和包融并称为“吴中四士”，《春江花月夜》就是他的代表作，也被誉为唐诗的开山之作，被人评价为“孤篇盖全唐”。张若虚与《春江花月夜》就好像凡·高与《向日葵》一样，生前无名，身后光芒万丈。直到宋代，张若虚和他这首诗才被世人传颂，可这个时候距离张若虚的年代已经有三百年了。又过三百年，明代的胡应麟对张若虚的认识又提高了。再过三百年，张若虚获得了“孤篇横绝，竟为大家”这样的美誉。也就是说，经历了千年岁月，张若虚和他的《春江花月夜》才被推上神坛。

【写作锦囊】

整首诗读下来，我们既能感受到美景，也能感受到人生的哲理。这首诗很具体地写了离别，在离别当中又分了两个场景，妻子在楼上思念着丈夫，丈夫漂泊在异地，等待还家。诗人把春、江、花、月、夜融为一体，无论是在思想上，还是艺术上，都超越了以前只写山写水的景物诗。同时，他不是简单地借景抒情，而且写整个天下、整个人间每个与游子和思妇处境相似的人内心绵延深入的情感。

这是一个典型的情、景、理交融在一起的艺术世界，主体一定是月，借江写月，借花写月，最后借人写月。而最后，我们感觉到这首诗好像是一幅淡雅的中国水墨画，体现出春江花月夜清幽的意境美。

初唐与盛唐的诗歌分水岭

《次北固山下》

我们知道，思乡是古诗词的重要题材，从“每逢佳节倍思亲”到“举头望明月，低头思故乡”，从“马上相逢无纸笔，凭君传语报平安”到“露从今夜白，月是故乡明”，可以看出，唐诗当中经典的思乡诗句层出不穷。但有一首思乡诗与众不同，它没有一般思乡诗的悲切、愁苦，反而充满了蓬勃的朝气。这首诗就是王湾的《次北固山下》，它被誉为初唐和盛唐诗歌的分水岭，正式在诗歌的领域中宣告了大唐盛世的到来。

次北固山下

王湾

kè lù qīng shān wài xíng zhōu lǜ shuǐ qián
客路[①]青山外，行舟绿水前。
cháo píng liǎng àn kuò fēng zhèng yì fān xuán
潮平两岸阔[②]，风正一帆悬。
hǎi rì shēng cán yè jiāng chūn rù jiù nián
海日生残夜[③]，江春入旧年[④]。
xiāng shū hé chù dá guī yàn luò yáng biān
乡书何处达？归雁洛阳边[⑤]。

注释

① 客路：旅人前行的路。

② 潮平两岸阔：潮水涨满，两岸与江水齐平，整个江面十分开阔。

③ 海日生残夜：夜还未消尽，红日已从海上升起。残夜，指夜将尽未尽之时。

④ 江春入旧年：江上春早，旧年未过新春已来。

⑤ 归雁洛阳边：希望北归的大雁捎一封家书到洛阳。

这首诗写得平和、典雅。它不像某些诗，写得欢天喜地，让人觉得肤浅；也不像某些诗，写得苍凉悲苦，让人觉得沉重。

首联以对仗开篇——“客路青山外，行舟绿水前”。根据史料记载，王湾是河南人，开元年间，他经常往来于吴楚之间。他非常喜爱江南的青山绿水，写下了一些赞美江南风光的诗歌，这首《次北固山下》就是其中的代表作。“客路”和“行舟”不仅点明了自己的旅人身份，也交代了诗人的行程，照应了尾联的思乡主题，还给青山绿水增添了一些清新活泼的气息。

“潮平两岸阔，风正一帆悬”写得极为精彩，明末清初的大学者王夫之称赞这两句是“以小景传大景之神”。先看这个“阔”字，它展现的是春水上涨的情景，这时候，江面几乎跟两岸平齐，变得更宽阔了。江面一变宽阔，观景之人的视野也变得更加开阔了，这句描绘得很精准。下一句中，诗人用的是“风正”而不是“风顺”，也很值得分析。如果是顺风行船，风很大，船帆一定会鼓起来。而诗中的场景是船帆悬挂得端端正正，说明当时虽是顺风，风却不是很大。所以，这个“正”字，可以理解为“正好”，表达一切都刚刚好的意思。一个“阔”字，一个“正”字，一下子就把宏大的场面描绘出来了。停泊在“青山”脚下，行驶在“绿水”之上，“潮”是“平”的，“风”是“正”的。这场景给诗人的感受是什么样的呢？是“两岸阔”和“一帆悬”。这种恢宏阔大不只是诗人的主观印象，也是当时国力强盛的体现。

“海日生残夜，江春入旧年”，颈联这两句着实让人喜欢。明代文学家胡应麟在《诗薮（sǒu）·内编》中赞这一联“形容景物，妙绝千古”。当残夜还没有消退的时候，一轮红日已经从海上升起来了。

当旧年还没有逝去的时候，江上已经呈现出了一片春意。一个“生”字，一个“入”字，准确描绘了岁暮腊残时候的景致，暗示了青春的朝气、磅礴的力量是不可阻挡的。

人们常常拿这两句和“沉舟侧畔千帆过，病树前头万木春”作比较，认为二者有异曲同工之妙。确实，这两联都写得非常有哲理，并传递出“新事物必定会战胜旧事物”的信念。但仔细想想，两者还是有区别的，“沉舟侧畔千帆过，病树前头万木春”有种“牺牲我一个，幸福千万家”的意味，带着些鲁迅先生口中的“血沃中原肥劲草”的悲壮感；“海日生残夜，江春入旧年”则带有一种新生代替故旧的必然，一种“形势一片大好”的自信和乐观，像苏轼的“日月星辰任我攀”，给人一种壮阔之感。《次北固山下》整首诗都透着一种刚健、沉稳的气度，散发出盛唐诗人的气派，这大概就是人们常说的“文化自信”吧。

“乡书何处达？归雁洛阳边。”诗人乘坐着小船，行驶在碧绿的江水上，这时候，突然有一行大雁从天空掠过。他想起了“鸿雁传书”的典故，就对大雁说：“雁儿啊，等你们经过洛阳的时候，请替我带去对家乡亲人的问候。”诗歌到最后，流露出了淡淡的乡愁。

但诗人的这份乡愁中没有表达羁旅在外的辛酸。一般的思乡诗是什么风格？大都是像高适的“故乡今夜思千里，霜鬓明朝又一年”一样，怀着满腹悲伤，带着浓浓的离愁别绪的。这首《次北固山下》虽然也写乡愁，却很轻、很淡。诗人为什么不悲伤呢？因为这时候是大唐盛世，老百姓安居乐业，诗人不用担心家人的安危，他可以放心地去游山玩水。

这首诗写得实在太精彩了！据《河岳英灵集》记载，当时的宰相张说非常喜欢这首诗，他甚至亲自抄写下“海日生残夜，江春入旧年”这两句，张贴在政事堂的墙上，“每示能文，令为楷式”，要求所有官员都以此为范本，由此可见这首诗在当时的风靡程度。

其实，人们对于这首诗的喜爱，很大程度上并不是因为它描绘的景色有多么美、传达的思乡之情有多么动人，更多是因为它传达出来的一种饱满的生命力、一种积极昂扬的情调。那奔腾的江水、初升的红日，似乎正象征着大唐盛世的辉煌昌盛，是所谓的“盛唐气象”。

【写作锦囊】

这首诗中有一个意象——归雁。这是中国古典诗歌当中经常拿来表现思乡之情的意象，一旦在诗歌中出现，不管是南飞还是北归，都不免会带来一些悲愁。钱起《归雁》中的名句“二十五弦弹夜月，不胜清怨却飞来”，传达出了一种哀美幽冷；李颀《送魏万之京》中写“鸿雁不堪愁里听，云山况是客中过”，带出了一种悲壮；还有杜牧的《早雁》中写“仙掌月明孤影过，长门灯暗数声来”，传达的是沉痛至哀的晚唐气象。

贰·盛唐洪音

·生灿烂

贰 盛唐洪音 ·生灿烂·

望着明月，怀念远方的亲人

《望月怀远》

最受外国人喜爱的中国诗歌，你知道是哪一首吗？是李白的《静夜思》。望着天空中皎洁的明月，思念遥远的家乡，思念久别的亲人，这是人类共有的一份情感。《望月怀远》同样也是一首千古流传的思乡佳作。“望月怀远”，顾名思义，“怀”就是思念，“远”代指远方的亲人，题目的意思便是望着明月，怀念远方的亲人。这首诗是望月怀思的名篇，写景抒情并举，情景交融，写得极为细腻动人。下面，我们一起来欣赏一下吧。

望月怀远

张九龄

hǎi shàng shēng míng yuè，tiān yá gòng cǐ shí。
海上生明月，天涯共此时。
qíng rén yuàn yáo yè，jìng xī qǐ xiāng sī。
情人①怨遥夜②，竟夕③起相思。

miè zhú lián guāng mǎn pī yī jué lù zī
灭烛怜④光满⑤，披衣觉露滋⑥。
bù kān yíng shǒu zèng huán qǐn mèng jiā qī
不堪盈手⑦赠，还寝梦佳期。

注释

① 情人：多情的人，指诗人自己；一说指亲人。

② 遥夜：长夜。

③ 竟夕：终夜，通宵，即一整夜。

④ 怜：爱。

⑤ 光满：满屋的月光。

⑥ 滋：湿润。

⑦ 盈手：双手捧满之意。盈，满，指那种满当当的充盈的状态。

首联“海上生明月，天涯共此时”境界宏大，“涯”是水边，这里的“天涯”有两层含义，一是指大海的尽头，二是指遥远的地方。这两句既有实写，也有虚写。想象一下那幅画面，月亮从大海的尽头、水天相接的地方缓缓升起，刹那间，微波粼粼的海面上洒满了银色的月光。这是诗人能够看到的眼前的真实场景。诗人立刻由实景想到远方的亲人也一定在望着这一轮皎洁的明月，于是虚写了“天涯共此时”，这是诗人想象的场景。只这一句就道出了无数游子对家乡和亲人的思念之情。当你和家乡、亲人相距甚远时，就可以引用一句“海上生明月，天涯共此时”表达思念的心情。

颔联也写得极为细腻动人，“情人怨遥夜，竟夕起相思”，天上明月高悬，大海广阔无边，这样美好的夜晚，最适合与亲人团聚，花前月下，一起赏月，一起喝茶，一块儿谈心，那该有多逍遥、多自在呀！而此刻，诗人和亲人远隔天涯，只能两地相思。美丽的月色让诗人特别想家，而对家人的想念让他翻来覆去睡不着。诗人不由得埋怨这个夜晚太漫长了。大家体会过吗？当心有所想的时候，晚上容易睡不着，会感觉时间被拉长了。几百年后，另一位诗人也写下了类似的诗句，他就是王安石。诗是这么写的："金炉香烬漏声残，翦翦轻风阵阵寒。春色恼人眠不得，月移花影上栏干。"这首诗的名字叫《夜直》，也叫《春夜》，诗名的意思是值夜班。按照宋朝的规定，每天晚上都要有一位翰林学士在学士院值夜班，为的是方便皇帝随时传唤询问。当时，王安石就是翰林学士，那天刚好他值夜班。为什么他会说"春色恼人"呢？因为"月移花影上栏杆"。你仔细想想，这是多美的景象啊，怎么会恼人呢？其实，不是春色恼人，而是值夜班这件事恼人。王安石表达的这种感受，与张九龄的这句诗在意境上是十分相似的。

再看看张九龄这首诗的颈联，"灭烛怜光满，披衣觉露滋"，作者吹灭了蜡烛，出来观赏风景，月光如银辉般洒下，眼前的景象可真是可爱呀。夜晚渐深，露水渐重，赏月的人披上了衣服。这两句诗，也从侧面说明赏月的人已经在月下待很久了，从月出时分到了深夜，进一步说明了上一句的相思情重。

最后的尾联“不堪盈手赠，还寝梦佳期”中，“不堪”是不能的意思，是诗人在暗自可惜，可惜不能把这满手的月光赠送给所思之人。这要怎么办呢？还是睡觉吧，在梦中，也许还能和所思之人欢聚。这两句诗构思奇妙，没有深挚的情感和切身体会恐怕是写不出来的。

这首诗的作者张九龄是丞相张说找到的一个非常出色的接班人，没想到在政治上叱咤风云的张丞相，写起诗来还有这样的似水柔情。你会不会有些好奇张九龄是什么人？张九龄是唐朝杰出的宰相之一，同时也是一个值得敬佩的人。他是广东人，在古代，广东属于蛮荒之地，教育相对落后，被称作“天荒”。“天荒”的意思就是，这种落后的地方，地脉断了，天也荒了，根本不可能有人才出现。当时，人才涌现得多的地方有浙江一带，还有河南、陕西等地。但是张九龄凭借着自己的天分和努力，不仅成了岭南第一位状元，还成了国家的栋梁。张九龄的才华无与伦比，他十三岁时就能写得一手好文章。清代编写的《唐诗三百首》，开篇就是张九龄的《感遇》组诗。成为宰相之后，他更加严格要求自己，忠于国家，恪尽职守，不仅要处理好朝内的事情，还要协调和周边国家的关系。当时，邻国有突厥、朝鲜、日本等，在张九龄的主导和筹谋下，唐朝与这些国家的外交关系很融洽。

张九龄的人品同样无可挑剔，他是少有的敢和唐玄宗据理力争的大臣。唐玄宗后期贪图享乐，重用奸臣李林甫、安禄山等，张九龄坚决反对，而且预言安禄山一定会造反。有一次，安禄山违反军纪，张九龄立刻建议唐玄宗杀掉安禄山，一是正军纪，二是免除后患。可他得到的却是唐玄宗潦草的批复。唐玄宗质问张九龄：“你觉得朝廷治不了一个小小的安禄山吗？”由于张九龄总是和唐玄宗对着干，终于惹怒了唐玄宗，被贬为荆州长史，外放做官。这首《望月怀远》就是他被贬时写的。唐玄宗虽然将张九龄罢相贬官，但每当宰相向他推荐公卿时，他都会问一句：“节操、品格、度量像张九龄那样吗？”其实，唐玄宗心里很清楚，张九龄是难得的人才。后来，张九龄去世之后，他曾断言必反的安禄山果然掀起了安史之乱。唐玄宗狼狈地逃到蜀地，就在这个时候，他想到了张九龄，想到了张九龄的远见卓识，非常懊悔，专门派使者到曲江去祭奠张九龄，还追封他为司徒。不过，为时晚矣。作为开元盛世的最后一位名相，张九龄的人品和才华得到了世人一致的称赞。“诗圣”杜甫、“诗佛”王维都曾写诗称赞这位宰相。评判一个人好不好，不能只看他在位的时候是否风光显赫，更重要的是看他失意的时候，人们是怎么看他的。张九龄不仅为后世留下了不少好作品，在做人方面，也是后世的榜样。

【写作锦囊】

《望月怀远》这首诗有哪些写作方法呢？首先，望月，这是有景的，因此，它是典型的触景生情，也就是《诗经》当中我们经常讲到的写作手法——起兴。诗人紧紧扣住“望”和“怀”两个字，一面写月光的柔美，一面写对远在天涯的“情人”的思念。有人说，诗人提到的“情人”是指代，哪有什么具体的女子或者美人呢？张九龄是用“情人”指代唐玄宗。大家想一想，有没有道理呢？也有一定的道理，咱们可以参考。但是，有的时候，读诗不可读得太实。

首联“海上生明月，天涯共此时”是虚实结合、情意缠绵的，但是，你读不到什么感伤，只能感受到诗人对亲人浓浓的思念。这两句至今还常被人引用，和张若虚的“春江潮水连海平，海上明月共潮生”，还有苏轼的“但愿人长久，千里共婵娟”有异曲同工之妙，令人回味无穷。就像歌词中唱的那样，“十五的月亮，照在家乡，照在边关。宁静的夜晚，你也思念，我也思念”，《望月怀远》之所以能深入人心，不仅是因为诗写得好，还因为写诗的人好，所以，才被我们传唱了一千多年。

李白偶像的失意人生

《夜归鹿门歌》《岁暮归南山》

他是盛世隐士，在政治开明、经济繁荣的盛唐，终身没有做过一官半职；他的粉丝不计其数，就连“诗仙”李白都崇拜他，高声吟唱“吾爱孟夫子，风流天下闻”。他就是孟浩然，一个一生坎坷，却依然恬淡洒脱的诗人。下面，让我们一起看一看《夜归鹿门山歌》和《岁暮归南山》这两首诗，跟随孟浩然的脚步，欣赏他生命中的风景吧。

孟浩然是襄州襄阳人，所以人们会称他为“孟襄阳”。古时经常以地名称人，比如韩愈世称“韩昌黎”，王安石人称“王临川”。除了“孟襄阳”，孟浩然还因为终身未仕得了一个名字叫“孟山人”。什么是“山人”呢？字面意思是住在山里的人，其实是指隐居之人。孟浩然为什么不做官呢？其实，不是他不想做，而是不能做。孟浩然四十岁的时候游长安，希望能够当官入仕，但是却没考中进士。不过，孟浩然的才学在当时也是有口皆碑的。他有一次在太学写诗，被在场的一个文人看到了，这人读了孟浩然的诗后，大赞他写得太好了，自愧得再也不写诗了。要知道，太学可是当时的最高学府。孟浩然的诗在艺术上有独特的造诣，后世人把他和王维合称为“王孟”。

我们先来看孟浩然的《夜归鹿门歌》。

夜归鹿门歌

孟浩然

shān sì zhōng míng zhòu yǐ hūn yú liáng dù tóu zhēng dù xuān
山寺钟鸣昼已昏①，渔梁②渡头争渡喧③。
rén suí shā àn xiàng jiāng cūn yú yì chéng zhōu guī lù mén
人随沙岸向江村，余④亦乘舟归鹿门。
lù mén yuè zhào kāi yān shù hū dào páng gōng qī yǐn chù
鹿门月照开烟树⑤，忽到庞公⑥栖隐处。
yán fēi sōng jìng cháng jì liáo wéi yǒu yōu rén zì lái qù
岩扉⑦松径长寂寥，惟有幽人⑧自来去。

注释

① 昼已昏：天色已黄昏。

② 渔梁：水中沙洲的名字，在湖北襄阳城外汉水中。

③ 喧：吵闹。

④ 余：我。

⑤ 开烟树：指月光下，原先烟雾缭绕下的树木渐渐显现出来。

⑥ 庞公：庞德公，东汉襄阳人，隐居鹿门山。荆州刺史刘表请他做官，庞公拒绝后，携妻登鹿门山采药，一去不回。

⑦ 岩扉：指山岩相对如门。

⑧ 幽人：隐居者，诗人自称。

标题中的“鹿门”是一座山，就在襄阳。前四句的意思是，在山寺的钟声中，黄昏来临，奔忙了一天的人们在渔梁渡头，因为争渡而喧哗着。诗人就夹在争渡的人群当中，以夜幕徐落的大山为背景，佛寺的钟声和渡头的人声一起飘向深处，反而让环境显得更加幽静和清冷。山寺的钟声与世俗的声音形成对比，能够领悟到这两种声音交响效果的只有诗人，他始终沉默不语。最终，人们各自匆匆归家，没有人理会这位隐居者。诗人呢？默然乘舟归去。大家往那边，我往这边，一种孤独感袭上心来。

后四句说的是月明时分，诗人忽然发现已经走到了当年庞德公隐居的地方。然而，洞门依旧松径寂寥，只有自己这样的隐居者能够悄然来去。有谁能够理解这位古代高士的青松品性，又有谁能理解诗人今日的情怀呢？

接下来，我们再看一首孟浩然的《岁暮归南山》。

岁暮归南山

孟浩然

běi què xiū shàng shū nán shān guī bì lú
北阙①休上书②，南山归敝庐。
bù cái míng zhǔ qì duō bìng gù rén shū
不才③明主④弃，多病⑤故人⑥疏⑦。

bái fà cuī nián lǎo qīng yáng bī suì chú
白发催年老⑧，青阳⑨逼⑩岁除⑪。
yǒng huái chóu bú mèi sōng yuè yè chuāng xū
永怀⑫愁不寐⑬，松月夜窗虚⑭。

注释

① 北阙：皇宫北面的门楼，汉代尚书奏事和群臣谒见都在北阙，后用作朝廷的别称。

② 休上书：停止进奏章。

③ 不才：不成材，没有才能，作者自谦之词。

④ 明主：圣明的国君。

⑤ 多病：一作“卧病”。

⑥ 故人：老朋友。

⑦ 疏：疏远。

⑧ 老：一作“去”。

⑨ 青阳：指春天。

⑩ 逼：催迫。

⑪ 岁除：年终。

⑫ 永怀：悠悠的思怀。

⑬ 愁不寐：因忧愁而睡不着觉。寐，一作“寝”。

⑭ 虚：空寂。一作“堂”。

关于这首诗，流传着一个故事。孟浩然和王维是好朋友，孟浩然游长安时，王维就想推荐他做官，但是一直没有机会。有一天，王维在宫廷中当值，邀请孟浩然来到他工作的地方，两人正在聊天，没想到突然有人报告唐玄宗来了。慌忙之间，王维让孟浩然躲了起来。等唐玄宗来了之后，王维不敢欺君，便将自己邀孟浩然见面的事奏明了皇帝。唐玄宗没有计较，他也久闻孟浩然的诗名，便让孟浩然出来作诗。结果孟浩然偏偏读了这首《岁暮归南山》，听到“不才明主弃”这句，唐玄宗就有点儿不高兴了，说：“卿不求仕，而朕未尝弃卿，奈何诬我？”孟浩然说自己是“不才”，但皇帝听出来这是以自嘲的形式发牢骚，所以就把孟浩然放归南山了。这个故事是不是真实的，我们无从考证。但是从这首诗里，我们读出了孟浩然求仕而不得的那种失落、消沉的情绪。这首诗写于诗人科举考试名落孙山之后，诗中的“南山”指的是诗人的家乡岘山，也有人说是终南山。终南山是古代隐士喜欢定居的地方，陶渊明亦曾云：“采菊东篱下，悠然见南山。”

“北阙休上书”中的“上书”指向君主进呈书面意见，或为自荐求官，或为谏言。这里的一个“休”字，态度决绝，可以看出诗人此刻的心情非常愤懑，他把这种愤懑的情绪鲜明地表露出来。诗人说“南山归敝庐”显然非己所愿，带着矛盾、失望的心绪回到自己的“破茅屋”。诗人后边接着说“不才明主弃，多病故人疏”，这话说得很委婉：皇帝不要我也就罢了，朋友们也疏远我，责任都在我自己。唉，谁让我没有才华呢，谁让我自己老是多愁多病呢？谁愿意和一个多愁多病的人在一起玩呢？孟浩然在这里的抱怨情绪非常浓。这一句比上一句更能写出人情之理。清代的诗人张问陶说“好诗不过近人情”，说得特别对，唐朝有不少名句都是因为写得“近人情”、写得真实自然被后人所推崇。

接下来，诗人笔锋一转，专门写自己的老境。人老了，又逢岁暮时光，这一年也到头儿了。“白发催年老，青阳逼岁除”，白发渐渐增多，催着人变老，岁暮已至，新春就快要到来了。这两句诗处处显露出无奈和焦虑，“催”“逼”二字给“白发”和“青阳”赋予了情感，淋漓尽致地表现出诗人的不情愿，他不愿老去，更不愿这样碌碌无为地老去，但又不得其法，只能硬被催着、逼着看年华流逝。

“永怀愁不寐，松月夜窗虚”，他不愿刻意地做出旷达、不在乎的姿态，而是实事求是地说出心中的苦闷。心中有愁绪万千，自然无法入睡，松影月光映照窗户，照出的是一片空虚、孤寂。这里“虚”的不仅是院落、夜空，也是诗人的心绪、未来的前途。清代文人冯舒评价孟浩然的这首诗时，是这样说的：“一生失意之诗，千古得意之作。”

我们知道，孟浩然是山水田园诗派的代表诗人，印象中，他应该是喜山乐水，恬淡恣意的。殊不知，孟浩然还有如此愁绪满怀的状态。其实，很多山水田园诗人都不是生来就喜欢寄情山水的，而往往是因为在现实当中失意,无奈之下,才用山水美景来抒发心中的忧愤。因此，这一类诗表达的情感往往显得矛盾、复杂。有人说，因为政治抱负不得施展，在《夜归鹿门歌》中，孟浩然虽表达了寂寥和失意，但并没有绝望，心底还期待着他的政治理想能早日实现。也有人说，四十岁的孟浩然到官场“转悠了一圈”之后，发现自己不适合官场，所以这首诗表现的是孟浩然归隐的决绝。

孟浩然的一生，虽然基本上都过着隐居的生活，但是他的内心相当矛盾。所以他在《夜归鹿门歌》中抒发的情感，既有恬淡洒脱的隐逸志趣，也有独处的孤寂和失意。孟浩然出生在襄阳的一个书香世家，从小就受到家庭的熏陶，接受儒家思想的教育。另外，襄阳有独特的地域文化。襄阳位于长江的中下游地区，是道家文化的发源地之一。王维有诗云："襄阳好风日，留醉与山翁。"历史上著名的"三顾茅庐"和"隆中对"都发生在这里。想到这儿，孟浩然会不会也想效仿先贤，归隐于山中？但同时，他也想做官，实现心中抱负。可是，孟浩然始终入仕不得，所以，他只能在矛盾和徘徊中，与失意为伴。

【写作锦囊】

孟浩然的诗歌，既表现出雄浑明丽的盛唐气象，也有着清新自然的田园风味。他喜欢用动静结合的手法，如"山寺钟鸣昼已昏，渔梁渡头争渡喧"就是动静结合，山寺和夕阳是静，钟鸣和争渡的码头就是动。孟浩然的描述手法通常都是白描。比起细致描画，孟浩然似乎更愿意直接叙述自己经历了什么事，他会写自己的动作，表达自己的想法。比如《夜归鹿门歌》中，主人公在第二联就出现了。而首联呢，孟浩然一句描写视觉，一句描写听觉。颈联只有一句"鹿门月照开烟树"是描写月光、烟雾和树的，但是描写并不细致，几乎都没有写颜色的词语，比如树木是不是绿色的，烟雾是不是白色的，月光是不是银白色的……孟浩然都没写，他只炼字，用了一个“照”，用了一个“开”，烟本来缭绕着，然后月亮一照，慢慢地散开。月光如何“开烟树”，就留给读者去想象了。

山水田园诗人平凡的一天

《积雨辋川庄作》《过故人庄》

提到王维和孟浩然，我们的脑海里一定会浮现出一幅幅山水田园的图画。画中有秋夜朗照松间的明月，还有春天的早晨处处啼鸣的莺鸟；有浣衣归来的女子，也有把酒闲话的故人，都是有着归隐之心的人或者已经归隐的人心之所向的场景。

这两人都是盛唐时期著名的山水田园诗人，他们相差十二岁。诗人之间惺惺相惜，就好像杜甫崇拜李白，李白敬重孟浩然，而孟浩然推许王维，幸运的是，王维同样牵挂着这位比他年长的老大哥，两个人互为知己。只是同样有过归隐经历的两个人，在做官的运气上相差太多。王维，年少成名，状元及第，一生仕途平顺，官至尚书右丞。孟浩然呢，早年隐居，等到他参加科举的时候，已接近不惑之年，终生不通达，没有当成官，最后也是一介布衣。孟浩然在不惑之年出山转了一圈儿，决定再度归隐，走前留下了一首诗，寄托了对友人的不舍，其中有“欲寻芳草去，惜与故人违”这两句，意思是，我要归隐了，最可惜的就是要和你分开。王维读了以后，即兴赋诗一首，表达了对孟大哥深情的祝福：“醉歌田舍酒，笑读古人书。好是一生事，无劳献子虚。”意思是说他的孟大哥一定会过得很好。我想，一生当中，能有幸遇到这么一个志趣相投的友人，可以说此生无憾了。

王维虽为官却向往归隐的生活，那他理想的状态是怎样的呢？《旧唐书》记载：“（王）维弟兄俱奉佛，居常蔬食，不茹荤血，晚年长斋，不衣文彩。”什么意思呢？就是王维和王缙两兄弟，一直信佛，日常吃素，不吃荤腥，到了晚年，更是吃长斋，连色彩艳丽的衣服都不穿。王维在人生的后期，基本上过着这种亦官亦隐的朴素生活，我们从《积雨辋川庄作》中也能感受得到他的“佛系”气质。

积雨辋川庄作

王维

jī yǔ kōng lín yān huǒ chí zhēng lí chuī shǔ xiǎng dōng zī
积雨空林烟火迟①，蒸藜②炊黍饷东菑③。
mò mò shuǐ tián fēi bái lù yīn yīn xià mù zhuàn huáng lí
漠漠④水田飞白鹭，阴阴⑤夏木啭黄鹂。
shān zhōng xí jìng guān zhāo jǐn sōng xià qīng zhāi zhé lù kuí
山中习静观朝槿，松下清斋折露葵⑥。
yě lǎo yǔ rén zhēng xí bà hǎi ōu hé shì gèng xiāng yí
野老与人争席罢，海鸥何事更相疑⑦。

注释

① 烟火迟：意思是（久雨之后）焰火燃烧起来很慢。

② 藜：一年生草本植物，嫩叶可食。

③ 饷东菑：往田里送饭。菑，开垦了一年的田地，此泛指农田。

④ 漠漠：形容广漠无际。

⑤ 阴阴：幽暗的样子。

⑥ 山中习静观朝槿，松下清斋折露葵：意思是，诗人独处空山之中，幽栖松林之下，看到木槿（而悟人生之短暂），采摘露葵以供清斋素食。习静，就是静修的意思，如静坐、坐禅之类。清斋，素食。

⑦ 野老与人争席罢，海鸥何事更相疑：意思是，自己（野老）与人相处，不狂妄，不拘形迹，恐怕连海鸥也不会猜疑了。野老，村野老人，此是诗人自谓。争席，争座位，表

示彼此融洽无间，不拘礼节。《庄子·杂篇》记载，杨朱去跟老子学道，路上旅舍主人欢迎他，客人都给他让座；学成归来，旅客们却不再让座，而与他“争席”，说明杨朱已得自然之道，与人们没有隔膜了。《列子·黄帝篇》记载，海上有人与鸥鸟相亲近，互不猜疑。一天，父亲要他把海鸥捉回家来，他又到海滨时，海鸥便飞得远远的，心术不正破坏了他和海鸥的亲密关系。

诗题当中的“辋川庄”在今天陕西的终南山中，是王维的隐居之所。直到今天，终南山都是隐居的圣地。诗人把他目力所及的山中恬静的景色，与自己在山里亲身体验的“佛系”、舒适的禅寂生活相融合，展现出“诗中有画”的美好意境。如果你在农村生活过，又恰好曾在阴雨连绵的日子点火烧柴，你一定会为诗歌第一句当中的“迟”字叫好。空林积雨，柴难以点燃。什么是“空林”？就是树木稀疏、人烟稀少的山林。诗人的目光所向应该是村庄，那里的树木并不繁茂，因为连日下雨，点柴花了很长的时间。所以，袅袅的炊烟也比平时升起得更晚一点儿。晚一点儿就晚一点儿吧，又没有什么着急的事情，所以，这个“迟”字透露的就是诗人内心的闲散和自在。早早晚晚都没关系，这就代表着一种我们现代人可望而不可即的生命状态。紧接着，诗人由此自然地联想到，烧好的粗茶淡饭送给谁呢？是不是送给村东耕耘劳作的家人呢？我们再看看吃的是什么。“藜”就是我们今天说的灰菜，它的嫩叶是可以吃的；而“黍”呢，是古代的主食，是一种大黄米。农家孩子对生活的记忆，大部分都是父母每天很早就起床到农田里干活儿。自己呢，要好好学习，努力摆脱未来田间耕种的生活，很少会有像诗人这样对农村生活的喜爱和眷恋，这种情感多半是在没有太多的压力，也没有太多负担的情况下才会产生。王维家是世家大族，后来他出仕做官，再后来又隐居，所以他会有这样一种自得的心态。

我们再看颔联，“漠漠水田飞白鹭，阴阴夏木啭黄鹂”，王维果然是会画画的人，你看他一眼望出去，就是一幅好画：一行白鹭翩翩而飞，掠过水田上空；几只黄鹂婉转啼鸣，它们停栖在树木茂密的枝叶间。王维完全可以说：“我的眼睛就是画笔。”夏天的山里百鸟飞鸣，他很会选，选了一滩白鹭、一群黄鹂，它们在图景当中就形成了白与黄这样一淡一浓的色彩搭配。“飞白鹭”“啭黄鹂”，一飞一啭，既有视觉上翩飞的潇洒自如，又有听觉上唱和的甜美和谐。

历史上，选择隐居的诗人不少，但王维与众不同，也许是因为他早年就开始信佛。他独处空山之中，幽栖松林之下，观朝槿，折露葵，以“习静”修身养性。吃的是什么？王维一直吃素，就是吃葵这类清斋素食，想必他也不好喝酒。在王维的诗歌当中，酒非常少见，他不像陶渊明那样“造饮辄尽，期在必醉”。他的生活确实过得寡淡了些，但是自得其乐。他观赏的“朝槿”就是木槿花，早晨开花，傍晚就谢了。古人经常用木槿花来感叹人生短暂，枯荣无常。王维这时候已经在官场混迹多年，虽然总体来讲还算顺利，但是他早就厌倦了尘世的喧嚣，隐居在山中看到的景色、感受到的气韵，比起尔虞我诈的名利场，真的更有趣味，也更能让人陶醉，有所领悟。所以，诗人在结尾以“野老”自称，坦然地说出了心里的话：我已经是一个从追名逐利的官场中退出来的人了，恐怕连海鸥也不会猜疑我了。这对“晚年惟好静，万事不关心”（王维《酬张少府》）的王维来说，应该就是极大的幸事，他终于可以悠悠然沉浸在山林之乐当中了。

相比于“老弟”王维这种禅寂、寡淡，孟浩然的《过故人庄》可以说是情味满满。王维写的是自己沉浸在山林当中体会到的乐趣，而孟浩然写的是人与人之间的交流。

过故人庄

孟浩然

gù rén jù jī shǔ yāo wǒ zhì tián jiā
故人具①鸡黍②，邀我至田家。
lǜ shù cūn biān hé qīng shān guō wài xié
绿树村边合③，青山郭④外斜。
kāi xuān miàn cháng pǔ bǎ jiǔ huà sāng má
开轩⑤面场圃⑥，把酒⑦话桑麻⑧。
dài dào chóng yáng rì huán lái jiù jú huā
待到重阳日⑨，还⑩来就菊花⑪。

注释

① 具：准备，置办。

② 鸡黍：鸡和黄米饭，指农家待客的丰盛饭食。

③ 合：环绕。

④ 郭：古代城墙有内外两重，内为城，外为郭。这里指村庄的外墙。

⑤ 开轩：打开窗户。开，打开，开启。轩，窗户。

⑥ 面场圃：面对着打谷场和菜园。面，面对。场，打谷场、稻场。圃，菜园。

⑦ 把酒：端着酒具，指饮酒。把，拿起，端起。

⑧ 话桑麻：闲谈农事。桑麻，桑树和麻，这里泛指庄稼。

⑨ 重阳日：指农历的九月初九。古人在这一天有登高、饮菊花酒的习俗。

⑩ 还：返，来。

⑪ 就菊花：指饮菊花酒，也是赏菊的意思。就，靠近，指去做某事。

开篇写盛情难却，老朋友提前预备好丰盛的饭菜邀请“我”到他田边的家里。因为是“故人”，所以不用客套，更何况“鸡黍”这类食物既风味独特，又简单朴素，那这个饭局应该让人舒心畅快很多。朋友家的田园风景美不胜收，翠绿的树林环绕着村落，苍青的山峦在城外横卧。一个“合”字，写尽了村落绿植面积的大。“青山郭外斜”的“斜”，曾经念“xiá”，现在统读为“xié”，显现出山峦的静默、深情。有这样的青山、绿树相伴，他们聚会的地方显得更加幽静，又不让人觉得寂寞。这样的景致让朋友和诗人都忍不住“开轩面场圃，把酒话桑麻”。打开窗户，把刚才的绿意引入室内，面对着眼前的打谷场，自然而然地要聊起一些农事。读到这儿，闭上眼，我们仿佛看到窗内推杯换盏，窗外美景乐事。甚至，你仔细闻，还能闻到淡淡的泥土味和稻花的香味。难怪现在很多人乐意去感受农田泥土间劳作的快乐，比如采草莓，摘樱桃，挖红薯，捡花生等。诗人的诗酒田园体验不就是现在的农家乐周末游吗？诗人和朋友酒足饭饱之后，意兴盎然，还没玩儿够，所以就约好：“待到重阳日，还来就菊花。”孟浩然这首诗写的内容，处处都很普通，普通的邀请，普通的农家，普通的庄稼，但是整体读下来，别有一番情趣。或许正应了苏轼的那句话：“人间有味是清欢。”

我们将这两首诗放在一起看。

王维用一幅画描述了自己隐居山林的一天，展现出脱离尘俗的闲情逸致。王维和很多文人一样，面对自然界感悟出了生命的短暂和无常。有人把他这首《积雨辋川庄作》评价为“淡雅幽寂之最”，也就是最淡雅幽寂的一首诗，意境深邃。为什么能写出这种意境呢？这和王维自身参佛的背景有关，他的心是静的。反观孟浩然的《过故人庄》，就像是用写日记的方式记录了自己平凡的一天，写到了朋友热情邀约，写到了农家生活的闲适和自足，诗人的向往之情油然而生。

【写作锦囊】

王维这首诗的尾联用了“争席”和“海鸥”两个典故，一个是正用，一个是反用。“争席”是说杨朱去老子那里学道，路上，旅店的人都给他让座，等他学成回来以后，旅客却不再让座了。为什么呢？杨朱学成，大家应该更敬佩他呀。其实不然，杨朱学成了之后，就放下了外在的架子，和普通的老百姓没什么隔阂了。王维隐居山中，自称为“野老”，与人“争席”，说明他已经融入村民当中，和大家没有隔阂，不见外，这是正用典故，说明诗人在山里生活得很好。“海鸥”的典故出自《列子·黄帝篇》，说海边有个人和海鸥相处得很好，互相信任。有一天，他的父亲让他把海鸥捉回来。听了这话，这人心思就不一样了，等他再到海边的时候，海鸥就不相信他了，都飞得远远的。王维的最后一句诗说：我已经从官场退下来了，海鸥为什么还会猜疑我呢？意思就是别猜疑我了，你猜疑我猜疑得不对，这就是反用典故。一个正用，一个反用，写出了自己淡泊的心志，典故用得巧妙而和谐。典故正着说，表示确实如此，就是正用；用相反的典故和自己的境况形成对比，就是反用。你学会了吗？

孟浩然的语言朴实无华，风格也是平和亲切的，这和他一贯的田园诗风一脉相承。多读读孟浩然的作品，大家会感受到，诗歌的感情都浸润在平实的叙述当中，读起来让人觉得格外温馨。我们自己写文章也好，拍照片也好，要挖掘朴素生活当中那种平实的韵味。

一封想当官的自荐信

《望洞庭湖赠张丞相》

孟浩然因为山水田园诗，在盛唐时代声名远播，收获了一大拨“粉丝”，而且不乏高质量的粉丝。李白、张祜、王维这些人都是孟浩然的“小迷弟”。李白对孟浩然的爱，非常直白而炽热，他说：“吾爱孟夫子，风流天下闻。”这句话出自《赠孟浩然》：“吾爱孟夫子，风流天下闻。红颜弃轩冕，白首卧松云。醉月频中圣，迷花不事君。高山安可仰，徒此揖清芬。”有研究者说，李白对孟浩然高山仰止的情感，是出于对隐士高风亮节的崇拜。孟浩然自然洒脱的人格气质，吸引了具有同样气质的李白。但是，其实孟浩然并不是自始至终都做隐士，他也并不是真心想一辈子做隐士。对于古人而言，隐逸有的时候是为了标榜自己品格高洁，不一定就是最终目的。孟浩然最开始的隐逸是心性使然。到四十岁的时候，他的母亲重病，家里经济条件不好，他就想当官了。

我们读过孟浩然的《岁暮归南山》，能感受到诗人想要隐居又有些不甘的矛盾心态。而下面这首《望洞庭湖赠张丞相》是一首干谒诗。什么是干谒诗？就是拜托别人举荐自己的自荐信。这首诗标题当中的“张丞相”是唐代开元年间的贤相张九龄。张九龄既是官员，又是当时非常有名的诗人。蘅塘退士的《唐诗三百首》选入的孟浩然的诗一共有十四首，《望洞庭湖赠张丞相》被归入五言律诗，让我们一句一句地欣赏。

望洞庭湖赠张丞相

孟浩然

bā yuè hú shuǐ píng hán xū hùn tài qīng
八月湖水平，涵虚[①]混太清[②]。

qì zhēng yún mèng zé bō hàn yuè yáng chéng
气蒸云梦泽[③]，波撼岳阳城。

yù jì wú zhōu jí duān jū chǐ shèng míng
欲济无舟楫[④]，端居耻圣明[⑤]。

zuò guān chuí diào zhě tú yǒu xiàn yú qíng
坐观垂钓者，徒有羡鱼情[⑥]。

注释

① 涵虚：指水映天空。涵，包容。虚，天空。

② 混太清：与天空浑然一体。太清，天空。

③ 云梦泽：古代大湖，在洞庭湖北面。

④ 欲济无舟楫：想渡湖却没有船只，比喻想从政而无人引荐。济，渡。

⑤ 端居耻圣明：闲居在家，因有负太平盛世而感到羞愧。端居，闲居，平常家居。

⑥ 徒有羡鱼情：只能白白地产生羡鱼之情了。这句隐喻想出来做官而没有途径。

首联两句话交代了时间是秋天——“八月”，写出了湖水的浩渺——“湖水平”。王湾的《次北固山下》中，有两句与此相似，就是“潮平两岸阔，风正一帆悬”，二者都是形容水量极大，与岸齐平，水天相接，湖水和天空浑然一体。

“气蒸云梦泽，波撼岳阳城”，颔联这两句继续写湖的广阔，诗人的视线由远而近，看到笼罩在湖上的水汽、涌动在湖里的波涛。“云梦泽”是上古的九泽之一，在这里就指洞庭湖。前面写水汽蒸腾着云梦泽，后面写波涛奔腾，好像要摇动岳阳城。“蒸”字渲染了一种水汽氤氲的氛围和一种由下而上的动态；“撼”字写出了波涛的威力十足，左右摇动着稳固的岳阳城池。这两句很讲究炼字，两个动词形象地写出了湖水的动荡、波涛的澎湃。上面的四句话都是写景的，浓重地描写了洞庭湖浩荡的秋水，看得人心怀激荡，这也是诗人雄心勃勃、壮志凌云的一种外化表现。

“欲济无舟楫，端居耻圣明”中的“济”是渡的意思，“楫”是船上的桨，这里用了借代的手法，指的就是船。“济”，接着前句的意思来讲，是实写，既然有这么广阔的湖水，那就要坐船渡水呀；而从后句干谒，也就是去拜访别人以期获得推荐的意图来看，它又是虚写，有出仕济苍生的意思。面对着浩瀚的洞庭湖，自己想要渡水却没有船只。隐喻了什么？生活在这样的盛世，诗人也想贡献自己的力量。船指的是什么？推荐呀。所以诗人现在只好闲居在家，实在是有愧于这样圣明的时代。“欲济”的言外之意，就是诗人有入仕的愿望。“无舟楫”是吐槽，是抱怨，但也是期望，希望能够得到对方，也就是张丞相的推荐。

尾联说自己坐在湖边，观看那些垂竿钓鱼的人，只有徒劳的羡慕之情。羡慕谁呢？有很多版本的解说，有人说他“羡”的是垂钓者，即渔夫；还有人说“羡”的是鱼，也就是被钓者。如果说垂钓者是张九龄这样能够助自己一臂之力的高官显贵，那把“羡鱼情”的“鱼”和诗人对应起来，就未尝不可了。古代有这么一句俗语：“临渊羡鱼，不如退而结网。”那从“退而结网”的角度看，似乎诗人羡慕的对象更倾向于垂钓者。诗人说“徒有羡鱼情”，实际上是表示自己想入仕，但是没有能引荐、提携自己的人。这个说法很委婉，既表示了想得到张九龄赏识的意愿，又不失文人的体面。他不好意思直接说：老张能不能推荐推荐我？我是个有才华的人，我想当官。

“气蒸云梦泽，波撼岳阳城”历来受人夸赞，也经常被拿来与“诗圣”杜甫描写洞庭湖的句子“吴楚东南坼，乾坤日夜浮”做比较。评论家认为，杜甫的诗有着无穷无尽的家国悲伤，以景物的阔大和漂泊的痛苦相互映衬，首尾相衬，浑然一体。而孟浩然受到眼前景物的触发，面对着浩浩的湖水，自然联想到要找船渡河。孟浩然的这句“欲济无舟楫”，甚至只是一个“济”字，就让全篇生色，全诗立刻显得活跃起来。

我们回过头来说说干谒诗,这是时代和历史相互作用的一种产物。一方面，它是士子们晋身的台阶，干谒诗写好了，会受到别人的赏识。因此，干谒诗的言辞一般情况下是比较拘谨、有限制的。举荐人喜欢什么，诗人就写什么。另一方面，请求的对象是高官显贵、社会贤达这些有社会地位的人，所以写得有一些低微、含蓄是必然的，写得太直接，就会显得唐突，有失风雅，缺少起码的礼仪。从这首《望洞庭湖赠张丞相》来看，诗人笔下的景物再壮美，也让人体会到其中掩饰不住的卑微。

而从阅读的角度来讲，怎样在语言层面上确定内容的“机关”就显得格外重要。怎样知道诗人说的就是字面意思，还是有言外之意呢？因为诗人最终的目的是让读到自己诗作的、对自己入仕有帮助的人明白自己这种卑微的心境，所以也会在字面上留下解读的钥匙。那么，解读这首诗的钥匙是什么呢？就是这句“欲济无舟楫”。类似的句子，还有同样是唐人的朱庆馀在《近试上张水部》中写的“画眉深浅入时无”。这种心境，其实也不纯为干谒。从整体上来说，中国人表情达意的方式都偏向于含蓄而委婉。干谒和入仕为官有联系，更实用，但也会写得委婉一些，言有尽而意无穷。大家要在很多诗作当中慢慢体会。

【写作锦囊】

写景与抒情有机地结合在一起，是这首诗的艺术特色。前四句写景，后四句抒情，触景生情，情在景中，情景交融。读古诗，必须形成一种意识，即基本上没有无情之景。要么景物撩动情感，要么就是因为诗人有这样的情感而书写这样的景物。所谓的“情景”，名义上分为两点而实不可分，如果真能分开，景也会写得比较空洞、单调了。

写景抒情，对景物的选择很关键。既要写景，又要隐晦地把自己的意思表达出来，那到底以什么为着手点就很关键。从这首诗来看，选择深广又伟丽的洞庭湖，既可以进行艺术化的描摹，让别人看出自己的笔力，又能联系到生活当中实际的需求和用途。很显然，襄阳的孟浩然对洞庭湖非常熟悉，随手写来就风神毕现。再次提醒大家，写东西最好选择自己熟悉的事物，这样才能全方位地了解并真正地把控笔下的事物。万事万物都存在着联系，因为熟悉，我们才能发现此景此物和自己要表达的感情之间的联系，从而能够把认识、实用，甚至审美各个层面的价值统一起来。

从写法上看，孟浩然的这首诗还给我们一个启发——炼字，也就是准确地选择词语，尤其是动词、形容词，会有画龙点睛的效果，比如这首诗当中的“蒸”“撼”“济”，还有诗人所选择的“云梦泽”这个名字比“洞庭湖”好听得多。云梦泽，有浮云，又有美梦，让意境一下子有了别样的美感。看到没？读诗，我们也能读出对写作对象的选择和剪裁。

哀而不伤的送别经典

《送元二使安西》

说到离别，“伤感”“凄凉”等都是它的代名词。无数文人墨客为离别写下许多慷慨悲壮的诗歌，比如王勃、李白、高适，他们的离别诗都写得别具一格，而王维的这首《送元二使安西》是离别诗中评价最高的。明朝胡应麟在《诗薮》中这样评价：“‘渭城朝雨’自是口语，而千载如新。”意思是，虽然是聊天似的语言，但是多少年来读起来都觉得那么清新。“盛唐绝句，‘渭城朝雨’为冠。”最好的绝句就是这一首。那这首诗到底有着怎样的魅力呢？我们一起来欣赏。

送元二使安西

王维

wèi chéng zhāo yǔ yì qīng chén kè shè qīng qīng liǔ sè xīn
渭城①朝雨浥②轻尘，客舍青青柳色新。
quàn jūn gèng jìn yì bēi jiǔ xī chū yáng guān wú gù rén
劝君更尽③一杯酒，西出阳关④无故人。

注释

① 渭城：秦时咸阳城，汉代改称渭城，在今陕西咸阳东北，位于渭水北岸。

② 浥：湿润，沾湿。

③ 更尽：再饮空。

④ 阳关：古关名，故址在今甘肃敦煌西南。

我们大致梳理一下前两句的结构，先说地点——渭城，再说时间——早晨，然后是天气——下雨了。下雨怎么了呢？润湿了渭城地面的尘土。“渭城朝雨浥轻尘”让我们一下就感觉到了清新的氛围。接下来，“客舍青青柳色新”，那被雨洗过的柳条显得更加干净、青翠和美丽。“柳”代表“留”，写离别的诗里，常出现柳树、柳枝、柳条等。诗人先写景，整首诗一开始就洋溢着诗情画意。

“劝君更尽一杯酒”的意思是，不说别的，朋友，咱俩干一杯，再干一杯！什么叫“更尽”？就是再干一杯。因为你西出阳关之后，便再也见不到亲友，也就是离别了之后，再也没有故人相伴了。用自然的语言抒发了诚挚、深厚的惜别之情。这种情调和一般送别诗的低回伤感、缠绵呜咽是不同的，和“莫愁前路无知己”也不一样，让我们在这种清新当中获得了一点点愉悦的感受。

我们来具体赏析这首诗。前两句我们看到了清晨时分渭城的客舍，“客舍”就是旅行时寄居的宾馆，我们看到了从东一直延伸到西、不见尽头的驿道，也看到了在客舍周围、驿道两旁的柳树。这一切本来是非常平常的眼前之景，却让我们觉得风光如画，很具有抒情的气氛。本来下雨有凄凉之感，但是雨荡涤了轻尘；本来觉得柳树的摇曳象征着离别，但是柳色又一派清新。这美丽的柳色、洁净无尘又没有积水的小路，都可以说是“朝雨”的功劳，雨下得恰到好处。送别时，天气晴朗，道路洁净。“浥”字的部首是“氵”，说明它跟水有关系，是浸润的意思。试想，如果雨下得太多了，道路就会泥泞，下少了又没有作用，而湿润就刚刚好，给远行的人安排了一条轻尘不扬的道路。“客舍”“杨柳”都是离别的象征，用到这儿显然是扣送别这个主题的，这两个意象往往都在传达离情别绪。但是，这首诗中那清新湿润的空气、青翠欲滴的柳色，却带给我们清爽、舒适的感受。

这场离别，深情却哀而不伤，反而是轻快的、富有希望的，因为一切都是清新的。比如，“轻尘”“青青”“新”这些词的声调都让人感觉非常轻柔、明快。

前两句写景，后两句写的是惜别。首先，我们要了解“西出阳关”是什么意思。“阳关”位于现在的甘肃省敦煌市西南，始建于西汉，在唐代，它是通往西域的重要关口。大唐王朝经济发达，和西域往来频繁，当时的人们不觉得出使西域是苦差事，甚至会觉得是令人向往的壮举。但是，当时阳关以西的地方土地荒芜，人烟稀少，条件异常艰苦。出使的人不仅要万里长途地跋涉，还要克服无尽的艰辛和寂寞。想到这儿，诗人就忍不住缓缓举起酒杯说：“朋友，再喝一杯。”这一杯饱含深挚情意，既有依依惜别的情感，又有对朋友未来的关心，更含有对朋友殷勤的祝愿——这一路上，一定好好珍重。朋友马上要走了，所以才一直说：别走，别走，再喝一杯，再喝一杯。之后就有了“西出阳关无故人”的感慨，临别时要说的话很多，但又不知从何说起了，只好用喝酒打破沉默，好像在说，朋友，你要离开，我真舍不得呀。这句诗定格的这个场景，是蕴含着非常丰富的情感的一个瞬间。

《送元二使安西》的语言，需要过多地翻译吗？不需要。它的语言朴实，写景也形象生动。尤其是“劝君更尽一杯酒，西出阳关无故人”，几乎就是口语，诗人说得非常自然、非常真诚，我们读这两句诗，也能感受到诗人对朋友那深挚的惜别之情。

王维有很多称号，比如“王摩诘”“摩诘居士”“王右丞”“诗佛”等，他和孟浩然合称“王孟”。不同于一生不得志的孟浩然，王维出身名门，他的父亲来自太原王氏，母亲是博陵崔氏的贵族小姐。这两个家族在当时都有着极高的社会地位，不仅有声望，而且受人尊重。据说，当时一些年轻官员为了跟博陵崔氏的姑娘联姻，甚至不愿意当公主的驸马。王维有着这样显贵的出身，当然也接受了良好的教育，他不仅诗写得好，还擅长书法和绘画，而且精通音乐。有一次，有个人给王维看了一幅画，画的是奏乐的场景，王维看了一眼，说：“这弹奏的音乐是《霓裳羽衣曲》第三叠的第一拍。”那人不信，叫来乐师演奏《霓裳羽衣曲》，在第三叠第一拍的地方叫大家停住不动，看看他们的姿态，还真和画上一模一样！对乐曲熟悉到这种程度，可见王维在音乐方面的才能。另外，王维的长相也特别英俊，当时的人说他“妙年洁白，风姿都（dū）美”，意思就是，王维是一位皮肤白皙、风采出众的美男子。这样一位容貌俊美、才华横溢的翩翩贵公子，在当时肯定备受追捧。

【写作锦囊】

这首诗前两句写景，交代了送别的时间、地点，描写了周围的环境；后两句写送别的话语，表达了对友人的惜别之情。这种写法就叫情景交融，十分具有艺术感染力。有个字值得一提，“劝君更尽一杯酒”的“劝”。“劝”是一个会意字，有劝勉他人努力的意思。繁体写作“勸”，左边是“雚（guàn）”，右边是“力”。雚是一种鸟，特点是力争上游；右边的“力”，就是努力的意思。所以，“劝”表示一次一次尽力地鼓励或劝勉，引申为劝说，说服，让人听从。作者用这个字更符合本诗情和景的基调。

写作技巧的最佳范本

《鹿柴》《鸟鸣涧》《山居秋暝》

《红楼梦》中有一个黛玉教香菱写诗的情景。黛玉对香菱说：“你若真心要学，我这里有《王摩诘全集》，你且把他的五言律读一百首，细心揣摩透熟了，然后再读一二百首老杜的七言律，次再李青莲的七言绝句读一二百首。肚子里先有了这三个人作了底子，然后再把陶渊明、应玚、谢、阮、庾、鲍等人的一看。你又是一个极聪敏伶俐的人，不用一年的工夫，不愁不是诗翁了。”林黛玉真是一个好老师，她自己作诗很优秀，也有着优秀的教学方法。在林黛玉推荐的诗人里，排第一位的是王摩诘，也就是王维，然后才是杜甫，再是李白。

我们都知道李白、杜甫的江湖地位，他们是诗坛的两座高峰，相对而言，地位要比王维高。那为什么林黛玉会把王维排在第一名呢？是因为她觉得王维的诗最好，还是有其他的原因呢？等我们学过三首诗歌，再来回答这个问题。先来看第一首《鹿柴（zhài）》。

鹿柴

王维

kōng shān bú jiàn rén, dàn wén rén yǔ xiǎng
空山不见人，但闻人语响。
fǎn jǐng rù shēn lín, fù zhào qīng tái shàng
返景[①]入深林，复照青苔上。

注释

① 返景：夕阳返照的光。

先看题目，“柴”同“寨”，意思就是用树木围成的栅栏。四十三岁时，王维在山里买了一处别墅，就是前面诗歌《积雨辋川庄作》中提到的辋川别业，那里有二十多处优美的风景。王维和他的好朋友裴迪给每处美景都写了诗，这首《鹿柴》是其中的第五首。前面讲过，没有纯写景的诗，王维的诗就擅长在景色当中蕴含自己的心情。

“空山不见人，但闻人语响”中的“空山”是指视野开阔、一览无余的山林。如果是遮天蔽日的原始森林，到处枝繁叶茂、郁郁葱葱，就不会给人空旷的感觉，所以空山一定是特别广阔、寥无人烟的山林。既然是寥无人烟的山林，为什么能听到“人语响”呢？在这里，“空山”和“响”是相呼应的关系。大山非常空旷，没有障碍物的遮挡，说话的声音就会在山谷中来回激荡，很久很久才会消失。诗人听到的“人语响”，不是别人的声音，而是他和好朋友裴迪的声音。我们也可以说，有这样的声音，让王维在这种“空”中更感受到了自己内心的平和、舒畅。大家想象一下这样的场景：山间杳无人烟，只能听到自己说话的回声。这样的环境其实非常清冷、孤独和寂寞，是不适合久居的。就像柳宗元《小石潭记》里描写的，“四面竹树环合，寂寥无人，凄神寒骨，悄怆幽邃”，四面环绕着竹林和树林，寂静寥落，空无一人。柳宗元只在小石潭边待了一会儿，就离开了，因为此地环境太过冷清，“不宜久居”。

王维的辋川别业也是这么冷清吗？如果是的话，他为什么能够长期在这里住下去，而且乐此不疲呢？缘于“返景入深林，复照青苔上”，这里的“景”是日光的意思。青苔生长在阴暗潮湿的地方，平时被树木遮挡，阳光照不到。傍晚，落日的余光映入了森林，反射在幽暗处的青苔之上，给原本清冷的山林增加了一点儿暖色调，让寂寞的山林有了一些生气，这就是诗人能在这里久居的原因。这两句跟王籍的“蝉噪林逾静，鸟鸣山更幽”有异曲同工之妙。王安石曾经把王籍的诗句改成“一鸟不鸣山更幽”，被黄庭坚嘲笑为“此点金成铁手也”，说他把人家挺好的诗改成破烂儿了。为什么说改得不好呢？虽然一鸟不鸣确实更安静，但是那种什么声音都没有的静，是死气沉沉的静。蝉噪、鸟鸣的一点儿声音在山林间回响，更表现出山林的幽静，起到了反衬的效果。《鹿柴》也是一样，夕阳的余晖反射在青苔上，不仅为山林增添了几分暖色，也用这样的亮衬托出山林的幽静。注意，这里的静是幽静、幽深，不是死气沉沉、无法久居的寂静甚至死寂。“人语响”是声，“返景”“照”是色，诗人描写“空”山，偏偏要从有声有色的地方下手，写得富有趣味，作诗才能可见一斑。这就不难理解为什么林黛玉第一个推荐的诗人是王维了。因为读王维的诗，能够打开五感，能够知道怎样去观察景物，怎样多层次地描写，这是一个初学者入境的必由之路。接下来，我们再看第二首——《鸟鸣涧》。

鸟鸣涧

王维

rén xián guì huā luò yè jìng chūn shān kōng
人闲①桂花②落，夜静春山③空。

yuè chū jīng shān niǎo shí míng chūn jiàn zhōng
月出惊山鸟，时鸣④春涧⑤中。

注释

① 人闲：指没有人事活动相扰。闲，安静、悠闲，含有人声寂静的意思。

② 桂花：春桂。

③ 春山：春日的山。亦指春日山中。

④ 时鸣：偶尔（时而）啼叫。时，时而，偶尔。

⑤ 涧：指的是山间流水的沟或者小溪。

这首诗同样写得有声有色。大家可以想象一下前两句诗中描绘的情景：宁静的夜色中，春山一片空寂，寂静的山谷中，只有桂花悄无声息地飘落。既然是悄无声息地飘落，为什么诗人能听到呢？因为“人闲”，周围没有外人的打扰，诗人的内心一片宁静，所以才能够察觉到身边事物的轻微变化。就像有些同学描写考场经常用“掉一根针都能听到”，就是为了突出静。诗人写桂花落，也是为了感叹夜色中的春山太安静了。这一刻，诗人的心境和春山的环境融为一体，大千世界的万物都陶醉在宁静的夜色中，接着就有了“月出惊山鸟，时鸣春涧中”，月亮冉冉地升起，洒下银辉的时候，山中栖息的鸟儿好像受到了召唤，飞到了山涧的上方，不时地鸣叫起来。原本宁静的春山，突然变得热闹起来。我们可以相信，鸟儿的叫声一定不是凄凉、凄惨的，而是欢快的，诗人的心情也一样非常愉悦。

这首诗同样写得巧妙，诗人把所看到的和所听到的融为一体。比如“人闲桂花落”，既是诗人听到的，也是他看到的，同时，我们从中也能感受到他的生命状态。后面的“月出惊山鸟，时鸣春涧中”，同样既有听觉描写，也有视觉描写。而且，诗里用的意象很美，春山宁静，明月如水，桂花芬芳，山鸟啁啾。这首小诗只有二十个字，却给我们营造了一个如梦一样美好的意境。古人对这首诗的评价很高，比如明代学者胡应麟说：“太白五言绝自是天仙口语，右丞却入禅宗。如‘人闲桂花落，夜静春山空。月出惊山鸟，时鸣春涧中’……读之身世两忘，万念皆寂……”意思是，李白有神仙般的语气、语言，而王维因为入了禅宗，写起诗来更让人内心宁静，忘掉所有的烦恼和贪念。这是一个相当高的评价了。普通的评价就是语言真好真美，高级的评价是他的诗改变了我，大家要慢慢体会。我们再来看一首王维更著名的诗——《山居秋暝》。

山居秋暝

王维

kōng shān xīn yǔ hòu　tiān qì wǎn lái qiū
空山新雨后，天气晚来秋。
míng yuè sōng jiān zhào　qīng quán shí shàng liú
明月松间照，清泉石上流。
zhú xuān guī huàn nǚ　lián dòng xià yú zhōu
竹喧归浣女①，莲动下渔舟。
suí yì chūn fāng xiē　wáng sūn zì kě liú
随意春芳歇②，王孙③自可留。

注释

① 浣女：洗衣物的女子。

② 歇：尽。

③ 王孙：原指贵族子弟，此处指诗人自己。

这是王维的名篇，同样写得非常优美。有时候我觉得，“优美”二字并不能涵盖这首诗带给我们的内心触动。

首联描写的是雨后山中的秋景。“空山新雨后，天气晚来秋”，初秋的夜晚，经过一场山雨的洗礼，万物焕然一新，空气清新，景色美妙，寂静的空山就像世外桃源一样。在这么多的优美景色当中，最让诗人心动的是什么呢？“明月松间照，清泉石上流”，皓月当空，青松如盖，明月映照在幽静的松林间，清澈的泉水在山石上淙淙流淌，这是多么清朗、明净的自然之美呀。

除了优美的自然景色，这里的居民也淳朴可爱。“竹喧归浣女，莲动下渔舟”是倒装句，正确的语序应该是“竹喧浣女归，莲动渔舟下”。竹林里传来一阵欢快的说笑声，那是姑娘们洗完了衣服，抱着装满衣服的大木盆，走在回家的路上；荷叶摇晃，抖落了串串水珠，那是一只小小的渔船穿行在荷叶之间。诗人为什么先说“竹喧”，再说“归浣女”；先说“莲动”，再说“下渔舟”呢？这是因为，他先听到说笑声，再看到她们从竹林中走出来的身影；先看到莲叶摇动，再看到从密密的莲叶中钻出来一条小船。这两个画面都写得非常真实、非常自然。

尾联，诗人有感而发，“随意春芳歇，王孙自可留”，“随意”就是随便，尽管春天的风光早就逝去了，但是秋天的景色更加优美，想来这里隐居的人们尽管来好了。

【写作锦囊】

《山居秋暝》是三首诗中写得最全面的，前两首都是在山中一瞬间入境，然后感受到人情，而这首诗从景写到人，再写到人情，过程很完整。所以《山居秋暝》在这三首诗中，世人评价居第一。《唐宋诗举要》称赞《山居秋暝》：“随意挥写，得大自在。”说这首诗看上去写得很随意，其实技巧是非常高明的。

诗人采用的结构是“总——分——总”：“空山新雨后，天气晚来秋”是总，写了季节、天气、时间；“明月松间照，清泉石上流”聚焦在一个景框之内，用月、松、泉、石构成景框，勾勒出山中最有特色的景致和氛围；“竹喧归浣女，莲动下渔舟”，进一步写人和景的互动，浣衣的姑娘在竹林里笑闹而归，满载而归的打鱼小伙子（我们想象成小伙子吧）在开满莲花的小河里顺流而下，这两句有人的出现，有人做的事儿，有人的感情，成为这个景框里最生动的元素；最后一联是诗人的总结，这些景致、这种人与自然和谐一体的情趣，多么惬意而美好啊！所以，“随意春芳歇，王孙自可留”，我们就留下来欣赏一下吧。

这样整体一解读，这首诗的结构是不是特别清晰明了？所以，我们在写作文的时候，尤其是在写游记的时候，完全可以仿照这样的结构，去看、去体会、去表达感情。先写时间、地点，还有大概的环境；然后具体写几种景物的特色，再把景和人结合起来，人在景中，移步换景，景随着人的心情而改变；最后总结升华，抒发感受。这就是一篇不错的游记了。

大家可以回想一下自己出去游玩的一次经历，把它写下来。先写时间、地点、天气，“那年夏天，我去大明湖游玩。中午，天空飘起了小雨。”然后写湖中的荷花、岸边的垂柳、绿荫里的庭院，这样就有了景。写景的时候注意要有声有色，等写到庭院时，人就出场了。有的人这样，有的人那样，最后再写你自己在干什么，有什么感受，总结几句。这样，游记不就写好了吗？你看，读了一首诗，写起作文也能清晰很多。

现在来回答我们开头提出的问题。林黛玉之所以让香菱先学王维的诗，就是因为他的诗太适合当范本了。王维所选的意象都很美，像我们刚刚讲过的《山居秋暝》，明月、青松、清泉、浣女、莲、渔舟，单看意象都觉得很美，这就是善于选材的表现。王维的诗歌写作技巧也很高，每一首诗都会有动有静，有声有色。诗歌框架非常清晰，每一首诗的结构一目了然，对于初学诗的人来讲，绝对是最佳的范本。

倚杖柴门，临风听蝉

《辋川闲居赠裴秀才迪》

“味摩诘之诗，诗中有画；观摩诘之画，画中有诗。”这是苏轼对王维的评价，大家可能听得耳朵都要起茧子了。王维的诗歌和谐而优美，就像一幅幅清新秀丽的山水画，又像一曲曲恬静优美的抒情歌谣，确实是“诗中有画”。那么王维是怎么做到的呢？我们就结合王维的成长经历，谈一谈他“诗中有画”的山水诗。

王维出生在 701 年（有争议），属于豪门望族之后。王维的父亲王处廉当过汾州司马，王维的母亲出身于博陵望族崔氏，她信奉佛教，所以就以《维摩诘经》为王维起名字，名维，字摩诘。这个名字非常有讲究。《维摩诘经》讲的是出身富贵的维摩诘居士精通佛法，佛祖听说以后，就让文殊菩萨变成普通人去考察他，没想到维摩诘居士一眼就认出了文殊菩萨，并对他讲起了佛法。维摩诘居士对佛法的理解之深，就连文殊菩萨听了都自愧不如。崔氏给王维起“维摩诘”这个名字，里面的深意，大家应该很容易就能体会到了。王维也像维摩诘居士那样聪慧过人，书法、绘画、诗歌、音乐样样精通。

721年，年轻的王维考中了进士，名扬京城，豪门望族都来与王维结交，宁王、薛王等都拿王维当老师和朋友，这时的王维春风得意，觉得大展身手的时候到了。但是现实可能远不像想象当中的那么美好，那时唐朝的国力处于巅峰，随着唐玄宗日渐腐化堕落，朝廷逐渐被奸臣把持，王维的政治理想无法实现，这是王维面对的第一道坎儿。王维三十岁时，他的妻子去世，这是王维面对的第二道坎儿。据史书记载，王维丧妻不娶，孤居三十年。而且他的生活非常简朴，吃的是粗茶淡饭，不沾荤腥，不穿带有花纹的衣服，家里也没有什么豪华的摆设。其实他们家经济条件不错，但书房里只有茶铛、药臼、经书、古琴而已。他在做官的时候，其实也在修养、修炼。

为什么王维这么热爱山水田园呢？可能因为他在政治上没有什么追求，情感又十分专一、简单，生活上又是一个极简主义者。因此，美丽的山水风光就成了王维最大的精神寄托。这也就不难理解，为什么王维笔下的山水那么美，那么光彩动人，因为这里饱含着诗人深深的感情。他把所有的感情都积聚在他看山水的眼睛里，以及写山水的笔尖。

咱们来看一首王维所写的、展现他隐居山水时的生活场景的《辋川闲居赠裴秀才迪》。

辋川闲居赠裴秀才迪

王维

hán shān zhuǎn cāng cuì　　qiū shuǐ rì chán yuán
寒山转苍翠[①]，秋水日潺湲[②]。
yǐ zhàng chái mén wài　　lín fēng tīng mù chán
倚杖柴门外，临风听暮蝉[③]。
dù tóu yú luò rì　　xū lǐ shàng gū yān
渡头馀落日，墟里[④]上孤烟[⑤]。
fù zhí jiē yú zuì　　kuáng gē wǔ liǔ qián
复值[⑥]接舆[⑦]醉，狂歌五柳[⑧]前。

注释

① 转苍翠：一作“积苍翠”。转，转为，变为。苍翠，青绿色，苍为灰白色，翠为墨绿色。

② 潺湲：水流声。这里指水流缓慢的样子，当作“缓慢地流淌”解。

③ 听暮蝉：聆听秋后蝉儿的鸣叫。暮蝉，秋后的蝉，这里是指蝉的叫声。

④ 墟里：村落。

⑤ 孤烟：直升的炊烟，也可以指倚门看到的第一缕炊烟。

⑥ 值：遇到。

⑦ 接舆：隐士陆通的字。接舆是春秋时楚国人，好养性，假装疯狂，不出去做官。在这里以接舆比裴迪。

⑧ 五柳：陶渊明。这里诗人以五柳先生自比。

辋川位于长安郊外蓝田县西南，是一个依山傍水、风景优美的地方。这个地方原本是初唐诗人宋之问的别墅。王维在辋川建造了草堂，弹琴，写诗，参禅念佛，这里的每一处山水都留下了他和好朋友裴迪的脚印，这里的每一处风景都寄托了王维的深情。

“寒山转苍翠，秋水日潺湲”，一个“寒”字夺去了山野中的所有温度，不仅如此，“苍翠”一词还描绘了山野的颜色，进入秋季，原本青翠的山色也变为更深的苍翠色，从温度到色彩，勾勒出一幅幽深的秋日山景图。另外，这个“转”字仿佛让我们看到层林尽染的动态变化，使画面富有动感。写完了秋日的山，作者写秋天的水，“潺湲”指水慢慢流动的样子，山间的泉水日复一日地汩汩流淌，仿佛是秋天山野中一曲轻灵的乐曲。起首两句描写了山野的寒冷、山林的色彩和水流的声音，动静结合，可谓别具匠心。

我们再看第二联，诗人在柴门外拄着拐杖，迎风细听着傍晚时分蝉的吟唱。蝉在古诗文当中一直是高洁的象征，比如“居高声自远，非是藉秋风”。“柴门”说明诗人住的地方很简陋，是茅草屋。“临风听暮蝉”勾勒出诗人什么样的形象呢？住得简陋，生性淡泊，吹风听着高雅的蝉吟唱，真是超然物外。

“渡头馀落日，墟里上孤烟”是从陶渊明《归园田居》当中化出来的，原句是“暧暧远人村，依依墟里烟”。“暧暧”指迷朦隐约的样子，“依依”指轻柔而缓慢的样子，村落和轻烟在陶渊明的笔下仿佛格外温柔，远处的村落，还有袅袅的炊烟，都那么富有人情味。王维的这两句用的是白描的手法。水天相接处，美丽的夕阳绽放着最后一丝绚丽的光芒，照着瑟瑟江水，与此同时，村子里升起了一缕炊烟。作者虽然在写景，但又好像诉说了心中的千言万语。在这一刻，人和大自然融为了一体。一个“馀”字，让你看到夕阳缓缓地坠下；一个“上”字，让你看到炊烟袅袅升起。这两句描绘得既真实又生动。所谓“道是无晴却有晴”，大家想象一下这幅画面：红红的太阳缓缓落下，袅袅的炊烟慢慢升起。一上一下，多么温暖灵动的场景。因此，这两句诗非常受后人的欢迎，也是王维的经典名句。

“复值接舆醉，狂歌五柳前”，接舆是春秋时期楚国的一位狂人，孔子游历楚国的时候，接舆就跑去跟孔子说：“凤兮！凤兮！何德之衰？”“凤兮”是称赞孔子为人中龙凤，“何德之衰”是说当时是礼崩乐坏的时代。接舆对孔子说，如果整个时代都是一团糟，你就算有天大的本事，你是人中龙凤，又能怎么样呢？接舆在表达什么？别努力了，归隐山林吧。不过，孔子“明知不可为而为之”，奔波了一生，最终还是没有实现自己的政治理想。在诗里，王维把裴迪比作接舆，把自己比作陶渊明。王维早年也有“安社稷，济苍生”的政治理想，这是文人的普遍梦想。但是在唐玄宗后期，唐朝已经开始走下坡路了，王维的理想注定实现不了，他没有像孔子那样明知不可为而勉力为之，而是很从容很平静地和裴迪一起归隐山林，成了陶渊明那样真正的隐士。他的人生历程也正应了人们常说的“穷则独善其身，达则兼济天下”。

【写作锦囊】

王维精通佛法，他的举动确实有佛家的风范，不争不抢，不急不躁，清静恬淡，豁达超脱，这是佛家的圆融智慧。远离世俗所带来的平静、安详，让王维真正领悟到了自然的乐趣。把自己内心很多由外界环境带来的不良影响都放逐掉，他才能真正融入大自然。于是，袅袅的炊烟，悠悠的晚风，都化作了王维笔下淡淡的禅意。为什么大家都爱读王维的诗呢？就是因为王维的诗歌里有生活的乐趣，有平和的心态，有绝美的画卷，有生命的沉思，有一份与众不同的从容和优雅，这在其他人的诗歌当中是很难见到的。

乘船旅行到巴峡

《晓行巴峡》

这首《晓行巴峡》比起《鹿柴》《山居秋暝》等，知名度要稍微低一些，但也是王维山水诗当中非常有特色的一首，写的是诗人乘船游长江的见闻和感受，被选入了北京市的高考题。

古人出行没有飞机，没有高铁，没有汽车，只有走陆路——坐马车和走水路——坐船这两种选择。那时的轮子没有充气，没有减震功能，坐马车是很颠簸、很不舒服的。坐船相对来讲就好多了，船行江面，不仅没有颠簸之苦，还能够看到两岸的风景，所以很多羁旅诗写的都是乘船旅行。比如，杜甫写过“即从巴峡穿巫峡，便下襄阳向洛阳”，李白也写过“朝辞白帝彩云间，千里江陵一日还”，走的都是水路。这一次，我们就来看一看王维是怎么写长江和巴峡的。

晓行巴峡

王维

jì xiǎo tóu bā xiá yú chūn yì dì jīng
际晓①投巴峡②，馀春忆帝京③。

qíng jiāng yì nǚ huàn zhāo rì zhòng jī míng
晴江一女浣④，朝日众鸡鸣。

shuǐ guó zhōu zhōng shì shān qiáo shù miǎo xíng
水国⑤舟中市，山桥树杪⑥行。

dēng gāo wàn jǐng chū tiào jiǒng èr liú míng
登高万井⑦出，眺迥⑧二流⑨明。

rén zuò shū fāng yǔ yīng wéi gù guó shēng
人作殊方语⑩，莺为故国声。

lài duō shān shuǐ qù shāo jiě bié lí qíng
赖多⑪山水趣，稍解别离情。

注释

① 际晓：黎明。

② 巴峡：长江自巴县（今重庆）至涪州（今涪陵）一段有明月、黄葛、铜锣、石洞、鸡鸣、黄草等峡，这些峡皆在古巴县或巴郡境内，因此统称为巴峡。

③ 帝京：帝都，指京都长安。

④ 女浣：即浣女。浣，洗。

⑤ 水国：犹水乡。临水城邑。

⑥ 树杪：树梢。杪，一作“上”。

⑦ 万井：千家万户。井，即市井，村落，指山城住户。

⑧ 眺迥：远望。

⑨ 二流：其一为长江，另一当指在巴峡一带入江的河流，如嘉陵江、玉麟江、龙溪河等。一说为阆（làng）水和白水。

⑩ 殊方语：异乡语言。殊方，远方，异域。

⑪ 赖多：多亏。

“际晓投巴峡，馀春忆帝京”中的“际”指靠边或分界的地方，我们经常说的天际就是天边。那么“际晓”指的就是天刚刚亮的时候，拂晓时分诗人就已经启程了，向巴峡而去。“馀”可以理解为“剩下”，“馀春”即剩下的春天，也就是暮春，在有些悲情的暮春时节，作者心中想着的是遥远的京城，唐朝的首都是长安，相当于现在的西安，作者要去的三峡在巴蜀之地，两地相隔遥远。开头两句，我们仿佛可以感受到作者心中有淡淡的离愁。

接下来的八句，写的是诗人沿途所见所闻，是全诗的主体部分，每一联都是两两对仗。“晴江一女浣，朝日众鸡鸣”，天气晴朗，江边有一个少女在浣洗衣服，朝阳里传来声声不绝的鸡鸣。浣女的形象带有生活的气息，经常出现在王维的诗歌当中，比如《山居秋暝》中的“竹喧归浣女，莲动下渔舟”，写的是秋天的晚上，洗完衣服的少女回家。这首诗则是写暮春的早晨，一名早起的少女来到水边洗衣服。前一句还是“忆帝京”，有一种思乡的伤感情绪，忽然笔锋一转，又是晴朗的早晨，又是勤劳的少女，下一句紧接着写春天朝日高照，鸡鸣之声清晰可闻。这样的转折，我们可以合理地猜测一下，是不是鸡鸣声和洗衣声惊醒了正在船上的诗人呢？因为行船夜宿的时候，自然会停在江边，早上岸边的种种声音都会清晰地传入船内。诗人被叫醒后，没有气恼，而是走出船舱，看到了这样生机勃勃的景象，便饶有兴致地打量四周，于是所见之景自然出现：“水国舟中市，山桥树杪行。”这是两个非常奇特的场景：天色虽然还早，但是江面上舟船已经聚拢，水上的集市开市了，这是属于水乡的特殊景致。王维的老家在山西，他是北方人，很难看到在水上开市场。近处是熙熙攘攘的水上集市，遥望江岸远山，竟然看到了山上的桥，好像是横跨在树梢之上的。行走在上面的人，看起来也像是走在树梢之上。这里使用了一种绘画的技法——透视法。这种技法的特征就是近大远小，近实远虚。行走于空中之桥的人，无形之中让诗歌的景色多了一丝若有若无的仙气。从字面上看，这两句明明没有直接写人，但是读诗的时候，读者一定会感觉到人的存在，市场得有人，人也在树梢上的桥上走。意在言外，读者和诗人心照不宣。接下来的“登高万井出，眺迥二流明”，采用了虚拟的俯视视角。假如登上高处，就能看到千家万户，市井村落；眺望远处，又可以看到阆水、白水这两条河流透明晶莹。也有人认为，“万井”指的是水流。这两种说法都有道理，理解古诗要学会自圆其说，我更倾向于指的是市井的村落，因为其他几联都有人的活动，都是人与景的交融。

以上六句从不同的视角展示了巴峡附近的景色，就像电影镜头一样，从浣衣女慢慢地摇到水中的集市，又推到了远山和小桥，再跳跃到空中，俯瞰万井、二流。这一组诗句可以说是蒙太奇的祖先，全面展现了巴峡的景致。然后，笔锋一转，从视觉写到了听觉，写这样的见闻带给作者的感受。

“人作殊方语，莺为故国声”，作为一个北方人，听着陌生的方言，诗人明显感受到自己正身在异乡，只有此处黄莺啼叫的声音，还让人有一丝熟悉，因为与故乡黄莺的叫声并没有什么差别。虽然人在南方，但是黄莺还是跟北方的黄莺一样地叫，物是人非的感觉油然而生，黄莺啼叫的声音熟悉而悦耳，但是周围人和家乡人不同的口音，让人无限感慨，难免产生思乡之情。

写到这里，结尾的“赖多山水趣，稍解别离情”便自然而然，水到渠成。诗人最后说，幸亏还能从山水当中得到很多的意趣，才稍稍缓解了离乡的愁情。全诗结尾把人们经常表现出来的离愁别绪调得清淡了许多。尽管思乡，但是情绪并不消极，这和王维一贯的清淡诗风十分相合。王维写诗没有特别浓烈的色彩，写离别也融化在山水风景当中，让我们看到了淡淡的喜悦、淡淡的哀愁。

这首诗写于唐玄宗开元二十九年（741）的春天，王维以侍御史的身份去选拔官员，他从长安出发，到达荆州、襄阳，然后沿着长江西上，路过巴峡的时候，写下了这首诗。

【写作锦囊】

这首诗和其他写长江、写乘船旅行的诗有什么不同呢？首先，它没有特别长的时空跨度，没有从巴峡穿过巫峡，也没有轻舟掠过万重山，没有“千里江陵一日还”，只写了巴峡的一个小区域在早晨这样一个短短时段的景致，可以说，写得非常细腻了。其次，这首诗没有通过写行进中的船，或者船行进过程中看到的岸边景色来实现视角的转换，虽然标题是《晓行巴峡》，但更像是在前一天晚上停泊在江边投宿之后，早晨醒来，刚要启程的状态下写的视角的变换。这种变换也不完全是船的移动带来的，而是来自诗人的环视和想象。最后，一般写长江、峡谷的诗，通常情感是非常外放的，因为水流湍急，船行速度很快，加上两岸山势险峻，景色奇伟，就会激发诗人的豪迈之感。但是王维性格温和而淡泊，很少抒发激烈的情绪，所以这首诗虽然是写长江、峡谷，但是更多地着眼于人间的烟火和细腻的景色，最后还抒发了淡淡的思乡之情，归根结底还是一首山水田园诗。

这首诗是王维“诗中有画”的又一个证明。所谓“诗中有画”，就是用高度形象性的语言描绘出一幅仿佛看得见、摸得着、听得到、闻得到、感受得到的具体画面。前面讲了，这首诗的中间六句，每一句都是一幅画面、一个镜头，一个个的镜头、画面组合起来就是一个立体场景，再加上对声音的描摹，几乎可以把我们带入一个沉浸式的体验当中。而且，这些镜头或者画面，都是从不同的视角呈现的。大家读写景诗的时候，一定要注意两点：一是角度，看见的、听到的、闻到的，这就是几种不同的角度；二是视角，王维的这首诗有近看，有远眺，有仰望，有俯视，有对个体的聚焦，有对群像的关注，有微观，有宏观，有自然之景、人世之景，写得错落有致，非常有层次。

王维多才多艺，不仅诗写得好，也是文人画的鼻祖，而且雅善音律，是“宫廷第一琵琶手”。所以他的诗不但有画面美，还有音律美。这首诗写到了浣衣声、鸡鸣声、集市当中的人声、黄莺的啼叫声……有单一的，也有此起彼伏的，有嘈杂喧闹的，也有轻灵悦耳的，声音各不相同，最终形成人与大自然的完美大合唱，将各种声音和谐地统一在一起。此外，这首五言排律，偶数句都押同一个韵，押韵用字信手拈来，非常熨帖，读起来音调和谐，让人感觉到诗人内心的平静。漂泊在外，又当如何？景色美，心情就美。这种内外结合的音律美，确实写得非常高超。诗人凭借对画面视角和层次的把握，以及对声音和情感的巧妙处理，恰到好处地呈现出山水田园诗自然灵动的境界。

伟大的诗人都是多面手

《使至塞上》《观猎》

王维被称为“诗佛”，“行到水穷处，坐看云起时”就是王维的“人设”标签。不过，他不只会写恬淡的山水田园诗，也有侠骨风流、英姿飒爽的一面，也可以创作出大气磅礴的诗作，比如接下来我们要一起欣赏的《使至塞上》。

《使至塞上》创作于开元二十五年，也就是 737 年。看题目就知道，这首诗从题材也就是写作内容上看，属于边塞诗。唐代边塞战事多发，边疆经常有敌人入侵。这一年的春天，河西节度副使战胜吐蕃，唐玄宗命王维以监察御史的身份出使凉州去访问将士，访察军情。之后，王维留在河西节度使的麾下为节度判官。无论是监察御史，还是王维之前所任的右拾遗，在官位、官阶上都属于小官，这次出塞，王维更是被排挤出朝廷，可见他的仕途并不如意。这首诗就是王维在这样的身份和背景之下写出来的出塞的见闻和感受。我们一联一联地看。

使至塞上

王维

单车①欲问边②，属国③过居延④。
征蓬⑤出汉塞，归雁入胡天。
大漠孤烟⑥直，长河⑦落日圆。
萧关⑧逢候骑⑨，都护⑩在燕然。

注释

① 单车：一辆车，表明此次出使随从不多。

② 问边：慰问边关守军。

③ 属国：典属国的简称。汉代称负责少数民族事务的官员为典属国，诗人在这里借指自己出使边塞的使者身份。

④ 居延：地名，在今甘肃张掖北。这里泛指辽远的边塞地区。

⑤ 征蓬：飘飞的蓬草，古诗中常用来比喻远行之人。

⑥ 孤烟：指烽烟。据说古代边关烽火多燃狼粪，因其烟轻直且不易为风吹散。

⑦ 长河：指黄河。

⑧ 萧关：古关名，故址在今宁夏固原东南。

⑨ 候骑：负责侦察、巡逻的骑兵。

⑩ 都护：官名，汉代始置，唐代边疆设有大都护府，其长官称大都护。这里指前线统帅。

“单车欲问边，属国过居延”，首联这两句交代了此行的目的和途经的地点。“欲问边”是他出使的目的，诗人轻车简从去视察边疆。“过居延”是说要去的地方比居延还远。居延城是汉唐以来西北地区的军事重镇。“单车”是说随从很少，出行的规格并不高，说明这只是一次普普通通的例行慰问。“单车”两个字隐隐地透露出王维失望的情绪。我们可以合理地揣测，仕途不如意的王维多多少少有点儿落寞。那事实是不是这样呢？下面两句诗可以印证我们的猜想。

“征蓬出汉塞，归雁入胡天”，颔联写诗人像蓬草一样飘出了汉地，伴随他的归雁飞入了北方的天空。从“归雁”两个字，我们可以知道王维这次出使边塞的时间应该是春天，大雁回去了。蓬草成熟以后，枝叶干枯，随风飘卷，所以叫“征蓬”。古诗中的蓬草，通常用来描写飘零之感，比如李白的“此地一为别，孤蓬万里征”，写与友人分别以后，就像孤蓬万里，不知道要漂泊到何方。而在这首诗里，王维以蓬草自比，表达了自己远奔边塞的落寞情绪。这两句采用的是两两对照的表现手法：“征蓬”是正比，比喻诗人像蓬草一样飘向塞外，写出了诗人的漂泊和孤独；“归雁”是反衬，大雁在一派春光中飞回了北方，诗人正好反向迎着漠漠的风沙去慰问边疆，二者情况不同，甚至可以说截然相反，这就反衬出诗人内心的悲苦。

“大漠孤烟直，长河落日圆”，颈联是脍炙人口的名句，气象雄浑，壮美无比，描绘了边塞大漠中壮阔雄奇的景象。这两句诗描写了两幅画面，第一幅是“大漠孤烟”，茫茫黄沙，无边无际，诗人极目远眺，看到天的尽头，升腾起一缕孤烟，笔直向上。看到孤烟，诗人的精神为之一振。孤烟不仅给荒漠带来了一点儿生气，同时也告诉诗人就要到达目的地了。孤烟为什么是直的呢？有两种解释。宋代学者陆佃（diàn）说：“古之烟火，用狼烟，取其直而聚，虽风吹之不斜。”意思是，古代边防报警，要用狼粪做燃料，这种燃料比较特殊，烧着后升起的烟是直的。清代的学者赵殿成给出的解释是塞外多有旋风，风速迅疾，所以烟和沙可以随风直上。亲眼见过这种景色的人才知道“直”字之佳，到甘肃、新疆实地考察的人证实，那里确实有旋风如孤烟直上。从这里，我们就可以看出，王维不但观察力惊人，而且描绘画面的能力无与伦比，不管是人为的狼烟直上，还是旋风卷起烟沙直上，边塞的广袤以及孤寂都在这一句中体现出来了。第二幅是“长河落日”，这应该是一个拉近的特写镜头。诗人大概站在一座山头上，俯瞰蜿蜒的河道。这时正是傍晚时分，火红的夕阳映入河面，河面闪着粼粼的波光。诗人用一个“圆”字准确地写出了河上落日的景色特点。这两句诗写得实在是太精彩了，被王国维先生称赞为“千古壮观”的名句。大漠孤烟给人一种苍凉孤独之感，长河落日更是令人惆怅。这些事物特别容易给人以感伤的印象，但是一个“圆”字写出了壮美，一个“直”字又让人看到了生机，不仅准确地描绘出沙漠的景象，还给人亲切、温暖而又苍茫的感觉。在《红楼梦》第四十八回中，曹雪芹借香菱之口评价这两句诗，说：“‘大漠孤烟直，长河落日圆’，想来烟如何直？日自然是圆的。这‘直’字似无理，‘圆’字似太俗。合上书一想，倒像是见了这景的。若说再找两个字换这两个，竟再也找不出两个字来。”这是对这首诗很高的赞赏，好的艺术往往既贴近生活，又高于生活，说出了人们心中说不出的感受。

“萧关逢候骑，都护在燕然”，最后一联，也就是尾联，写诗人到了萧关边塞，但是没有遇到都护，候骑告诉诗人，都护在燕然的前线。萧关又名陇山关，在现在宁夏固原市原州区东南。“候骑”指的是骑马的侦察兵。都护是当时边塞重镇都护府的长官。“燕然”是山名，东汉的车骑将军窦宪，曾大破单于，登上燕然山，刻石记功而还。这里的“燕然”是虚写，并不是事实，虚写了我军胜利的情况，既符合奉使出塞的原因，又暗示路程尚远，含有没写完、没抒发出来的不尽意蕴，让全篇雄浑一致，不落凡俗。

说完了《使至塞上》，再来鉴赏一下《观猎》。

观猎

王维

fēng jìng jiǎo gōng míng jiāng jūn liè wèi chéng
风劲①角弓②鸣，将军猎渭城。
cǎo kū yīng yǎn jí xuě jìn mǎ tí qīng
草枯鹰眼疾③，雪尽马蹄轻。

hū guò xīn fēng shì　　huán guī xì liǔ yíng
忽过新丰市④，还归细柳营⑤。
huí kàn shè diāo chù　　qiān lǐ mù yún píng
回看射雕处⑥，千里暮云平⑦。

注释

① 劲：强劲。

② 角弓：用兽角装饰的硬弓，使用动物的角、筋等材料制作的传统复合弓。

③ 眼疾：目光敏锐。

④ 新丰市：故址在今陕西省西安市临潼区东北，是古代盛产美酒的地方。

⑤ 细柳营：在今陕西省西安市长安区，是汉代名将周亚夫屯军之地。

⑥ 射雕处：指打猎的地方。雕，猛禽，飞得快，难以射中。射雕，北齐斛律光精通武艺，曾射中一雕，人称“射雕都督”，此引用其事以赞美将军。

⑦ 暮云平：傍晚的云层与大地连成一片。

通过题目《观猎》，我们可以知道这首诗和射猎有关，我们看王维是如何展开描写的。

首联先声夺人，起句先写角弓的鸣响，箭飞迅疾，一上来就渲染出射猎的紧张肃杀的气氛。声势造足了，便推出射猎的主角——“将军猎渭城”，猎者是将军，打猎的地点是渭城。渭城是秦朝时咸阳故城，在长安的西北，所以这首诗应该是王维在长安的时候写的。清代学者方东树称赞这两句“如高山坠石，不知其来，令人惊绝”，用“高山坠石”的突兀来形容这两句的下笔不凡、让人惊艳。关于射猎的场面，你还能联想到什么有名的诗句呢？苏轼的“左牵黄，右擎苍，锦帽貂裘，千骑卷平冈……西北望，射天狼”所描写的也是气势磅礴的射猎场面。

再看颔联，又是名句。渭城附近的渭水北岸是一片平原，冬末春初，衰草早已干枯，厚厚的积雪已经消融殆尽，虽然春天还未到来，但逐渐回暖的天气和消融的冬雪，让人感觉到了一丝生机和淡淡的春意。作者用字巧妙又精准，“草枯”“雪尽”四个字，既写出了冬天的清冷肃杀，又恰如其分地表现出春天即将到来的讯号，画面感十足。“鹰眼疾”，诗人不用敏锐形容鹰眼，而是用“迅疾”的“疾”来形容，“鹰眼疾”意味着猎物很快就会被发现。紧接着以“马蹄轻”三个字写出将军的反应迅速，一看到猎鹰发现了猎物，立刻飞驰而来。诗人用“疾”这个字刻画鹰眼的锐利，以“轻”这个字形容马蹄的迅捷，细腻而传神，大家可以细细地品味。

接下来的四句描写的是猎归后的情景。“忽过新丰市，还归细柳营”描写的是将军出外射猎，满载而归，心情愉悦，就去新丰市喝酒庆祝，然后还归军营，和前面射猎时的意气风发、飒爽英姿的形象相呼应。这首诗的每一联都是精品，尾联也不例外。《北史·斛律光传》记载，北齐的斛律光在训练的时候，看见云中有一只大鸟，立刻引弓射箭，正好射中了鸟颈，鸟儿像车轮一样旋转而下。原来，他射中的不是一般的鸟，而是一只雕。斛律光因此被人称为“射雕手”。王维运用“射雕处”这个典故赞扬将军臂力强，箭法高。最后，诗人以景作结。王维的很多诗篇都是以景作结，需要注意的是，“回看射雕处”，这一句不是实写眼前之景，将军虽然看着眼前的景，但心中所想的是当年斛律光射雕的场景，古今豪杰在这一刻仿佛有心灵的共振。接着，“千里暮云平”，描绘的是眼前之景，茫茫千里，傍晚的云层一泻千里，与大地连成一片，画面平静又绚丽。所谓一切景语皆情语，尾联通过景色描写巧妙地展现了诗人的壮志豪情。

我们都知道，王维是著名的山水田园诗人，诗歌风格就是恬淡。让人意想不到的是，王维的边塞诗也写得这么好。其实伟大的诗人都是多面手：辛弃疾是豪放派，性格勇猛，但是也能写出“晚日寒鸦一片愁，柳塘新绿却温柔”这样细腻的诗句；李白潇洒不羁，但是也写出了“相思相见知何日，此时此夜难为情”的柔情；杜甫沉郁顿挫，但是也会写“穿花蛱蝶深深见，点水蜻蜓款款飞”这样精致又小巧的景致。同样，王维是山水田园诗人，但是也可以创作出“大漠孤烟直，长河落日圆”这样雄浑的诗篇。所以，大家读诗的时候，千万不要被诗人的固有形象限制住，尤其是在考试的时候。有时，出题人会专门挑诗人另类风格的诗，就是为了打破你的固有印象，不让你按照套路答题。但无论看什么诗，都要先深入了解诗歌本身。诗人的背景知识很重要，但最重要的还是逐句读诗，慢慢品味情景的结合。

【写作锦囊】

《使至塞上》和《观猎》都是五言律诗，都是后世传唱的名篇，写作手法也都非常巧妙。

第一，章法巧妙。章法就是结构。《使至塞上》欲扬先抑，刚开始情绪低沉，最后写到将士们扫平敌寇，心情由阴郁变为豪迈。《观猎》刚开始气氛紧张，最后风定云平，一派祥和，可见诗人布局之巧妙。

第二，用典巧妙。《使至塞上》用的是窦宪勒石燕然的典故，歌颂了将士们的勇猛、热血，暗示他们打了胜仗。《观猎》用射雕手的典故赞扬了将军的神武。两首诗用典既贴切又自然，让诗歌摇曳生姿，饶有余味。

第三，用字巧妙。《使至塞上》中的“直”“圆”，《观猎》当中的“枯”“尽”“疾”“轻”，遣词用字准确凝练，让诗形象生动而意境恢宏，还有一些含蓄。

战士前线浴血奋战，主将后方寻欢作乐

《燕歌行》

年轻人风华正茂，意气方遒，他们都怀着满腔的爱国热情，还有浓厚的英雄崇拜，他们会仰慕那些征战沙场、建功立业的将军。但是，战争是残酷的，我们怎样去看待和理解战争？谁才是真正的英雄？对这个问题，应该深入思考。也许高适的《燕歌行》能给我们一些启发。

先来介绍一下高适。他是盛唐时期著名的边塞诗人，和岑参并称“高岑”，和岑参、王昌龄、王之涣合称“边塞四诗人”。不过，和其他边塞诗人不一样的地方是，高适不仅有边塞生活的亲身体验，而且凭借着平定叛乱的功劳，被封为渤海县侯，应该是唐代诗人当中爵位最高的了。高适创作的边塞诗，都是他的亲身经历，并且都是他经过冷静观察之后有感而发的，因此往往比其他诗人的边塞诗显得更冷峻，更深刻。可以说，高适是整个唐代最熟悉、了解战争的诗人。

介绍完高适的情况后，我们再来讲讲《燕歌行》这首长诗。

燕歌行（并序）

高适

kāi yuán èr shí liù nián kè yǒu cóng yuán róng chū sài ér huán zhě zuò
开元二十六[1]年，客有从元戎[2]出塞而还者，作
yān gē xíng yǐ shì shì gǎn zhēng shù zhī shì yīn ér hè yān
《燕歌行》以示，适感征戍之事，因而和[3]焉。

hàn jiā yān chén zài dōng běi hàn jiàng cí jiā pò cán zéi
汉家[4]烟尘[5]在东北，汉将辞家破残贼[6]。
nán ér běn zì zhòng héng xíng tiān zǐ fēi cháng cì yán sè
男儿本自重横行[7]，天子非常赐颜色[8]。
chuāng jīn fá gǔ xià yú guān jīng pèi wēi yí jié shí jiān
摐金伐鼓[9]下榆关[10]，旌旆[11]逶迤[12]碣石[13]间。
xiào wèi yǔ shū fēi hàn hǎi chán yú liè huǒ zhào láng shān
校尉[14]羽书[15]飞瀚海[16]，单于猎火[17]照狼山[18]。
shān chuān xiāo tiáo jí biān tǔ hú qí píng líng zá fēng yǔ
山川萧条极边土[19]，胡骑凭陵杂风雨[20]。
zhàn shì jūn qián bàn sǐ shēng měi rén zhàng xià yóu gē wǔ
战士军前[21]半死生[22]，美人帐下[23]犹歌舞。
dà mò qióng qiū sài cǎo féi gū chéng luò rì dòu bīng xī
大漠穷秋[24]塞草腓[25]，孤城落日斗兵稀。
shēn dāng ēn yù cháng qīng dí lì jìn guān shān wèi jiě wéi
身当[26]恩遇[27]常轻敌，力尽关山未解围。
tiě yī yuǎn shù xīn qín jiǔ yù zhù yīng tí bié lí hòu
铁衣[28]远戍辛勤久，玉箸[29]应啼别离后。
shào fù chéng nán yù duàn cháng zhēng rén jì běi kōng huí shǒu
少妇城南欲断肠，征人蓟北[30]空回首。
biān tíng piāo yáo nǎ kě dù jué yù cāng máng wú suǒ yǒu
边庭飘飖那可度[31]，绝域[32]苍茫无所有。

shā qì sān shí zuò zhèn yún hán shēng yí yè chuán diāo dǒu
杀气三时㉝作阵云㉞，寒声㉟一夜传刁斗㊱。
xiāng kàn bái rèn xuè fēn fēn sǐ jié cóng lái qǐ gù xūn
相看白刃血纷纷，死节从来岂顾勋㊲！
jūn bú jiàn shā chǎng zhēng zhàn kǔ zhì jīn yóu yì lǐ jiāng jūn
君不见沙场征战苦，至今犹忆李将军㊳。

注释

① 开元二十六年：738 年。

② 元戎：主将。指辅国大将军、右羽林大将军兼御史大夫张守珪。

③ 和：按照别人诗词的题材和体裁作诗词，作为酬答。

④ 汉家 ：唐人写时事，常托之于汉代。下文“汉将”，用法与此相类。

⑤ 烟尘：烽烟和尘土，指战乱。

⑥ 残贼：指残忍暴虐的敌寇。

⑦ 男儿本自重横行：男子汉本来就重视在战场上纵横驰骋。

⑧ 赐颜色：指给予褒奖恩宠。

⑨ 摐金伐鼓：指击打钲、铙之类的金属乐器和鼓，作为行军指挥信号。摐，撞击。金，指军中作信号用的钲、铙等金属乐器。伐，敲击。

⑩ 榆关：古关名，即今山海关（在今河北秦皇岛）。

⑪ 旌旆：旗帜。

⑫ 逶迤：舒展的样子。

⑬ 碣石：山名，在今河北昌黎西北。

⑭ 校尉：武官名，泛指统帅。

⑮ 羽书：即羽檄，古代军事文书，插鸟羽以示紧急，必须迅速传递。

⑯ 瀚海：唐代对蒙古高原大沙漠以北及其迤西今准噶尔盆地一带广大地区的泛称。

⑰ 猎火：打猎时焚山驱兽之火，借指游牧民族兴兵打仗的战火。

⑱ 狼山：古代称狼山者不止一处，

这里借指边地交战区域的山。

⑲ 边土：即边地，靠近边境的地域。

⑳ 胡骑凭陵杂风雨：指敌人侵犯，来势凶猛如同风雨交加。胡骑，这里指契丹人、奚人的军队。凭陵，逼压。

㉑ 军前：战场。

㉒ 半死生：死生各半，指伤亡惨重。

㉓ 帐下：指统帅的营帐中。

㉔ 穷秋：晚秋，深秋。

㉕ 腓：枯萎。

㉖ 当：承受。

㉗ 恩遇：天子的知遇之恩。

㉘ 铁衣：用铁片制作的战衣，借指战士。

㉙ 玉箸：玉制筷子，比喻思妇的眼泪。

㉚ 蓟北：蓟州(今属天津)以北地区。

㉛ 边庭飘飖那可度：边地动荡不安，难以越过。飘飖，随风飘动，形容动荡不安。那可，即“哪可”。

㉜ 绝域：极远的地方。

㉝ 三时：早、午、晚。

㉞ 阵云：浓重堆积似战阵的云层。

㉟ 寒声：凄凉的声音。

㊱ 刁斗：三足长柄的锅，古代军中兼用于炊煮和巡更敲击的铜制用具。

㊲ 死节从来岂顾勋：意思是，历来志士为（保卫国家的）气节献身，难道是为了个人的功勋！

㊳ 至今犹忆李将军：这句是感慨当时没有李将军那样的守边将帅。李将军，指西汉名将李广。李广任右北平（辖今河北承德及天津蓟州区以东地区）太守，捍御匈奴，关爱士卒，匈奴称其为“汉之飞将军”，数岁不敢进犯。一说指战国时赵将李牧。李牧对抗匈奴，厚待战士，曾破匈奴十余万骑，使匈奴十余年不敢靠近赵国边境。

这首诗有序言，从序言可知这是一首和诗。从边塞回来的朋友写了一首《燕歌行》给高适看，高适有感于边疆的战况，也创作了一首《燕歌行》来唱和。什么样的战况能让高适有如此的感慨呢？开元二十一年，也就是 733 年，幽州节度使张守珪镇守边疆，刚开始打了胜仗，三年之后，张守珪让安禄山攻击敌人，安禄山轻敌冒进，反而被敌人打败了。两年之后，有人假传张守珪的命令，逼迫安禄山攻击敌人，安禄山再次战败。但是在向朝廷汇报时，张守珪隐瞒了事实，谎称他们打了胜仗。对于这两次战败，高适的感慨很深，因此写下了这首《燕歌行》。所以，我们不难想象，这首诗一定不是表达对建功立业的渴望，而是为了揭露和批判而作。一提到边塞诗，就容易说到渴望建功立业的心情，但边塞诗的感情其实是多样的。

全诗的结构相对清晰，可以分为四个大段落，我们逐一来看。前八句主要描写的是出师的场面，“汉家烟尘在东北，汉将辞家破残贼”，为什么说“汉家”呢？明明写的是唐朝的事啊。原来，借用汉朝的人、事、物来指代唐朝的人、事、物，是唐诗，尤其是边塞诗当中特别常见的一种表现手法。一方面，这是诗的惯常写法，以古喻今，可以显得不那么直白。另一方面，也能避讳一些现实的风险，就像白居易写《长恨歌》，明明是写唐玄宗，起首的一句却是“汉皇重色思倾国”。回到这首诗，前四句说的是战尘起于东北，将军奉命去讨伐。“天子非常赐颜色”，天子奖励将军，鼓励他作战。对于这一段，明代学者唐汝询分析，“汉家烟尘在东北”表明敌人没有侵犯内地，边情并不严重，“汉将”要消灭的不过是一群边境上的“残贼”，也就是残兵败将。对于这样的情况，本来不需要特别重视，天子却对派去的战将格外恩宠，这样会导致什么样的结果呢？一是战将恃宠而骄，不可一世。二是把小仗打成大仗，战将才有可能获得最大的战功。诗中写“男儿本自重横行”，我们自然想象得出来，战将趾高气扬、耀武扬威的姿态。接下来的“摐金伐鼓下榆关，旌旆逶迤碣石间”，可见出征时场面之隆重，击金擂鼓，旌旗舒展飘扬，可以看出，行军速度并不是很快，当然，将军的得意和骄傲也尽显无遗。与“汉将”形成鲜明对比的是敌人的反应——“校尉羽书飞瀚海，单于猎火照狼山”，敌人听到军情以后，他们的首领连夜视察阵地，严阵以待。单从战前的准备，我们就能看出汉将骄纵轻敌、华而不实，而匈奴则严阵以待、准备充分，那战争的结果大概已经注定了。事实也的确是这样。

下面八句是第二段，描写了战斗的经过。诗人先分析了汉家的不利情况：“山川萧条”说明战场的地形是开阔的，本来战士可以借山石树木遮挡，现在却无险可凭；“极边土”说明汉军在孤军深入，没有后援和补给；“杂风雨”说明气候恶劣，对汉军非常不利。而敌人的情况却相反：“胡骑”说明他们全是骑兵，机动性很强；“凭陵”，“陵”是高地，说明敌人早有准备，占据了有利的地形。汉军位于一片平原，凄风苦雨，敌人则早早占据高地，俯瞰着汉军。在这种敌强我弱的情况下，是不是应该拼死苦战，放手一搏呢？但是现实让人无比愤怒，“战士军前半死生，美人帐下犹歌舞”，敌人像潮水一样涌过来，战士们在前线拼死力战，而主将还在营帐中和美人唱歌、跳舞、喝酒，依旧在寻欢作乐。这是多么鲜明的对比，多么讽刺的现实。这两句用对比的手法写出主将傲慢轻敌，不体恤士卒，这是诗中最有揭露性的描写。这些主将打的是什么仗，当的是什么将领，做的是什么表率？战斗一直持续到傍晚，战士们一个一个地倒下了，活着的战士越来越少。大漠衰草，落日孤城，这样萧瑟的景象成为“斗兵稀”的背景。写到这里，诗人不禁感叹“身当恩遇常轻敌”。俗话说“一将无能，累死三军”，就是因为主将太轻敌，太傲慢，太不把战士当回事，才导致了这样的惨败。

接下来的八句是第三段，写战士们被围困的情况。高适要是当导演，肯定非常优秀。前面的剧情太紧张，太激烈，太刺激了，大家的神经都紧绷着。为了让大家放松，同时也为了给后面的剧情作铺垫，诗人把画面转到了两类人的身上：一类是战士们的妻子，也就是家里的思妇，她们正思念着丈夫，盼望着丈夫能够平安归来；另一类是与之对应的战场上的战士。这时候，诗人把画面扩大到整个战场，杀气成云，刁斗传寒，让人感觉到那里乌云密布、寒气袭人，到处都是悲凉的气氛。“边庭飘飖那可度，绝域苍茫无所有”，边塞战场动荡不安，哪里能够轻易地归来呀？而绝远之地苍茫荒凉，一无所有。在这里，诗人对战场上的战士给予了最深切的同情。

末段四句描写了战斗的结局。“相看白刃血纷纷，死节从来岂顾勋”写战士在生还无望的处境下，决心以身殉国，这是一种视死如归的精神。“岂顾勋”三个字是对将帅的再度讽刺。战士们浴血奋战，不是为了拿勋章，不是为了升官发财，而是为了保家卫国。而主将则是为了升官发财而贪功冒进，把小仗打成了大仗，大仗打成了败仗。这样的丑恶行径和战士的奋勇向前形成了鲜明的对比。最后两句是诗人的感慨：“君不见沙场征战苦，至今犹忆李将军。”李将军是西汉的“飞将军”李广，他和这首诗当中描写的将领有什么不一样呢？李广骁勇善战，足智多谋，而且身先士卒，关心每一位战士。诗中的将领呢？好大喜功，无勇无谋，只顾着寻欢作乐，不管士兵的死活。诗歌以“至今犹忆李将军”作为结尾，表达了对战士悲惨命运的同情，同时再次点明主题，抨击了将帅的腐败和无能。

《燕歌行》是乐府的旧题，通常用来写女子的愁思，比如曹丕的《燕歌行》。用《燕歌行》的曲调写边塞将士的生活，高适是第一人，并且是写得最好的一位。高适的这首《燕歌行》，不仅抨击了将帅的好大喜功，不顾边境的安危，不顾战士的死活，同时对最高统治者也做了比较含蓄委婉的批评。正是因为“天子非常赐颜色”，才导致主将恃宠而骄。也就是说，天子对边疆的战事过分重视，太爱打仗了，才会导致战争惨败，天子的态度是导火索。这首诗不仅展现了高适对战争的反思，也体现出了他的政治才能。

【写作锦囊】

这首诗运用了大量的对比描写，对仗工整，意象运用精当。比如，有主帅之间的对比：我方主帅大张旗鼓，狂妄自负，生怕敌人不知道自己来了；敌人则“猎火照狼山”，非常低调地做好了准备。也有主帅和战士的对比：“战士军前半死生，美人帐下犹歌舞”，战士在前线浴血奋战，主将在后方寻欢作乐，鲜明的对比给人的印象极具深刻，使这两句比整首诗还出名。还有汉军和敌军的对比、战士和思妇在不同处境下的对比等。

我们常说“诗言志”，但“诗言志”通常并不是指直白地说出自己的志向或观点，而是像高适这样，把自己的观点、态度融入对具体的事件和意象的描写当中。在这首诗里，诗人虽然没有什么直白的评论，但是通过这些鲜明的对比和细节描写，他的愤怒和讽刺准确地呈现在大家的面前。《燕歌行》是高适的第一大篇，也是整个唐代边塞诗当中的杰作，被历代传诵不是没有缘由的。

一首充满奇思妙想的雪天送友诗

《白雪歌送武判官归京》

《白雪歌送武判官归京》是岑参诗歌中知名度最高的一首。这首诗从题目开始，便暗藏玄机。“歌”字证明这是一首古体诗，“歌”“行”这些字眼都是古体诗的标志；“送武判官归京”证明诗人不在京城；“白雪”代表着诗人处在大雪纷飞的环境里，他这是在哪里呢？答案是在边塞，这是一首非常有名的边塞诗。

岑参曾经怀着到塞外去建功立业的志向，两次出塞，在军队当中做文职，前后一共在边塞生活了六年。唐玄宗天宝十三载（754）夏秋之交，岑参第二次出塞，到了北庭，唐肃宗至德二载（757）春夏之交时，岑参东归。这首《白雪歌送武判官归京》就作于他第二次出塞时，他当时是去北庭都护封常清麾下做判官，武判官是他的前任，诗人在轮台送他回京。了解了背景后，我们一起来读一下这首诗吧。

白雪歌送武判官归京

岑参

běi fēng juǎn dì bái cǎo zhé　hú tiān bā yuè jí fēi xuě
北风卷地白草①折，胡天②八月即飞雪。
hū rú yí yè chūn fēng lái　qiān shù wàn shù lí huā kāi
忽如一夜春风来，千树万树梨花开。
sàn rù zhū lián shī luó mù　hú qiú bù nuǎn jǐn qīn bó
散入珠帘③湿罗幕，狐裘不暖锦衾薄④。
jiāng jūn jiǎo gōng bù dé kòng　dū hù tiě yī lěng nán zhuó
将军角弓⑤不得控⑥，都护⑦铁衣冷难着⑧。
hàn hǎi lán gān bǎi zhàng bīng　chóu yún cǎn dàn wàn lǐ níng
瀚海⑨阑干⑩百丈冰，愁云惨淡⑪万里凝。
zhōng jūn zhì jiǔ yìn guī kè　hú qín pí pá yǔ qiāng dí
中军⑫置酒饮⑬归客，胡琴⑭琵琶与羌笛。
fēn fēn mù xuě xià yuán mén　fēng chè hóng qí dòng bù fān
纷纷暮雪下辕门⑮，风掣⑯红旗冻不翻⑰。
lún tái dōng mén sòng jūn qù　qù shí xuě mǎn tiān shān lù
轮台东门送君去，去时雪满天山路。
shān huí lù zhuǎn bú jiàn jūn　xuě shàng kōng liú mǎ xíng chù
山回路转不见君，雪上空留马行处。

注释

① 白草：一种牧草，干熟时变为白色。

② 胡天：胡人地域的天空。泛指胡人居住的地方。

③ 珠帘：用珍珠缀成的帘子。与下面的“罗幕（丝绸制作的帐幕）”一样，是美化的说法。

④ 锦衾薄：织锦被都显得单薄了。

⑤ 角弓：一种以兽角作装饰的弓。

⑥ 控：拉开（弓弦）。

⑦ 都护：唐朝镇守边疆的长官。

⑧ 着：穿。

⑨ 瀚海：指沙漠。

⑩ 阑干：纵横交错的样子。

⑪ 惨淡：暗淡。

⑫ 中军：指主将。

⑬ 饮：宴请。

⑭ 胡琴：泛指西域的琴。

⑮ 辕门：领兵将帅的营门。

⑯ 掣：拉，扯。

⑰ 翻：飘动。

这是一首边塞诗，同时也是一首送别诗，主题是咏雪送人，那么，诗中就应该既有雪景，也有送别的感情。此外，诗人是远赴边塞去做官，而且是第二次去了，怀着一种怎样的感情呢？杜甫曾说“岑参兄弟皆好奇”，这话不是说他是一个“好奇宝宝”，“好奇”这个“奇”是奇妙、奇绝、奇特。我们就来按照杜甫的指引，在这首诗当中去找一个“奇”字吧！

写白雪，开篇却未见白雪，不过，我们却听到了北风的呼啸声——“北风卷地白草折”。白草是西北的一种草，本来特别坚韧，但是只要一经霜，就会变得特别脆，很轻易就会断折，因此，我们知道这里已经下过霜、非常冷了。北风呼啸而来，白草为之折断，一下子就让我们感到边疆的酷寒。“胡天八月即飞雪”中的“即”是“就”的意思。这句话表达了边塞的天气状况，边塞农历八月的天气相当于中原的九、十月份，八月就会下起雪来。岑参从中原来，对于北庭来说，岑参是从南方来的。所以，我们得以一种惊叹的口吻读这句诗，用因惊奇而瞪大了的眼睛去看，看这天气怎么冷得这么快。这是一处环境描写，描写了塞外苦寒，北风一吹，大雪纷飞的样子。

“忽如一夜春风来，千树万树梨花开”，这个比喻特别新颖贴切。就像春风会让梨花盛开一样，北风会让雪花飞舞。前面的“即”和“忽”形成对照，形容胡天的变幻无常。同时，当你看到雪把白草都压折了，心里会有一种畏惧感。但是，如果你看到满树的梨花开放呢？离别并不悲伤，来到了北方，来到了边塞，并不是凄凉之至，因为他用春风，用梨花作比，让壮美的意境中富有浪漫的色彩。远看，这雪有如“千树万树梨花开”；近看，则是“散入珠帘湿罗幕”。有了珠帘，有了罗幕，我们就知道，这是由帐外写到了帐内。片片飞花飘飘而来，穿帘入户，诗人体物入微，非常细致地盯着雪花观察。雪花飞到室内能把罗幕都沾湿，从外面走进室内的人穿着狐裘，盖着锦衾，却仍觉得不够暖和，再次点出了边塞的奇寒无比，反映出在边塞生活的人所面临的恶劣环境。

“将军角弓不得控，都护铁衣冷难着”，这句的写法叫互文。说到了具体的人，无论多么有力气的武夫，也还是拉不开弓，冻得铁甲都很难穿上。这首诗的写作结构是从外到内，又从内到外的。雪花带给人惊奇和惊喜，诗人跟着雪花走进帐内，可帐内同样寒冷，诗人又走到了帐外。他到外面又看到了什么？广远的沙漠，辽阔的天空，因此，他才会说："瀚海阑干百丈冰，愁云惨淡万里凝。""百丈""万里"用的都是夸张的手法。浩瀚的沙海，冰雪满地，雪压冬云，浓重而稠密。"愁云惨淡万里凝"中，一个"凝"字，好像将读者的气息都凝住了一样，用夸张的笔墨，气势磅礴地勾画出瑰丽、壮美的边塞雪景。

武判官要归京的这一天格外冷，诗人作为一个刚刚从南方来到北庭的人，也看到了北庭这个地域的特点。标题《白雪歌送武判官归京》是一个典型的送别情境。前面描写了环境的恶劣，岑参来时经历了长途跋涉的艰辛，而武判官走这一路，也必然会很辛苦。"愁云惨淡万里凝"的"愁"，便隐约地对离别分手做了暗示。既然武判官要走了，那自然要有送别宴会。诗句再次从外面写回帐里，在中军帐，也就是主帅的营帐，置酒饮别。由前面的咏雪渐渐过渡到寄情。在中军帐里，有胡琴、琵琶与羌笛。宴饮纵歌，三种乐器合奏助兴，本是很欢乐的画面，但是在"愁云惨淡万里凝"的背景下，宴会蒙上了离别的愁滋味。前任离去，是否也会勾起送别之人内心的乡愁呢？正常来讲，送别的时候一定要有宴会，但诗里写宴会的笔墨很少，这表明作者在写作时着墨的安排是详略得当、主次分明的，他把环境渲染到位，而真正的送别场面反而写得轻了。

接着，送客出辕门时，雪花纷纷，时候已近黄昏。走出辕门，又出现了"风掣红旗冻不翻"的奇异景象，风这么刮，辕门上的红旗却一动不动，这个旗子怎么不动？太神奇了！原来，是旗子已经被冰雪给冻住了。可以说，这是边塞特有的奇景，直接写出了天气的严寒。除此之外，前边作者着重描写的雪景，让我们感觉帐外是一片白茫茫的大地，这里第一次出现了白色之外的颜色——红色，漫天飞雪之中有一抹亮丽的红色，增添了美感的同时也让画面更加生动。接着，“轮台东门送君去”是叙述，送客送到路口，到了轮台的东门，两人依依不舍。一句“去时雪满天山路”表明了诗人对临行人的担心：大雪封山，这路怎么走啊？走得了吗？下一句“山回路转不见君，雪上空留马行处”给读者留下了很大的想象空间。全诗的最后几句写得非常生动，这首诗出色的结尾与开篇对应，给读者留下了一个思索的空间。我们也替岑参想一想，岑参看着武判官回京，看着他的马在雪地上留下的马蹄印，会想什么呢？可能他的心中有祝福，有惆怅，也有担忧，作者用景结尾，给我们无尽的想象空间，这个结尾运用了典型的艺术留白手法，达到了无声胜有声的效果。

这首诗的主要特色是充满了奇思妙想，诗人有着敏锐的观察力和感受力，能够从视觉、听觉，以及其他不同的角度去写这场大雪和这场大雪背景下的送行，写出了自己复杂而又矛盾的心境。

岑参出身于官僚家庭，他在《感旧赋序》中写“国家六叶，吾门三相矣”，意思是经历了六个皇帝，我家出了三个宰相。岑参自然也想延续家族荣耀，为国效力。他当过将军的掌书记，可因为上司打了败仗而被牵连，被调回长安做了一个闲职。一心报国的岑参不甘于如此，终于，在年近四十的时候迎来了第二次出塞的机会，可后来，安禄山发动叛乱，身在边塞的岑参很想为国效力，平反叛乱，可却无能为力，所以在送别武判官的时候内心满是惆怅。

了解了诗歌的写作背景，再来看这首诗，是不是又添了一层别样的情感呢？

安史之乱前，岑参一直是寂寂无闻的，安史之乱后，他也老是给别人打下手。几经辗转，岑参到了嘉州，才得到了嘉州刺史的官职，三年后被罢官，最终客死他乡。安史之乱撼动了唐帝国这座大厦，很多人因此改变了命运，比如岑参，比如高适、王维，再比如这位被岑参送别的武判官。

回顾一下这首诗的主要内容，开篇写西域八月飞雪的壮丽景象，然后从外景写到了帐内，又从帐内回到外面的冻寒，引出了送别的主题，抒发了雪中送客之情。这首诗既写了离愁，也写了乡思，诗中充满了奇思异想，其中有两个典型，一个是“忽如一夜春风来，千树万树梨花开”，另一个是“纷纷暮雪下辕门，风掣红旗冻不翻”。应该说，这首诗是盛世大唐边塞诗的压卷之作。

【写作锦囊】

在读诗的时候，我们应反复体会它的写作顺序。先听刮风，再看“千树万树梨花开”，视线自然地随着雪飘入帐内，诗句描写的场景也转入室内。室内有珠帘，有罗幕，有狐裘，有锦衾。然后，再写具体的人——将军和都护，再由屋里太冷了，把视角放回室外的“百丈冰”“万里凝”。

从这里开始，诗人的情绪已经很落寞了。回过头来再说到送别，送行前，先描述起了宴会，宴会结束之后，又描绘了红旗冻住的奇景，最后，诗人看着武判官渐渐走远，“雪上空留马行处”。梳理出这个顺序，我们会发现，整首诗阴晴配合极佳。有人说这就是一幅有声画啊！的确如此。我们日常写作文时也能借鉴这种写法，随着视角的变换去描绘图景，让画面与情境跃然纸上。

“诗家天子”的代表作

《从军行（其四）》《出塞》

“诗仙”李白在写诗这方面真的是全才，他的古体诗和近体诗都写得很好，而绝句更是一绝，尤其是七言绝句，人们称赞李白的七言绝句“语出自然”，已经到了登峰造极的地步。不过，还有一位唐朝诗人，他能把七言绝句写得跟李白一样好，甚至超过李白，这位诗人就是王昌龄。王昌龄被人们称为“七绝圣手”，这可不是一般人能获得的称号。这两人的七绝不相上下，是古人的公论。比如，清代诗评家叶燮（xiè）说：“七言绝句，古今推李白、王昌龄。李俊爽，王含蓄。两人辞、调、意俱不同，各有至处。”明人胡震亨在《唐音癸签》中引用王世贞的评价，说：“七言绝句，王江宁与太白争胜毫厘，俱是神品。”也就是说，王昌龄和李白两个人的绝句，都是顶尖的作品，说谁比谁好，也只能是好那么一点点。那么，王昌龄的七言绝句究竟神到什么程度？我们就一起来欣赏他的两篇佳作吧！先来看第一首——《从军行（其四）》。

从军行（其四）

王昌龄

qīng hǎi cháng yún àn xuě shān　gū chéng yáo wàng yù mén guān
青海长云暗雪山，孤城遥望玉门关①。
huáng shā bǎi zhàn chuān jīn jiǎ　bú pò lóu lán zhōng bù huán
黄沙百战穿金甲，不破楼兰②终不还。

注释

① 玉门关：古关名，故址在今甘肃敦煌西北。

② 楼兰：西域古国名，这里泛指西域地区的各部族政权。

关于这首诗，后人有两种截然不同的解读：一种是抒发戍边将士的豪情壮志，另外一种是描写戍边将士回家无日的感叹。我们先来按照第一种解读来读一读这首诗。

首联中，诗人用一个超广角镜头为我们展现了将士们所处的环境。青海湖的上空，弥漫着连绵的云山，而湖的北面呢，是绵延数千里的皑皑雪山。越过雪山，是伫立在河西走廊荒漠当中的一座孤城，再往西，就是和孤城遥遥相对的军事要塞——玉门关。如同电影镜头一般慢慢展开，推远，然后一步一步展现全景，最终，把镜头定格在了玉门关。玉门关是汉武帝时设置在边关的要塞，据传因为西域的玉石都要从这里运往汉地，所以人们就称它为玉门关。随着历史的发展，玉门关成了一个不朽的文学符号，一个经典的诗歌意象，承载着热血男儿杀敌报国、建功立业的豪情，因为这里曾发生过一段可歌可泣、震撼人心的历史。这段故事记录在《后汉书·耿弇（yǎn）传》中，耿恭能征善战，恰逢东汉重新在西域设置都护，也就是管理少数民族的机构。因为耿恭有将帅之才，于是被任命为戊己校尉。可此时的匈奴并不甘心被管理，总是伺机攻打汉军。后来，恰逢权力交接，焉耆、龟兹两国合力攻破了都护陈睦，北匈奴也趁机发力，围困了关宠。军情告急，可当时朝廷正值权力交接之际，无暇顾及，耿恭率军苦苦支撑，后来弹尽粮绝，没有吃的，“乃煮铠弩，食其筋革”，意思是煮铠甲和弓弩，吃上边的皮革。面对敌人的招降也丝毫不为所动。后来，朝廷终于派兵营救，安全抵达玉门关后，当时一起作战的将士，只剩十三人。这就是历史上著名的“十三将士归玉门”的故事。

“孤城遥望玉门关”中的“玉门关”既是实写，也是虚写。实在于的的确确有这么个玉门关。玉门关外是突厥的势力范围，戍守玉门关是将士义不容辞的责任，因为它的地理位置实在太重要了，这就是实写玉门关的原因。虚在何处呢？唐代的强敌，一个是西方的吐蕃，一个是北方的突厥，并不是当年与汉军在玉门关交战的匈奴。为什么将士们会“遥望玉门关”呢？因为戍边的生活是极其艰苦的，这里黄沙满天，山上常年覆盖着积雪，王之涣曾有诗云“春风不度玉门关”。单调乏味的生活，孤独的心情，萧瑟荒凉的环境，每一刻都在煎熬着将士们的心。如果没有精神力量的支撑，是没有办法长期坚守在这里的。所以，当将士看到玉门关，或者是想到了玉门关时，他们就有了精神上的支撑，会想到身后就是国家，为了保卫家园，他们退无可退。从这个层面上来讲，玉门关就是虚写，它是将士们的精神图腾、力量所在。因此，也就有了“黄沙百战穿金甲，不破楼兰终不还”的名句，“黄沙”是作战的环境，风一吹，黄沙满天飞，是极其荒凉的。“百战”形容战斗极其频繁，一次接着一次地打，打得没完没了。“穿金甲”形容敌军极其强悍，同时也说明戍边的时间极其漫长。这句诗的概括力非常强，可以说是写尽了将士们的艰苦，同时也反衬出将士们的坚韧——尽管铠甲已经磨穿了，报国的壮志也没有因此被消磨，反而在黄沙大漠的磨炼下，变得更加坚定。“楼兰”和“玉门关”一样，也是一个意象，在边塞诗章当中比较常见。根据《汉书》的记载，楼兰过去是一个国家，楼兰国王贪财，几次杀害前往西域的汉使，从此，楼兰就成为边境敌人的代名词。后来，西汉时著名的外交家傅介子主动请缨出使西域，使计斩杀了楼兰王，才了结此事。这句“不破楼兰终不还”写得慷慨激昂，写出了边关将士不把来犯之敌尽数消灭决不罢休的雄心壮志。

不过，也有人认为这首诗还有第二种解读：诗人是在替将士们嗟叹归乡无望。比如，《唐诗笺注》中就这么写：“玉关在望，生入无由。”意思是，我能看得见玉门关就在眼前，却好像没办法活着回去了。“青海雪山，黄沙百战，悲从军之多苦，冀克敌以何年。”这第二种解读认为诗人表达的是悲伤、悲愤，从军打仗很辛苦，将士们希望把敌人打败，好能回到家乡。一句“不破楼兰终不还”仿佛是在问：我还能回去吗？这样解读的话，这首诗的主旨是颇为愤激的，描写的是边塞将士的从军之苦。

按照这种理解，玉门关这意象背后，就是另外一个典故了。大家都知道汉代的班超投笔从戎，威震西域三十多年，可是少有人知的是，班超年老之后非常想家。100 年，时任西域都护的班超年老思乡，上书乞归。他在奏折中说：“臣不敢望到酒泉郡，但愿生入玉门关。”皇帝自然也体谅班超，就派人把他接回了汉朝。诗中说“孤城遥望玉门关”，将士们远远地可以看到玉门关，却不能像班超那样，有机会回归故土，这也正如《唐诗笺注》所评的“玉关在望，生入无由”。如果我们从这个角度理解，“不破楼兰终不还”就意味着，不把敌人消灭干净，就永远回不去。敌人能消灭干净吗？消灭不干净。所以归家之日遥遥无期，诗人愤怒、激愤、郁闷。

两种解读之间，诗人的情绪相差很远，哪一种是对的呢？其实都可以。读诗时，只要不严重偏离，结合具体的情境，可以有不同的理解。《唐诗别裁集》中有这样的评价：“龙标绝句，深情幽怨，意旨微茫，令人测之无端，玩之无尽。”意思就是说，王昌龄的绝句呀，有深情的一面，也有幽怨的一面，让人捉摸不定。正是因为有这样的妙处，所以他的诗歌才更加令人玩味。他的另一首诗《出塞》主旨明确，看似简单，但是诗中蕴含的感情，却也是博大深沉的，一起来读一读吧。

出塞

王昌龄

qín shí míng yuè hàn shí guān wàn lǐ cháng zhēng rén wèi huán
秦时明月汉时关，万里长征人未还。
dàn shǐ lóng chéng fēi jiàng zài bú jiào hú mǎ dù yīn shān
但使①龙城飞将②在，不教③胡马④度阴山⑤。

注释

① 但使：只要。

② 龙城飞将：汉朝名将李广。这里泛指英勇善战的将领。

③ 教：令，使。

④ 胡马：指侵扰中原的北方游牧民族骑兵。

⑤ 阴山：位于今内蒙古中部及河北北部。

首联就像在平地里突然响起了一声惊雷，使人一下子就被诗人拉回到遥远的时空中去。还是秦汉时的明月，还是秦汉时的关塞，还是会有服徭役的百姓不远万里来这里修筑长城。短短两句诗，承载了诗人无限的慨叹。从秦朝到盛唐，将近一千年的时间，好像一切都没有改变，战争好像从来都没有停止过，百姓们也好像永远在遭受战乱之苦。有了这样的慨叹，接下来的两句就顺理成章了。

第三句中的“龙城”指的是匈奴祭天集会的地方，而“飞将”呢，指的是汉朝的名将李广，匈奴士兵都怕李将军的神勇，称他为“飞将军”。第四句中的“阴山”则是北方的一道屏障。这两句话的意思是，如果我们有像李广这样的名将镇守边疆，平息战乱，敌人肯定再也不敢来侵犯我们了。这两句诗写出了千百年来人们对名将的期盼，对和平的期盼。

这首诗气势雄浑，一气呵成，让人拍案叫绝。明代的文学家李攀龙甚至觉得，这首诗应该被称为唐代七绝的压卷之作。当然了，这个评价争议也很大，因为唐代的经典诗歌实在是太多了。不过，通过这样的评价，我们还是能够感受到后世文人对这首诗的喜爱，对诗人王昌龄的崇敬。

这两首诗意态雄健、音节高亮、情思悱恻，令人百读不厌。我们知道，它们都是边塞诗，既可以往激昂的情绪上理解，也可以往对战争久不停歇的悲怨的情绪上理解。读完诗，我们再来看看诗人王昌龄是什么样的人。他字少伯，年轻的时候家境贫困，靠种地维持生计，他一边劳作一边读书，终于在三十多岁的时候考中了进士。王昌龄一辈子也没做过什么高官，最高的官职也不过是江宁县丞。之后，他又因遭人诽谤，被贬为了龙标尉。李白和王昌龄是相当要好的朋友，李白听说王昌龄被贬之后，还给王昌龄写了一首诗——《闻王昌龄左迁龙标遥有此寄》。“左迁”就是降职的意思，这首诗也非常有名。诗是这样写的：“杨花落尽子规啼，闻道龙标过五溪。我寄愁心与明月，随君直到夜郎西。”如果他们生活在现代社会，那这首诗就像是李白在给王昌龄打电话：喂？昌龄老兄是吧？听说你又降职了。我呢，没别的可以送给你，远远地给你写首诗，安慰你一下吧！我很为你难过，但我也无法陪你去，就让明月带着我的一颗心，送送你吧。通过这首诗，可见两个人感情的深挚。再到后来，安史之乱爆发，王昌龄也离开了龙标，在路经亳（bó）州的时候，被当时的亳州刺史闾丘晓杀害了，终年六十岁。

出于对这位天才诗人的尊敬，有人以他曾出任的最高官职称呼他，叫他王江宁。也有人以他最后的官职称呼他，叫他王龙标。他的这两首诗都是千古名篇，读过之后，你是不是也觉得，他“诗家天子”的称号的确名不虚传？

【写作锦囊】

《从军行（其四）》中，动词用得非常精准。一般，我们鉴赏诗，会着重去找它的动词和形容词，第一句中的“暗”本身是形容词，但诗人把形容词用作动词，就写出了环境的恶劣。同时，也营造出一种沉闷的氛围，需要大家细细地品味。第二句当中的“遥望”两个字写出了一种望眼欲穿的感觉。第三句中的一个“穿”字，点出了战斗的惨烈和战事的艰难。第四句中的“破”字写出了边塞将士的决心和坚韧，这种炼字的功夫令人叹为观止。我们也要学习“炼字”的技巧，文章的好坏并不在于长短，而在于文字的质量。好的文章，字字都要锤炼，尤其是关键地方的动词和形容词，尤其要小心斟酌。

《出塞》的第一句“秦时明月汉时关”用的是互文的手法，互文是古诗词中常用的手法，但是这首诗的不同之处在于，它打破了时空的界限，大有历史转换、征战未断的感叹，让诗歌的意境更加雄浑。在写作的时候，如何把巧思与技法融为一体，也是一门学问，需要仔细琢磨和体悟。

一片冰心在玉壶

《闺怨》《芙蓉楼送辛渐（其一）》

有人说，边塞诗人就像盛唐的仪仗队，因为他们的诗是展示盛唐国威的锦旗。在这仪仗队当中，一定少不了有“七绝圣手”之称的王昌龄。《从军行（其四）》中的“黄沙百战穿金甲，不破楼兰终不还”，《出塞》中的“但使龙城飞将在，不教胡马度阴山”，是这支仪仗队当中最嘹亮的战歌。我们不难想象，盛唐时期有多少热血男儿在这些战歌的鼓舞下，义无反顾地从军远征，奔赴塞外，去踏破贼虏，保家卫国。我们也很容易理解到，这些远征将士的妻子该有多么思念他们，惦记他们，担心他们。

有人写边塞前线将士的所见所感，也有人会写在家乡思念丈夫的女子，后面这一类诗歌，叫作“闺怨诗”。有这么一首闺怨诗，名字干脆直接，就叫《闺怨》，它的作者仍是王昌龄。在丈夫出去打仗的时候，闺中女子过着怎样的生活呢？闺怨诗中只有一小部分是闺中女子自己写的，大部分是男人模仿女人的口气写的，王昌龄的这首《闺怨》自然也不例外。不过，他的这首诗却不像代言体，更像是以一个旁观者的视角去观察思妇的一天。一起来看看这首诗吧。

闺怨

王昌龄

guī zhōng shào fù bù zhī chóu chūn rì níng zhuāng shàng cuì lóu
闺①中少妇不知②愁，春日凝妆③上翠楼④。
hū jiàn mò tóu yáng liǔ sè huǐ jiāo fū xù mì fēng hóu
忽见陌头⑤杨柳⑥色，悔教⑦夫婿觅封侯⑧。

注释

① 闺：女子卧室。

② 不知：一作“不曾”。

③ 凝妆：盛妆，严妆。

④ 翠楼：古代显贵之家楼房多饰青色，这里因平仄要求用“翠”，且与时令季节、女主人公的身份相应。翠，青。

⑤ 陌头：路边。

⑥ 柳：谐“留”音，古俗折柳送别。

⑦ 悔教：后悔让。

⑧ 觅封侯：从军功封爵。觅，寻求。

诗人优哉游哉地闲逛，不经意间就瞥到了站在楼头的一位少妇。在古代，即使是相对开放的唐代，女子也不能轻易地想出门就出门，只能站在楼头看风景。诗人却说“闺中少妇不知愁”，为什么呢？原来，诗人看到这少妇“春日凝妆上翠楼”。什么叫“凝妆”？意思就是盛妆。于是，我们就跟随诗人的视线，看到了这样一幅画面：在春光明媚的日子里，一位已经嫁作人妇的女子，化着精致的妆容，缓步登上了华丽的高楼。她的脸上丝毫看不到倦意，也看不到泪痕，也难怪诗人说她“不知愁”。可是读到这儿，我们就更奇怪了，题目明明是《闺怨》，诗中描绘的却是一个并无愁容的盛妆女子，这个“怨”，到底怨在哪里了呢？我们不妨跟随着诗人看下去。

“忽见陌头杨柳色”中的“陌头”就是路边的意思，这句诗的意思是，少妇忽然看到路边的杨柳。杨柳本来就是春天里特别常见的树种，为何要用“忽见”来形容呢？这是因为，杨柳在古代人的心目中是离别时相赠的礼物，是离别的代表。“昔我往矣，杨柳依依。”“柳条折尽花飞尽，借问行人归不归？”很多诗句中都曾用到这个意象。所以，少妇眼里“忽见”的，与其说是杨柳，不如说是因为杨柳而产生的万千联想。她看着春光照耀下的杨柳，也许会想到前年和丈夫赏春的场景；而当春风拂过，杨柳摆动着柳枝，就好像拂过她的心头，她或许又会联想起去年送丈夫出征，两人依依惜别的画面；再看如今，春色撩人，她不禁为自己青春的逝去而感伤，为和丈夫的分别而难过。可以说，这个“忽见”能瞬间勾起她的寂寞和思念。于是，少妇忍不住后悔了，后悔什么？“悔教夫婿觅封侯”。杨柳作为一个媒介，成功地唤醒了少妇的闺中之怨。但是，如果往日里没有积怨，少妇的情绪也不会如此浓烈。

通过这样的侧面描写和记录，诗人就把闺中少妇的形象刻画了出来。不知道大家在第一次读这首诗的时候，有没有注意到最后一句的“教”字？从这个字来看，当初丈夫从军远征，是得到了妻子的支持和鼓励的。古人云：“宁为百夫长，胜作一书生。”从军、建功立业是大唐男儿的不二选择，往往也会成为大唐少妇对丈夫的不二期待。当时的女子自身发展受到了很大的限制，于是，只能期待自己的丈夫通过从军获得更好的前程，带给自己更好的社会地位和更好的生活。可是丈夫去追求事业了，又会带来长久的分别，时间久了，难免会产生悲怨，这首诗写的就是这种两难的选择。

如果说《闺怨》写的是一种春日里被唤醒的愁怨，那么王昌龄的另外一组诗——《芙蓉楼送辛渐》，就是秋日里关于离别的叮咛。在这组诗中，我们能够看到王昌龄柔情百转的那一面。《芙蓉楼送辛渐》共有两首，我们一起来读一读其中的第一首。为什么我们要把《闺怨》和《芙蓉楼送辛渐（其一）》放在一起讲呢？因为它们都是王昌龄除了边塞诗以外，写情感写得细致入微的佳作。

芙蓉楼送辛渐（其一）

王昌龄

hán yǔ lián jiāng yè rù wú，píng míng sòng kè chǔ shān gū。

寒雨连江夜入吴①，平明②送客楚山③孤。

luò yáng qīn yǒu rú xiāng wèn，yí piàn bīng xīn zài yù hú。

洛阳亲友如相问，一片冰心④在玉壶。

注释

① 吴：镇江在古代属于吴地。

② 平明：天刚亮。

③ 楚山：泛指长江中下游北岸的山。长江中下游北岸在古代属于楚地范围。

④ 冰心：像冰一样晶莹、纯洁的心。

第一句“寒雨连江夜入吴”交代了诗人送别朋友的背景。俗话说“一场秋雨一场寒”，这首诗写于秋日，诗人亲自送朋友辛渐离开，他们在润州分开，朋友要独自去往洛阳，秋雨满江的夜晚为他们的离别渲染出凄清的氛围。一般情况下，诗歌在最开始的时候提起景色，都是为全诗的感情抒写来渲染氛围。秋雨连绵，幸运的是，辛渐还有诗人送行。诗人是在第二天黎明时分送别好友的。“楚山孤”是什么意思呢？原来，辛渐前往洛阳必须经过楚地，诗人是多么多情啊，他想象起朋友独自一人翻越楚地山丘的场景，不禁感叹自己不能陪伴在他身边。所以，此时在下临长江的芙蓉楼（故址在今江苏镇江北）上遥望孤耸的楚山，他也会觉得孤独万分。这时，一个“孤”字，就体现出“一切景语皆情语”的写作手法。这座山实际上寄寓了诗人的孤独。读过前两句，我们一定会觉得，这是一首表达朋友之间深切友谊的诗，不舍和关心是它的主旋律。但是，接下来的两句，诗人并没有执友人之手相看泪眼，无语凝噎，没有“劝君更尽一杯酒”，也没有宽慰朋友“莫愁前路无知己”。

那么，王昌龄会写什么？他叮嘱辛渐：“洛阳亲友如相问，一片冰心在玉壶。”他托朋友给洛阳的亲友带去一句话，表明他王昌龄“一片冰心在玉壶”。“冰心”的意思是一颗清清白白的心，“玉壶”指的是道教中一种玄妙的概念，这句的意思是，他的心仍然纯洁，没有受到世俗功名利禄的侵扰。王昌龄在而立之年进士及第，又在不惑之年被贬到岭南，后来好不容易遇到天下大赦，到江宁做了个县令，却仍然受到小人的污蔑。可怜王昌龄一辈子都想进入京城官场，想要为国尽忠，光耀门楣，却始终没能如愿。所以，诗人托朋友给洛阳的亲友捎句话：“一片冰心在玉壶。”这既是他对关心而了解自己的亲友们的慰藉，也是对被诬蔑的一种反击，多么赤诚，多么可爱。

其实，在生活中，我们也常常会有类似的情况。比如，我们身上发生了什么不美好的事情，被误解或者被诽谤的时候，也会第一时间向亲友表露心迹。让真正关心自己的人不再担心、不再忧虑。诗人以晶莹剔透的冰心、玉壶自比，说出了他对亲人的关切，更看得出亲友对王昌龄为人的了解和信赖。这比单纯地表达思乡之情，表达离别的痛苦，更见深情。有人说，王昌龄的贬谪之路成就了他的另一段人生，因为数次的南来北往，他一路走，一路交朋友，结交了很多文坛上的知己好友，比如李白、王维、孟浩然、岑参等。所以，在王昌龄留下的一百多首诗里，有五十多首都是送别诗。

【写作锦囊】

这两首绝句都体现了景和情的交融。在这两首诗中，诗人着力描写了怎样的景和情呢？在《闺怨》当中，你能看到摇曳、朦胧的杨柳这种意象，与女子的离愁别绪、对远方丈夫的思念是有相似之处的。所以，才会在她登楼远望的时候唤醒内心的愁怨。而《芙蓉楼送辛渐（其一）》当中，秋雨、江水、孤山都烘托出了送别的凄清孤寂，和玉壶完成了呼应，让人联想到诗人就像楚山孤耸一样的孤高形象，以及冰清玉洁的品性，浑然天成。

豪迈又浪漫的“一楼一关”

《登鹳雀楼》《凉州词》

唐朝有四大边塞诗人，其中的高适、岑参和王昌龄，我们都在前面的篇章中讲过了，第四位就是《登鹳雀楼》和《凉州词》的作者王之涣。在可以找到的资料当中，王之涣的故事很少，他留下的诗只有六首，但每一首都成了流传千年的名作。他的诗里留下的一楼一关，在历史的长河中屹立不倒。王之涣，字季陵，是晋阳（今山西太原）人，生活在盛唐时期。我们先来读一读《登鹳雀楼》，跟随王之涣的诗句，走进他笔下那个雄浑壮阔的时代。

登鹳雀楼

王之涣

bái rì yī shān jìn huáng hé rù hǎi liú
白日依山尽，黄河入海流。
yù qióng qiān lǐ mù gèng shàng yì céng lóu
欲穷千里目，更上一层楼。

这首《登鹳雀楼》，绝对称得上是王之涣的代表作，也是唐诗当中的名篇。从字面上来看，这首诗可谓浅显易懂，可它非常经典，经典到即使是篇幅最小的唐诗选本，也一定会选录。这首浅显的诗为何会如此经典呢？这是一个值得我们思考和探索的问题。我们先看看标题，诗人描写的景——鹳雀楼，很有名气。我们要想让自己的文章出彩，可能会引用一些名篇名作、名人名言，诗人的“取景地”知名度广，对诗歌的广为流传有助益。不过，只是因为写鹳雀楼，这首诗可出不了名。它能成为经典，还是因为诗句本身蕴含了深刻的哲理。

诗人吟诗时，正置身于鹳雀楼上，看到了比鹳雀楼本身更壮观、更美丽的景象。白日、黄河、高山、大海，这些意象组合在一起，体现出来的是放眼整片山川、极目天地的情怀。诗人在这两句诗中所写的景已经很壮观了，但是他还不满足，因为他发现了比这更壮观的景象，那就是再登一层楼之后所见之景。“更上一层楼”后的景色，诗人当然看到了，但是聪明的他没有直接写出来，而是给读者留下了想象的空间，让整首诗在艺术上得到了升华，让读者对更加壮阔的境界充满了无限向往。

稍晚于王之涣的唐代诗人畅诸也写过一首《登鹳雀楼》，中间两联是这样写的：“迥临飞鸟上，高谢世尘间。天势围平野，河流入断山。”客观来讲，畅诸的诗写得也不错，但是和王之涣的同题诗《登鹳雀楼》相比，差距便非常大了。畅诸的诗写的是所见之景，没有“欲穷千里目，更上一层楼”的哲思。对同一个对象加以描写，作品之间出现了巨大的差别，表面上看，是艺术创作的原因，从根本上说，是诗人的个性和精神在起作用。就王之涣的诗歌而言，我们不仅能感受到境界的壮阔，也能感受到诗人鲜明的个性。开头两句让人看到他是在和整个山川乃至整个宇宙进行对话，足以显出诗人心胸的博大。“白日依山尽”不是一个瞬间，而是一个落日的过程，是一整段的时间。诗人站在鹳雀楼上，目睹着壮丽的山河景色，是全神贯注、浑然忘我的，以至于不知不觉间，一轮白日都逐渐落到山的那边去了。从这一点，我们不仅能看到诗人在和山河进行精神上的交流，也看出了诗人对山河的壮美之景是何等注目，眼睛盯着，神思飞跃，能跳出事物的表象，进入更高的精神层次。所以，他能把诗歌升华到更高的境界，能把读者带到更广阔的天地。

下面，我们再来看看他的《凉州词》。凉州作为地名，位于现在的甘肃省武威市；凉州作为诗词名，最早是古代乐曲的名字。“凉州词”指的是依据“凉州”这个典调所填的唱词。关于这首诗，有一个著名的故事，叫“旗亭画壁”。据说，王昌龄、高适和王之涣这三位诗人的交情特别深厚，在文坛上也是齐名的。有一天，天冷微雪，三个人一起到酒楼小酌，当时正好有好多乐妓聚在这里唱歌，三人便约好，看谁的诗作被乐妓唱得最多，输的两位要请赢的人吃饭。于是，他们坐下来，乐妓唱的是谁的诗，谁就在墙上画一个记号。没过多久，王昌龄和高适分别在墙壁上画了记号，王之涣自然不服，他指着乐妓当中容貌最为出众的一位当众打赌："如果这位最出众的乐人都不演唱我王之涣的诗，我就这辈子都不与你们在诗坛上争高下了！可如果她演唱了我的诗，你们俩就要拜我王之涣为师！"两人一笑，应和下来。不一会儿，这位最出众的乐妓抱着琵琶走上舞台，只见她轻启朱唇，演唱的正是王之涣的《凉州词》。王之涣一下子眉开眼笑，由此开了王昌龄和高适好久的玩笑。

从这个故事当中，我们也能看出《凉州词》这首诗名气很大，在当时广为传播。这首诗只用了二十八个字，就为读者描绘出了一幅雄浑苍凉的"孤城戍卒思乡图"，一起来读一读吧。

凉州词

王之涣

huáng hé yuǎn shàng bái yún jiān，yí piàn gū chéng wàn rèn shān。

黄河远上①白云间，一片孤城②万仞③山。

qiāng dí hé xū yuàn yáng liǔ，chūn fēng bú dù yù mén guān。

羌笛④何须⑤怨杨柳，春风不度⑥玉门关。

注释

① 黄河远上：远望黄河的源头。

② 孤城：指孤零零的戍边的城堡。

③ 仞：古代的长度单位，一仞相当于七尺（约等于231厘米）或八尺（约

等于 264 厘米）。

④ 羌笛：古羌族主要分布在甘、青、川一带。羌笛是羌族乐器，属横吹式管乐。

⑤ 何须：何必。

⑥ 不度：吹不到。

“黄河远上白云间”写的是远景，诗人纵目而望，便看见了黄河源远流长，迤逦而上，直入云端。“一片孤城万仞山”，诗人转换目光，仿佛他自下而上看完黄河之后，又顺着黄河滚滚流水向下望，只见一座孤城矗立在万仞高山之下，在雄浑壮阔的山河的衬托下，这座城忽然蒙上了一层悲壮色彩。这样就为后两句写征人之怨做好了铺垫。孤城当中，将士们的生活怎么样？接下来，诗人没有直说，而是选取了一个特写镜头加以呈现，那就是“羌笛何须怨杨柳”。羌笛是羌族的一种乐器。杨柳呢，我们知道，是一种典型的思乡意象，这里明写杨柳，实际暗指这个笛子曲叫《折杨柳》，是有关思乡的笛曲。长期的戍边生活中，战士备受煎熬，他们手持羌笛，吹奏着幽怨的《折杨柳》曲，似乎是在因深情思念着亲人而哀怨，又似乎在埋怨边塞生活过于艰苦。

“春风不度玉门关”一语双关。诗人看似在安慰戍边将士：没事儿，你不用怨杨柳不长新叶，是春风本来就吹不到玉门关外。可就深层的意义来讲，这里是以春风来隐喻朝廷的恩泽。诗人不直接地说皇恩到达不了边塞，而是说春风不度玉门关，就显得意味更加深厚、隽永。诗人用的“何须怨”三个字看起来是豁达的，实际上也隐含了他对戍边将士的深切同情。

这首诗开头两句写景，充满了奇思壮怀，境界是雄浑而苍凉的；后两句抒情，写得回环曲折，意蕴丰厚，深婉蕴藉。整首诗的格调苍凉雄浑，是盛唐边塞诗的杰作。后世的诗人、学者，常有拿《凉州词》玩文字游戏的，把它删掉一个字，重新断句，便成了一首长短句的词："黄河远上，白云一片，孤城万仞山。羌笛何须怨？杨柳春风，不度玉门关。"是不是也很有韵味呢？

王之涣的诗歌中有一种恢宏的气度，读起来会让你觉得很大气。诗人的风格和他所处的时代密不可分，我们一定要关注到盛唐的背景。盛唐诗歌普遍在境界和气象上超越其他时代，很大程度上是时代氛围所致。把盛唐诗歌联系起来读，我们会发现它们都是那样气度恢宏，怪不得诗歌史上要用一个专有名词"盛唐气象"来形容。这也说明，时代给予正逢其时的诗人以气度，他们才可能在登高望远的时候，胸襟阔大，精神飞扬。王之涣不仅仅是站在鹳雀楼的高度上，更是站在时代的高度上发现了天地山川之美，把握了这个时代的主旋律。而且，他把这些融合在语言简单却内蕴丰厚的诗作当中，由此形成了一种浑厚而阔大的气象。有了这样的气象，诗人当然就显得超拔出众了。鹳雀楼的"高度"也在不经意间增加了。所以，我们在读诗的时候，别忘记看它的时代特点。曾有一年的一道考题主题是生逢其时，这时，就可以举盛唐诗人为例。

【写作锦囊】

就艺术的因素而言，王之涣的诗之所以有气象，是因为他的描写实中有虚。“白日依山尽”是实景，是诗人看到的。可他怎么能看到“黄河入海流”呢？鹳雀楼在山西，离黄河在山东的入海口还远着呢。鹳雀楼再怎么高，也不可能登上去就看得到黄河的入海口啊！所谓“黄河入海流”虽然有一定的依据——黄河肯定是要入海的，但是，它出现在诗里，凸显的是诗人的想象。眼前看到的实景和他联想到的虚景相结合，实中有虚，虚实结合，终成大作。如果纯粹写实，没有虚景，那诗人大概只能写出黄河流向远方这样的句子，气象上就逊色多了。

《凉州词》中的“黄河远上白云间”读起来让人觉得境界开阔、气势飞动，也是这个道理。诗人怎么可能看到黄河直上云端的景象？这自然也是想象出来的了。可以说，瑰丽的想象和神奇的夸张是诗的语言，诗的特色。所以，我们读诗的时候，从来不必追究登上鹳雀楼究竟能不能看到“黄河入海流”，也不必追究庐山的瀑布到底有没有“三千尺”，因为这些都是天才的想象，给诗歌带来了无与伦比的升华，把读者带到了一个神奇而充满力量的境界，让人叹服于大自然的力量，也叹服于诗人的艺术力量。

也许，只有在强大的大唐帝国的支持下，诗人才能真正拥有豪迈又浪漫，骄傲又自信的气魄。那我们呢？我们也生逢其时，我们笔下的作品是不是也应该流动着一种壮气呢？

醉卧沙场的悲壮

《凉州词》

提到《凉州词》，相信大部分人首先想到的就是王之涣那一首，但《凉州词》不是王之涣专有的，《凉州》本身是盛唐时期流行的一支曲子，它不是诗的题目，而是一个曲调名。当时，好多的诗人都喜欢这首小调，就给它填写新词。因此，唐代的很多诗人都写过《凉州词》。如果翻开《全唐诗》，你会发现《凉州词》这个题目收录了好多首诗，作者不同，内容和风格自然也不一样。有一位名叫王翰的诗人，也有一首《凉州词》，同样是盛唐时期边塞诗的佳作，不亚于王之涣的那首，让我们一起来读一读吧。

凉州词

王翰

pú táo měi jiǔ yè guāng bēi　　yù yǐn pí pá mǎ shàng cuī
葡萄美酒夜光杯①，欲饮琵琶马上催②。
zuì wò shā chǎng　jūn mò xiào　　gǔ lái zhēng zhàn jǐ rén huí
醉卧沙场③君莫笑，古来征战几人回？

注释

① 夜光杯：用美玉制成的杯子，夜间能够发光。这里指极精致的酒杯。

② 欲饮琵琶马上催：正要举杯痛饮，却听到马上弹起琵琶的声音，在催人出发了。

③ 沙场：战场。

先介绍一下王翰，他字子羽，是山西太原人，虽然不知道他哪年出生，哪年去世，但是根据他的人生经历推算，他的年纪应该比杜甫要大一点儿，和李白差不多。710 年，王翰考中了进士。王翰这个人敢于直言进谏，因此得到了唐玄宗开元初期宰相张说的欣赏，被提拔连升三级，从九品升到了正六品。到了开元十四年（726），王翰已经是正四品的官员了。这一年，或许是因为张说被罢相，王翰一再被贬，先为汝州长史，再为仙州别驾，最后为道州司马。据《唐才子传》记载，王翰非常有才华，不仅诗写得好，还能写一手好文章。当时著名的文人像祖咏、杜华这些人，都愿意和他交往。杜华的母亲崔氏曾经跟儿子说："我听说过孟母三迁的故事，现在就很想搬家，最好让你和王翰做邻居。"王翰的这首《凉州词》，带我们领略了一场极为豪迈的人生体验，我们来读一读。

第一句"葡萄美酒夜光杯"勾勒了一种怎样的场景呢？你可以想象一下，葡萄酒盛在夜光杯里是什么样子。首先，奢华的夜光杯是什么材质的？关于这个问题，说法各有不同。有人说，夜光杯就是白玉质地的，西汉东方朔的《十洲记》是这样记载的："杯是白玉之精，光明夜照。"那么，这个白玉可能就是和田的羊脂玉，或者是酒泉玉。也有人说，那是玻璃或者琉璃。在中国古代，琉璃制品非常稀有，也非常珍贵。总而言之，不管是白玉还是琉璃，夜光杯都是唐代贵族喝葡萄酒的重要酒具之一。其次，精美、鲜红的葡萄酒盛在洁白晶莹的夜光杯里，美酒和玉杯相互映衬，是不是在视觉上有一种颜色对比鲜明的美的享受？别忘了，还有酒香四溢呢！这更是令人熏熏欲醉。就像李白的诗歌所写的那样："兰陵美酒郁金香，玉碗盛来琥珀光。但使主人能醉客，不知何处是他乡。"王翰的这一句诗，可以说，比李白的四句诗还美，酒未喝，人就已经飘然欲醉了。

诗人一上来就描绘了一个非常奢华的宴会景象，这个景象让人惊喜又兴奋。接着，便是第二句"欲饮琵琶马上催"。就在大家准备开怀畅饮的时候，音乐响起，乐队奏起了琵琶曲，欢快的气氛更加浓郁了。“催”这个字有两种解释：有人认为催就是催促，是让将士们赶紧行动起来；也有人认为，琵琶是出自西域的，本就是骑在马上弹奏的，因此，“琵琶马上催”应该只是渲染一种欢快的宴饮场面。按前者，这两句虽然描绘了欢景，但是马上要上马打仗了，情绪有所转变；按后者，则是载歌载舞。

“醉卧沙场君莫笑，古来征战几人回”，最后这两句的意思是，就算我醉倒了，躺在沙场上，你也千万别取笑我。你看从古至今，征战疆场的人中，有几人能生还呢？“回”就是活着回来的意思。这微带醉意的酒话带有沉痛而旷达的生命体验。

凉州位于现在的甘肃武威，是唐朝的西北边地，靠近西域。葡萄酒是当时西域的特产，夜光杯也是西域所进，琵琶更是西域地区所产的流行乐器。战士远征大漠，可谓九死一生，因此，他们不是在战前不顾战争的残酷而尽情地玩耍享乐，而是决定在战前痛饮一回，将生死置之度外。“醉卧沙场”表现出来的不仅仅是豪放、开朗、兴奋的感情，更是视死如归的气概。

对于这首诗，有两种不同的解读。站在旁观者的角度，我们就会觉得战士死得太悲壮、太可怜了。比如，《唐诗别裁》里就有这样的评价：“故作豪饮旷达之词，然悲感已极。”什么意思呢？这首诗读起来确实让人感觉到慷慨激烈，但是他是故意这么写的，仔细想想内容，会格外地让人心痛。我们站在战士的角度，他们可能会怎么想呢？

打赢了，活下来，那就是建功立业，封妻荫子；打输了，就很可能会战死，那就是为国捐躯，死得其所。清代学者施补华在《岘（xiàn）佣说诗》里是这样评价这两句诗的："作悲伤语读便浅，作谐谑语读便妙，在学人领悟。"战士远赴沙场，视死如归，愿意在潇洒中实现自己悲壮的辉煌，从这个角度上看，你若觉得他很惨，就把这诗句读浅了。如果你觉得这首诗有一种旷达、豪放的态度，才真正读出了其中之妙。从这个角度来说，"醉卧沙场君莫笑，古来征战几人回"给人的是一种激昂向上的艺术魅力，这正是盛唐边塞诗的特色，也是千百年来，这首诗一直为人们所传诵的原因。

回过头来，我们再看看作者王翰，他称得上是一位天才的诗人。为什么这么说呢？因为他可以写多种风格的诗，并且每种风格都写得极好。除了雄健激昂的边塞诗，他也可以创作出柔软细腻的诗作，比如《子夜春歌》中的诗句："春气满林香，春游不可忘。落花吹欲尽，垂柳折还长。"这首诗深情款款，柔美动人，被认为有齐梁之风。"齐梁"在这里代表着语言华丽的宫体诗。王翰虽然不像其他诗人名气那么响，但是诗作多样，一首《凉州词》听起来慷慨悲壮，明代文学家王世贞甚至认为这首诗可以作为唐诗七绝的压卷之作。《唐人万首绝句选评》中也称赞这首诗气格俱胜，是盛唐绝作。当然，这都是一家之言，也有人提出不同意见，说王昌龄的《出塞》才是压卷之作。不过，这些人这样说，证明了这首《凉州词》获得了很多后人的赞美，的确是一首传世佳作。

【写作锦囊】

王夫之在《姜斋诗话》中写："以乐景写哀，以哀景写乐，一倍增其哀乐。"什么意思呢？就是说，用快乐的情景，来写悲慨的感情，就会让这种感情加倍，反之亦然。王翰的这首《凉州词》用的就是反衬的手法。前两句"葡萄美酒夜光杯，欲饮琵琶马上催"中有葡萄美酒，有夜光玉杯，还有动听的琵琶音乐，一派热闹，这就是乐景。后两句"醉卧沙场君莫笑，古来征战几人回"中有沙场，有征战，有不知道几人能活着回来的悲壮。热闹与悲凉形成了强烈、鲜明的对比，体现了将士回不了故乡的哀怨。这种哀怨却不是消沉的，而是壮烈的，同时也展现了诗人对边关将士深切的同情和敬意。

破山寺和诗人的相互成就

《题破山寺后禅院》

如果大家去过苏杭的寒山寺、灵隐寺，或者去过北京的潭柘寺、卧佛寺，可以在读诗之前，回忆一下，到了那里后，你是什么感受？是不是人声鼎沸，香火旺盛至极呢？如今，这些寺庙已经跻身风景名胜之列，成了游客的“必打卡之地”，很难再有静谧的环境了。不过，我们在唐代诗人常建的这首《题破山寺后禅院》里，可以找到本来应属于古寺的清幽境界。诗中所写的“破山寺”叫兴福寺，在江苏省常熟市西北的虞山上。这座寺依山而筑，山中破龙涧从寺前迂回而过，所以就得了“破山寺”的称谓。

时至今日，我们会发现，常建这个人名已经与破山寺这个寺名紧紧地捆绑在一起了。可以说，破山寺成就了常建的诗名，只这一首诗作，便让这位作品并不多的诗人名垂千古。同时，常建也成就了破山寺的名声，是他把破山寺宣扬出去，让破山寺成了“江南四大名刹”之一。

那么，到底是什么样的诗作，能发挥这么大的作用呢？从诗题我们可以看出，这首诗属于题壁诗。题壁诗兴起于两汉，到了唐代，已经成为一种风气，因为题壁简单易行，直到宋代仍然兴盛，比如苏轼就有一首很有名的题壁诗——《题西林壁》。所谓“题壁诗”究竟是什么样子呢？你想一想，诗人只需要挥毫泼墨，把诗往墙上一写，南来北往的人就都可以去领略、品评，这是多好的传播方式呀！如果诗人的书法也有几分功力，还能成就自己的墨名，引得众人纷纷赶来拓印。若是再有几位师友兴趣盎然地写上几句旁批，便更多了一番美谈，因而，把诗题在墙壁上，在当时是智慧的操作。不过，现在我们可不能这么做了，这么做就是破坏公物了。

再来说说诗人常建。据说，常建和王昌龄是同榜进士，和王昌龄一样，他的做官生涯也不是很顺利。于是，他常常往返于山水名胜之间，很长一段时间都过着一种漫游生活。后来，他索性移家隐居了。《四库全书总目》中称，常建可以和王维、孟浩然“抗衡十之六七”，这是极高的评价了。他们都擅长写山水诗，但风格还是很不同的，常建的诗更清雅一些。下面，我们就来一起阅读一下这首诗吧！

题破山寺后禅院

常建

qīng chén rù gǔ sì，chū rì zhào gāo lín。
清晨入古寺，初日照高林。
qū jìng tōng yōu chù，chán fáng huā mù shēn。
曲径通幽处，禅房①花木深。
shān guāng yuè niǎo xìng，tán yǐng kōng rén xīn。
山光悦鸟性，潭影空人心②。
wàn lài cǐ dōu jì，dàn yú zhōng qìng yīn。
万籁③此都寂，但余钟磬④音。

注释

① 禅房：僧人住的房舍。

② 山光悦鸟性，潭影空人心：山中景色使鸟怡然自得，潭中影像使人心中俗念消失。人心，指人的世俗之心。

③ 万籁：指各种声响。

④ 钟磬：寺院诵经，敲钟开始，敲磬停歇。

我们想象一下，这一天清晨，诗人和普通的游客一样，步行来到破山寺后的禅院，看到旭日初升，映照着山上的树林。也许你会说，这不是很寻常的一件事吗？确实如此，但是，如果你真的有过破晓之时徜徉在古寺的经历，就能体会到这种平淡叙事背后的美妙。满眼都是参天的古木，幽静无比。走着走着，就越来越觉得自己好像苏轼笔下的“沧海一粟”，渺小得很，这种感觉也会增加一些禅意。清晨时分，走进古寺，金色的阳光穿过树丛，洒向屋脊和院落，整座古寺都沐浴在灿烂的朝阳中，林木的色泽更加葱翠了，天色也越来越明亮了，一切都那么令人心旷神怡。“入”和“照”两个字，“入”写出了诗人的悠闲，“照”写出寺院的勃勃生机。这两句诗也让我们联想到阳光洒满大地的温暖时刻，身与心都得到了洗礼。

这个时候，诗人又将视线从远处收回，投诸诗题当中的“后禅院”。先是总体地描绘景色，然后集中到后禅院，不料，这一写就写成了千古名句——“曲径通幽处，禅房花木深”，原来，在竹林掩映的小路深处，芬芳宜人的花木丛中，深藏着僧人修行的禅房，幽静又迷人。它不仅写出了环境的优美，还含蓄地表达了修行之人的审美趣味。这些苦修的僧人也有发现美的眼睛，也有欣赏美的情致，竹径通幽，花木丛生，更衬出修行之人内心的澄澈和美好。现在，“曲径通幽”已经成为古典园林的美学标志。曲径通幽处，园林无俗情，无论是苏州的园林，还是北京的园林，你都可以在“曲径通幽处”走一走、逛一逛，细品其中一步一换景的曲折幽微。

“山光悦鸟性，潭影空人心”，这两句诗的意思是说，山中的景色使鸟儿自在、欢悦；潭水清澈，照出人的身影，消除人心中的杂念。这两句是使动用法，紧承颔联，进一步渲染了古寺的幽深、清寂。诗人举目四望，看到几只欢愉自在的鸟儿，看到一池清澈平静的潭水，这些也都因今天的山色美景而更显活泼动人。或许，人也是如此，只有当我们回归自然的属性，像鸟儿那样远离尘世，在山水的怀抱当中徜徉的时候，才会真正觉得逍遥自在。如果有机会，我们可以找一处僻静澄澈的池水，对着一潭静水坐上几个小时。在这个时候，潭水当中会照出另外一个自己。抬起手臂，向水面投下几块碎石子，看到它激起层层涟漪，再慢慢地一圈一圈回归平静，任由时光流逝，任由空灵、纯粹的世界洗涤尘念，净化心灵。当你闭上双眼，感觉到自己可以和整个大自然融为一体的时候，也许就能明白诗人所说的“空人心”到底是什么了。

接下来，诗歌的尾联把我们带入了一片静美之中。“万籁此都寂，但余钟磬音”，读罢这句诗，我们仿佛听见了钟磬之声，甚至能联想到张继《枫桥夜泊》当中的夜半钟声。现在，有的寺庙为了增加和游客的互动，专门设置了一种敲钟的体验活动，虽说只是一种营销手段，但敲钟的人还是络绎不绝，常常排起长队。这是因为在很多人的心中，这个来自佛门圣地的世外之音，代表着某种神秘的力量。敲响它，似乎就呐喊出了我们内心深处隐秘的期许；敲响它，似乎我们的这种期许就能得到佛祖的佑护。钟声是洪亮、悠扬的，它是人们心中的天籁。

郁达夫在《故都的秋》当中，特别怀念了潭柘寺的钟声。而你，又有多久没有认真地听过一次辽远的钟声了呢？钟声的古朴，在人们心中久久回荡，使得这首诗更增加了一些清幽和沉寂的气氛。

我们提到古寺，要么会觉得荒芜破败，要么香烟缭绕，人满为患。而常建的这首诗，传递出了一种独特的韵味。这里不仅不荒芜，而且花木繁茂，人烟稀少，只有飞鸟、潭影和钟声，生机与沉寂在这里和谐共存。禅院是与世隔绝之地，但也是人事开悟之所。诗人以晨游起笔，把他的所见、所感题写在禅院的墙壁之上，意境优美。言在此，意在彼，出世之情也。诗人想远离凡世的热闹庸俗的心愿溢于字里行间，你感受到了吗？他写的哪里是禅院的安静，他写的明明是自己的一种希望，希望能在乱世当中求得一份心静。

【写作锦囊】

这首诗的最后两句以声衬声。诗人没有孤立地写静，而是写静中有声。此时此刻，万物都沉默静寂，只留下敲钟击磬的声音，反而更显得禅院安静至极。这和王籍的“蝉噪林逾静，鸟鸣山更幽”有异曲同工之妙。

这种写法在日常写作时，也有很好的作用。比如，我们小时候就曾造过这样的句子：教室里安静得连一根针掉在地上都听得见。这既是一种夸张，也是以动写静，这种衬托声音的手法，在诗歌当中特别常见。

表现技巧“天花板”级别的送别诗

《送魏万之京》

有人说过这样的话：“离别能使浅薄的感情被削弱，却使深挚的感情更加深厚。正如风可以吹灭烛光，却会把火扇得更旺。”送别诗是诗歌史上一个重要的题材，古往今来，诞生了很多流芳百世的作品。比如《别董大》《送元二使安西》《送孟浩然之广陵》这些经典的古诗佳作，徐志摩的《再别康桥》、席慕蓉的《渡口》等优秀的现代诗等。这首《送魏万之京》可能你之前没听说过，它虽然名气不是很大，却是一首情真意切、让人回味悠长的好诗。

我们先来介绍一下这首诗的作者和创作背景。这首诗的作者名叫李颀（qí），是盛唐时期杰出的边塞诗人。他有一首《古从军行》非常有名，诗中说“行人刁斗风沙暗，公主琵琶幽怨多”，还有“年年战骨埋荒外，空见蒲桃入汉家”，都是广为传诵的名句。史书记载，李颀是一个很豪迈的人，他在开元二十三年，也就是735年，考中了进士，当了一个从八品的小官。李颀在这个岗位上干了很长时间，一直没有获得提拔的机会，于是，他辞掉官职，到东川隐居去了。从李颀的这个举动，我们可以看出，他不仅有才华，而且个性比较洒脱，拿得起放得下。李颀和当时其他著名的诗人，如王维、高适、王昌龄、崔颢（hào）等，都有唱和之作。唱和的意思是，你写一首，我对一首。李颀擅长七言歌行和七言律诗，善于描写边塞风光、刻画人物形象，特别是对音乐的描绘，很有特色。白居易的《琵琶行》、李贺的《李凭箜篌引》都受到李颀诗的影响。

题目当中的魏万既是李颀的好朋友，也是他的晚辈。和所有有志青年一样，魏万也很想报效朝廷，建功立业。因此，他决定去京城碰碰运气，看看有没有合适的机会。对魏万的这次出行，李颀是很担心的，因为李颀当年也经历过魏万所经历的一切，他也曾是一个意气风发的青年，也想着建功立业，可是现实狠狠地打击了他。所以李颀既担心魏万会像自己一样悲催，又怕他被京城的花花世界迷住双眼，沾染上不良的风气。于是，诗人就把叙事、写景和离别之情交织在一起来写，表达了对朋友的担忧和祝福。读完这首诗，你能感受到李颀和魏万情深义重的友谊。

送魏万之京

李颀

zhāo wén yóu zǐ chàng lí gē zuó yè wēi shuāng chū dù hé
朝闻游子①唱离歌②，昨夜微霜③初渡河④。
hóng yàn bù kān chóu lǐ tīng yún shān kuàng shì kè zhōng guò
鸿雁不堪愁里听，云山况是客中⑤过。
guān chéng shù sè cuī hán jìn yù yuàn zhēn shēng xiàng wǎn duō
关城⑥树色⑦催寒近⑧，御苑⑨砧声⑩向晚多⑪。
mò jiàn cháng ān xíng lè chù kōng lìng suì yuè yì cuō tuó
莫见长安行乐处，空令岁月易蹉跎⑫。

注释

① 游子：指魏万。

② 离歌：离别的歌。

③ 微霜：薄霜，指秋意已深。

④ 初渡河：刚刚渡过黄河。魏万隐居的王屋山在河北，到长安去必须渡过黄河。

⑤ 客中：即作客途中。

⑥ 关城：指潼关。

⑦ 树色：有的版本作“曙色”，黎明前的天色。

⑧ 催寒近：寒气越来越重，一路上天气愈来愈冷。

⑨ 御苑：皇宫的庭苑。这里借指京城。

⑩ 砧声：捣衣声。

⑪ 向晚多：越接近傍晚越多。

⑫ 蹉跎：此指虚度年华。

首联中“微霜”二字指天降薄霜，暗示此时是深秋时节。这两句先写诗人于黎明时分送魏万启程，然后写“昨夜微霜初渡河”，表明魏万是昨天晚上才渡过黄河，和他相见的。从这里，我们可以得出两点：一是魏万这次赶赴京城走得很急，两个人的见面很匆忙；二是尽管走得匆忙，但魏万还是连夜渡过黄河来看李颀。这说明什么？说明两个人的感情非比寻常。这两句诗既叙事又写景，把事情的缘由、经过、时间、地点都交代得清清楚楚，把深秋时节与朋友告别的那种萧瑟、凄清的气氛渲染得淋漓尽致。

颔联两句诗采用的是倒装的手法，正确的语序应该是“不堪愁里听鸿雁，况是客中过云山”。鸿雁是候鸟，秋天往南飞，春天往北归，漂泊不定，跟行旅之人的情况很像。此时此刻，魏万要去京城谋职，他的内心是惶恐不安的，因为前面已经经历过几次失败了，这一次能不能成功，谁也说不准。鸿雁的哀鸣从天上飘来，魏万又正好满腹惆怅，听了雁鸣以后，自然更加难以忍受了。朦胧的“云山”，在一般人的眼里，是充满神秘气息的美景，可对于迷茫失意的人来说，只会增加心中的茫然无措之感。“愁里听”“客中过”是句子中重要的部分，为什么要把它们往后放呢？这是为了着重强调，加深伤感的氛围。

颈联是诗人对魏万这次远行做的推想，他推测魏万会遇到“关城树色催寒近，御苑砧声向晚多”的情形。诗人已经在前面讲过，此时已到深秋，西去长安要经过古代的函谷关和潼关。当魏万经过潼关时，寒气会越来越重，天气会越来越冷，京城进入深秋时节后，越接近傍晚，捣衣声也会越多。李颀多次到过京师，并且在那里历经了诸多辛酸。这些情境虽是李颀记忆当中的，但联系当时的气候和时节，估计和真实的情况也差不多。而一个“催”字，就把深秋的寒冷描摹得真切可感，可见诗人是炼字行家。我们要做炼字的题，一定抓住那个关键的动词或者形容词，在这里，“催”字就是那个关键字，一个“催”就用上了拟人的手法。砧声一般是在傍晚或者月夜中出现的，是长安常见的现象。比如，李白就有“长安一片月，万户捣衣声”的诗句，为什么写砧声呢？因为游子出门在外，亲人难免思念，便会给他做衣服，从砧声中渗透出的，是别离的思念之意，以及夜的寂静，凸显了悠远旷阔的意境。诗人不去描写长安城关的雄伟，不去写皇宫御苑的秀丽，只是突出了御苑砧声，平生的感慨尽在不言中。结合诗人的人生经历，他并不太看好魏万的这次求职。同时，这两句也暗含了岁月不待、年华易老的意味，顺势引出了结尾的两句。

结尾两句“莫见长安行乐处，空令岁月易蹉跎”是诗人作为过来人，对魏万的殷切嘱咐。他叮嘱魏万，长安是繁华之地，诱惑很多，此去不能耽于玩乐，蹉跎时间，要把精力放在建功立业上。诗人就像一个长者，语重心长地告诫着自己的晚辈。

我们再思考一下，这首诗有哪些意蕴？德国著名哲学家黑格尔曾说：“一切重大的世界历史事变和人物一般地说都会出现两次。”马克思补充说：“第一次是悲剧，第二次是喜剧。”这两句话用在李颀和魏万身上，真是再合适不过了。李颀和魏万很像，他们都很有才华，也都很有个性，并且都出身于寒门，没有什么背景。李颀自己忙活了大半辈子才中了进士，但是，只能当一个从八品的小官，因此，他推己及人，也很担心魏万。首先，他担心魏万去京城以后谋不到好职位，自己的经历就是前车之鉴。其次，魏万还是一个年轻人，到了京城，如果沾染上公子哥儿不好的习惯，可就麻烦了。这都是诗人对朋友真诚的关心。

不过，魏万的运气可比李颀好多了，他去了长安以后，改了个名字，叫魏颢，不仅考中了进士，还成了翰林学士，这个结果是不是出人意料？不过，有一个人却预料到了这件事的结果，这个人是谁呢？是李白。魏万不但和李颀情谊很深，他还是李白的拥趸。魏万曾经为见李白一面，追了三千多里，终于在广陵见到李白，还请李白吃了条鱼。李白很是感动，对他追了自己三千多里路这件事，很是心疼，他给魏万写了一首七百多字的长诗，就连杜甫都没这待遇！那可是七百多字的长诗啊，叫《送王屋山人魏万还王屋》，李白在这首诗中，预测魏万一定能够功成名就，名扬天下，还把自己的诗集托付给了魏万。相信在知道魏万成为翰林学士以后，李颀和李白这两位前辈，应该都是既羡慕又欣慰吧。

【写作锦囊】

我们来说说这首《送魏万之京》中用到的写作技巧。这首诗虽然不是特别有名，表现技巧却是“天花板”级别的。

第一，首联“朝闻游子唱离歌，昨夜微霜初渡河”寥寥十四个字，就把事件描述得一清二楚，不但做到了情景交融，还能寓情于景，可见诗人的概括表达能力之强。第二，这首诗除了首联是实写，其他的情景都是诗人推测、想象出来的，用了虚实结合的手法，很容易引起人们的共鸣，也真切地表达了诗人对朋友的担心和祝福。第三，我们来梳理一下前两句诗的时间顺序，应该是昨天晚上相见，今天早上送行，但是诗人写诗时却反过来写，这就用了倒叙的笔法。第四，这首诗的表现技巧也很高超，比如“愁里听”“客中过”，我们前面讲过，是用了倒装的手法，增添了别离的伤感氛围。“催寒近”“向晚多”中的“催”和“向”用词准确，语言洗练，很好地展现出了长安的情况。

明代的文学家李梦阳、何景明等人提出了“文必秦汉，诗必盛唐”的口号，有意思的是，他们没有选那些人人熟知的名篇，反而把这首诗当作了写诗的范本，可见这首诗的技法之高，魅力之大。

七律压卷之作

《黄鹤楼》

李白是一位超级自信的诗人。他拶（duǐ）天拶地，傲视王侯，还曾经口出“狂”言，吟“长风破浪会有时，直挂云帆济沧海”“仰天大笑出门去，我辈岂是蓬蒿人”。不过，即使是像李白这样的天才诗人，也曾经在一位诗人面前失去光彩，这位诗人就是崔颢。当年，李白在看了崔颢的《黄鹤楼》后，忍不住感叹：“眼前有景道不得，崔颢题诗在上头。”那么，崔颢的这首《黄鹤楼》到底有多经典，让李白都甘拜下风呢？我们来一起欣赏一下吧。

黄鹤楼

崔颢

xī rén yǐ chéng huáng hè qù cǐ dì kōng yú huáng hè lóu
昔人[1]已乘黄鹤去，此地空余黄鹤楼。
huáng hè yí qù bú fù fǎn bái yún qiān zǎi kōng yōu yōu
黄鹤一去不复返，白云千载空悠悠[2]。

qíng chuān lì lì hàn yáng shù fāng cǎo qī qī yīng wǔ zhōu
晴川③历历④汉阳⑤树，芳草萋萋⑥鹦鹉洲⑦。
rì mù xiāng guān hé chù shì yān bō jiāng shàng shǐ rén chóu
日暮乡关⑧何处是？烟波江上使人愁。

注释

① 昔人：指传说中骑鹤飞去的仙人。

② 悠悠：飘飘荡荡的样子。

③ 晴川：晴日里的原野。川，平川、原野。

④ 历历：分明的样子。

⑤ 汉阳：地名，今湖北武汉的汉阳区，与黄鹤楼隔江相望。

⑥ 萋萋：草木茂盛的样子。

⑦ 鹦鹉洲：长江中的小洲，在黄鹤楼东北。

⑧ 乡关：故乡。

诗人崔颢从一个遥远而神奇的传说写起："昔人已乘黄鹤去，此地空余黄鹤楼。"这句诗里有一个耐人寻味的故事。根据《江夏县志》记载，长江边有一户姓辛的人家，靠卖酒为生。有一天，一位衣衫褴褛的客人来到这个酒馆里，问辛氏："可以给我一杯酒喝吗？"辛氏没有因为对方穿得像乞丐就嫌弃他，而是马上就答应了，客气地给他盛了一大杯酒。之后的大半年，客人每天都跑来蹭酒，却从来不付钱，而辛氏依然和和气气的，从来没有表现出不耐烦。这一天，这位客人又来了，跟辛氏说："我呀，欠了你好多的酒钱，我也没有办法还给你了。"说着，他从篮子里拿出橘子皮，在墙上画了一只鹤，因为橘皮是黄色的，所以，他画的鹤自然也是黄色的。只要酒馆里的客人拍手唱歌，这墙上的黄鹤就会跟着歌声、和着节拍翩翩起舞，实在是太神奇了。这样一来，大家都可以想象得到，酒馆的生意变得无比火爆。如此过了十多年，辛氏积累了很多财富。有一天，那位衣衫褴褛的客人又来了，辛氏感激地对他说："我愿意供养你，满足你的一切要求。"客人笑着对他说："我哪里是为这个来的呀！我要是只为图你的供奉，就不费这么大的神力了。"说完客人取出笛子，吹了几首曲子，没过一会儿，几朵白云从天上飘下，墙上的黄鹤飞出墙壁，来到了客人的面前。客人骑上黄鹤，乘着白云，飞到天上去了。辛氏为了感谢和纪念这位客人，拿出银两在长江边修建了一座楼阁，便是名扬天下、无人不知的黄鹤楼。这个故事听来是不是让人悠然神往？诗人崔颢也是满怀着对黄鹤楼的美好憧憬，慕名前来的。可是来了之后才发觉，这个地方已经看不到当年的盛景，感受不到仙气了，因为仙人早已驾鹤飞走，那位善良的店家辛氏也早就化成了尘土，眼前不过是一座寻常可见的江楼罢了。

美好的憧憬和寻常江楼之间的落差在诗人的心里蒙上了一层怅然若失的底色，激起了诗人岁月不居、世事茫然的空幻感。诗歌当中，"黄鹤"既可以指故事当中的黄鹤，也完全可以是一个象征，象征一段感情，或者代表一种情怀。比如，它可以象征流逝的时光、美好的回忆、远大的理想等。"黄鹤一去不复返"，那份让他魂牵梦萦的美好已经消失不见了，取而代之的是变幻莫测的白云。白云象征着命运的不确定，“空悠悠”使人看到了空间的广袤，“千载”让人看到了时间的无限性，把时间与空间组合到一起，就产生了一种“前不见古人，后不见来者”的感觉，既有孤独感，也自然而然地催生出乡愁。

接下来是颈联，这两句笔锋一转，从写虚幻传说转为实写眼前所看到的景物。我们想象一下，阳光照耀下的汉阳树木清晰可见，鹦鹉洲上的芳草长势茂盛，这里描绘了一个空明悠远的画面，让人遐想万千，很自然地就引发诗人对故乡的怀念。

“日暮乡关何处是？烟波江上使人愁”，尾联写太阳落山了，夜色渐渐地弥漫开来，江上的雾霭越来越浓重。诗人想起遥远的家乡，然而，烟波重重，看不清回家的路。面对此情此景，谁能不起故园之思呢？最后，诗人把情感归结在一个“愁”字上，刚好和最开始的“昔人已乘黄鹤去”首尾呼应，生动地刻画出了缠绵的乡愁。

【写作锦囊】

这首诗是公认的七律压卷之作，就算是李白这样的天才诗人，看了之后也是赞叹不已，心服口服。但李白真的甘心吗？当然不，他学习崔颢的写作风格，后来模仿这首诗写了一首《登金陵凤凰台》，诗是这样写的：“凤凰台上凤凰游，凤去台空江自流。吴宫花草埋幽径，晋代衣冠成古丘。三山半落青天外，二水中分白鹭洲。总为浮云能蔽日，长安不见使人愁。”

应该说，李白的“模仿秀”非常成功，尤其是颈联“三山半落青天外，二水中分白鹭洲”写得气势磅礴。如果单独拿出这两句，它比《黄鹤楼》当中的任何两句都精彩，但是如果整首诗比较下来，二者各有千秋，甚至可以说，《黄鹤楼》更胜一筹。《黄鹤楼》一气呵成，李白《登金陵凤凰台》则将中心主题更提升了一步。崔颢只是想家，李白却是寄身于国家，想到了君主被小人蒙蔽。李白在这一点上是胜出的。《唐诗别裁》说《黄鹤楼》“意得象先，神行语外，纵笔写去，遂擅千古之奇”。也就是说，这首诗和黄鹤楼的故事早就融为一体，诗的意境是别人很难超越的。

而《黄鹤楼》的写作技巧就更厉害了。大家有没有注意到，这首七律和一般的七律很不一样。在这首诗当中，“黄鹤”出现了三次，“空”字出现了两次，这都是极其不符合律诗规则的。但是《红楼梦》中，林黛玉教香菱写诗的时候说过：“若是果有了奇句，连平仄虚实不对都使得的。”《黄鹤楼》就属于这种情况，它是以古体诗的风格创作出来的，是一首横空出世的、超常规的七律佳作。正是因为它是超常规的，它才会是孤篇横绝的、可一而不可再的。

事了拂衣去，深藏身与名

《古风》二首

说起李白，大家一定会觉得，他是自己最熟悉的诗人了，不过，大家对他多半是“只知其一不知其二”的，他或许恰恰是大家最陌生的一位诗人。有人评价李白，说他一辈子都在找仙人、采仙草、炼仙丹、想当神仙；有人立刻反驳说没那回事，李白有诗云“十步杀一人，千里不留行”，他想当侠客；又有人反驳，李白有诗云“峻节凌远松，同衾卧盘石”，他明明是想当隐士；还有人有不同的意见，说李白有诗云“天生我材必有用，千金散尽还复来”，他这哪里是想当隐士，分明是想建功立业呀！从李白的诗歌中，我们会发现他各种各样的想法，可李白究竟是一个什么样的人呢？我们一起来读他共五十九首的组诗《古风》中的两首，了解一下他真实的人生理想。

古风（其十）

李白

qí yǒu tì tǎng shēng lǔ lián tè gāo miào
齐有倜傥①生，鲁连②特高妙③。
míng yuè chū hǎi dǐ yì zhāo kāi guāng yào
明月④出海底，一朝开光曜⑤。
què qín zhèn yīng shēng hòu shì yǎng mò zhào
却秦振英声⑥，后世仰末照⑦。
yì qīng qiān jīn zèng gù xiàng píng yuán xiào
意轻千金赠，顾向平原笑。
wú yì dàn dàng rén fú yī kě tóng diào
吾亦澹荡⑧人，拂衣⑨可同调⑩。

注释

① 倜傥：气宇轩昂、不受拘束的样子。

② 鲁连：战国时期齐人鲁仲连。

③ 高妙：杰出，出众。

④ 明月：指夜明珠。《淮南子·说山训》高诱注："珠有夜光、明月，生于蚌中。"

⑤ 光曜：光辉。

⑥ 却秦振英声：指鲁仲连游说赵魏联合逼退秦军。

⑦ 末照：犹余光也。

⑧ 澹荡：淡泊，不慕名利。

⑨ 拂衣：超然高举的意思，表示语气坚决。

⑩ 同调：谓志趣相合。

我们想读懂这首诗，得先了解一下它所包含的典故和历史背景。公元前 260 年，秦国和赵国之间爆发了长平之战，秦国斩杀了赵军四十五万人。接着，秦国又围困了赵国的都城邯郸，赵国危在旦夕。最后，是魏国的信陵君窃符救赵，才让赵国免去了亡国的危险。在这段历史当中，还有一个小插曲。当时的赵国危在旦夕，派人去魏国求救，魏国让将军晋鄙去营救赵国。晋鄙因为害怕秦军，驻扎在汤阴不敢前进。那之后，魏王又派将军辛垣衍从小路进入邯郸，做说客对赵国的平原君说："秦王围困邯郸不是想灭赵国，而是想再次称帝，赵国如果能尊秦为帝，那秦王一定很高兴，自然就撤军了。"很明显，魏国从一开始就不打算真的救赵国，所谓的派人营救，不过是装装样子，在那里观望。此时，赵国的处境非常危险，于是，平原君准备听从辛垣衍的建议，劝说赵王尊秦王为帝。没有人意识到这件事的危险性，大家都觉得如果让秦王为帝，只相当于给了他一个荣誉称号，名义上尊他为老大，就像春秋五霸一样，能有多大的危险呢？比起灭国之祸，这只是小事一桩，大家都对强秦服个软，就相安无事了。

只有一个人认为秦国是个摒弃了礼仪的国家，只会奴役百姓，秦王这样的君主不配称帝。这个人就是齐国的名士鲁仲连。他当时正在邯郸，连夜去拜见了平原君。平原君说："按照赵国现在的形势，想不答应也没有办法呀！"鲁仲连说："怎么会没有办法呢？我去替你说服辛垣衍！"后来，鲁仲连见到辛垣衍并展开了一系列劝说，终于成功说服他回去，不再提尊秦为帝的事。如果没有鲁仲连的仗义相助，赵国就有可能等不到信陵君“窃符救赵”，所以，平原君对鲁仲连是万分感激的，给了他高官厚禄作为答谢。可是，鲁仲连不仅拒绝了，甚至还离开了平原君，而且走了以后就再也没有出现过。对这样一位传奇人物，李白是满怀仰慕之情的。其实，这首诗是诗人借讲鲁仲连的故事，抒发自己的志向。

“齐有倜傥生，鲁连特高妙”来自《史记》对鲁仲连的评价：“好奇伟俶傥之画策，而不肯仕宦任职，好持高节。”李白化用《史记》的话，展现出了鲁仲连出众的谋略和清高的节操。用什么美好的事物来比喻这样的节操呢？用明月。“明月出海底，一朝开光曜”，诗人把鲁仲连看作明月出海，光耀神州，这是极度的推崇，可见诗人对鲁仲连的敬仰不一般。

能让李白服气，而且被他评价为像明月一样的人，有怎样的功绩呢？下面一句“却秦振英声”就是诗人对鲁仲连功绩的高度概括。前面铺垫了那么多，核心就是“却秦”二字。鲁仲连是用雄辩游说赵魏联合逼退秦军的能人，这份超人的智慧令人折服，因此有了下一句“后世仰末照”。这句诗承接了“明月出海底”的比喻，形容鲁仲连就像一束月光，能穿过若干世纪的时空而照耀后人，使人敬仰。

其实，让人钦佩的不仅是鲁仲连的那份智慧，还有他不居功自傲的人品。“意轻千金赠，顾向平原笑”这两句讲的是鲁仲连建立不世之功后，平原君想送给他千金作为报答，被他笑着拒绝了。这里用平原君世俗的做法反衬鲁仲连视功名富贵如粪土的高尚志趣。最后一联“吾亦澹荡人，拂衣可同调”，才是李白要说的重点。他直言自己和鲁仲连一样，都是放达之人，“事了拂衣去，深藏身与名”是他们共同的志趣和追求。在这里，可以看出李白是借鲁仲连的故事表达他自己的政治理想。

对李白的政治理想，清代的赵翼看得最清楚。他在《瓯（ōu）北诗话》中这样写道：“青莲少好学仙，故登真度世之志，十诗而九。盖出于性之所嗜，非矫托也。然又慕功名，所企羡者，鲁仲连、侯嬴、郦食其、张良、韩信、东方朔等。总欲有所建立，垂名于世。然后拂衣还山，学仙以求长生。”赵翼认为，李白虽然喜欢修仙，却也向往功名。他敬佩、羡慕的是鲁仲连、侯嬴、郦食其（lì yì jī）、张良、韩信、东方朔这样的人，总是希望自己能建立不世之功，青史留名，然后“事了拂衣去”，到深山老林去，修炼长生不老的神仙之术。李白的理想既有现实性，也含着一种浪漫。所以，李白是一个扎扎实实生活、在自己快快乐乐的世界当中徜徉的人。不过，我们也知道，理想和现实的差距太大了。《古风（其三十九）》所展现的，就是他当官之后的心境，一起来看看吧。

古风（其三十九）

李白

dēng gāo wàng sì hǎi　　tiān dì hé màn màn
登高望四海①，天地何漫漫②！
shuāng bèi qún wù qiū　　fēng piāo dà huāng hán
霜被③群物秋，风飘大荒④寒。
róng huá dōng liú shuǐ　　wàn shì jiē bō lán
荣华东流水，万事皆波澜。
bái rì yǎn cú huī　　fú yún wú dìng duān
白日掩徂辉⑤，浮云无定端。
wú tóng cháo yàn què　　zhǐ jí qī yuān luán
梧桐巢燕雀，枳棘栖鸳鸾。
qiě fù guī qù lái　　jiàn gē xíng lù nán
且复归去来，剑歌行路难。

注释

① 四海：天下。

② 漫漫：无涯无际。

③ 被：覆盖。

④ 大荒：广阔的原野。

⑤ 徂辉：太阳落山时的光辉。

诗的前两联是写实，描写了诗人登上高处，望向四周，但见天地间一片茫茫无际、万物被严霜覆盖的景象。荒野里吹来西风阵阵，带着寒意。表面上看，这是在写自然环境，实际上是在暗写当时的官场已经是一片黑暗，就像曹雪芹借林黛玉之口说的“一年三百六十日，风刀霜剑严相逼”一样。这个时候，李白已经意识到他的理想不可能实现了，所以他会写“荣华东流水，万事皆波澜”，意思是富贵荣华像流水一样容易消逝，人世间的所有事情也像水上的波浪一样，起伏不定，变化无常。官场的复杂、人心的险恶，都让李白感慨万千。

再看下一联，描写了白日即将西落，浮云出没不定，遮掩着落日光辉的场景。在这里，“白日”代指的是皇帝，“浮云”代指奸臣。在古代“忠君体国”的思想灌输下，文人通常会骂奸臣而不骂皇帝，这两句便是在说那些奸臣蒙蔽了皇帝的双眼。李白写《登金陵凤凰台》的时候也曾说过，是浮云遮住了长安。

接着，“梧桐巢燕雀，枳棘栖鸳鸾”，这两句表面的意思是，如今，燕子和麻雀竟然在珍贵的梧桐树上筑巢，反而迫使鸳鸾只能栖息在长着刺的低矮枳棘上。实际上，这两句紧接着前两句，仍是在说奸臣当道，忠臣、贤臣只能屈居下位。“燕雀”就是奸臣，“鸳鸾”就是忠臣、贤臣。但是，这样的局势不是李白个人所能改变的，因此，他才会说“且复归去来，剑歌行路难”。以前，陶渊明唱着《归去来兮辞》，辞官而去；冯谖（xuān）弹剑高歌，表达不满。那我也干脆学他们吧！这世间不好生存，世间太过黑暗，我李白，辞官归隐去了！

李白在写了这样的诗之后，说到做到，果真在当了三年翰林供奉之后，就辞去了官职，浪迹江湖之中了。大家嘲笑他，说李白呀，在政治上太幼稚了，官场的腐败和黑暗，其他人都能看得到，甚至看得更透彻，但是，绝大部分人还是要把功名和政绩当作毕生的追求，而归隐和修仙，只是身在官场的人常常挂在嘴边的所谓的理想罢了，并没有几个人会主动地放弃仕途。只有你李白是个说不玩就不玩了的赤子。

其实，李白的辞官也带着无奈，是唐玄宗把李白摒弃在外的。他被唐玄宗赐金还乡，永不录用。李白也就干脆地走了。李白在长安城的时候没有逢迎，也没有阿谀，所以，他也算得上是“说不玩就不玩”的直爽之人。不过，恰恰是他政治上的幼稚，才为我们留下了这么多浪漫而纯真的诗篇。从这一点来看，李白在官场上的幼稚，反而成就了他诗名的不朽。

【写作锦囊】

这两首诗曾在不同年份出现在北京市高考卷的诗歌鉴赏题中。《古风》系列描写的是李白的政治理想，是非常正面的歌颂，写得很直白。《古风（其十）》中，李白把鲁仲连比作月光，很直接地表达了对他的仰慕之情，并且表示，自己也想像鲁仲连那样叱咤风云，可以说，这首诗的主旨就像山峰插入云霄一样直入主题。北京高考题考到这首诗的时候，问的就是诗人写鲁仲连的用意是什么。

为了表达内心的追求，李白将《古风（其三十九）》写成了一首讽刺诗，不过，他写得比较隐晦。比如，“霜被群物秋，风飘大荒寒”，象征了官场的黑暗；白日、浮云分别代指皇帝、奸臣；燕雀、鸳鸾，分别比喻小人、君子。这首诗通篇运用了比兴和象征的写作手法，把讽刺的深意埋藏在物象之中，可以说是深得风雅之旨，令人玩味。北京高考题考到这首诗的时候，是让考生分析诗人的情感，从前往后去总结和分析，诗人的情感正从他选用的意象里娓娓道来。

豪情与温情交织融合

《关山月》《塞下曲（其一）》

《关山月》和《塞下曲（其一）》是李白的两首边塞诗。先说《关山月》，这是汉代乐府歌曲之一。据说这首古曲属于鼓角横吹曲，是戍边的将士经常在马上演唱的歌曲，因而，可以想见它旋律的磅礴和节奏上的力道。

唐玄宗开元后期和天宝年间，朝廷和周边的游牧民族征战不休，也就催生了很多边塞诗。一些边塞诗是按照古曲早就有的曲调填词写成的，《关山月》便是如此。这首诗诉尽了边关的状况，还写出了离别家乡的戍边将士和家中的妻子之间的思念之情，一起来读一读吧。

关山月

李白

míng yuè chū tiān shān　cāng máng yún hǎi jiān
明月出天山，苍茫云海间。
cháng fēng jǐ wàn lǐ　chuī dù yù mén guān
长风几万里，吹度玉门关。
hàn xià　bái dēng　dào　hú　kuī　qīng hǎi wān
汉下①白登②道，胡③窥④青海湾⑤。
yóu lái　zhēng zhàn dì　bú jiàn yǒu rén huán
由来⑥征战地，不见有人还。
shù kè　wàng biān sè　sī guī duō kǔ yán
戍客⑦望边色⑧，思归多苦颜。
gāo lóu　dāng cǐ yè　tàn xī wèi yīng xián
高楼⑨当此夜，叹息未应闲。

注释

① 下：指出兵。

② 白登：今山西大同东北有白登山。汉高祖刘邦领兵征匈奴，曾被匈奴在白登山围困七天。

③ 胡：此指吐蕃。

④ 窥：有所企图，窥伺，侵扰。

⑤ 青海湾：即今青海省青海湖，湖因湖水青色而得名。

⑥ 由来：自始以来，历来。

⑦ 戍客：征人，驻守边疆的战士。

⑧ 边色：一作“边邑”。

⑨ 高楼：闺阁，代指将士们的妻子。

前四句起调高昂，紧紧围绕着“关山”和“月”这两个词，描绘了一幅辽阔的边塞图景。皎洁的月亮从祁连山后缓缓升起，轻轻地飘浮在云海间。在戍边将士看来，这轮明月就好像是被浩浩长风从几万里外的中原一直吹到了玉门关外似的。但其实，把明月吹来的哪里是风呢？分明就是亲人对自己的思念。李白巧妙地借助“长风”，把边关和天上的月亮有机地联系到一起，仅用二十个字，就为我们营造出了一种雄伟壮阔、苍凉又悲壮的意境。

诗中所说的天山并不是新疆的天山，而是青海和甘肃交界处的祁连山，这里自古以来就是中原将士和北方游牧民族交战的区域。开头四句是这首诗的第一部分，虽只写了景，但诗人的感情不言自明。我们眼望天山明月、苍茫云海，诵读“长风几万里，吹度玉门关”的时候，对戍边将士的同情就会油然而生，这便是李白的伟大，也是李白的深刻。

接下来，李白的想象从广袤无边的自然环境，到了更遥远深邃的历史时空。“汉下白登道，胡窥青海湾”中的“白登道”藏着一个典故，讲的是汉高祖刘邦的故事。曾经，刘邦与匈奴开战，在白登山被围困了十多天。而李白眼前的青海湾，现在依然是唐军与吐蕃连年征战的地方。这两句把古今连在一起，古时的白登山和现在的青海湾，都是边塞之地，自古以来，杀戮无数，不曾安宁。所以，“由来征战地，不见有人还”便让人感觉到一种沉痛和叹息。王翰的《凉州词》也发出过类似的感慨：“醉卧沙场君莫笑，古来征战几人回？”边地烽火不熄，让很多出征的将士再也回不到故乡，这是何其悲凉的感叹呀！中间的这四句承上启下，描写的对象从边塞环境过渡到战争，为接下来写人营造了充分的气氛。

透过“戍客望边色，思归多苦颜”这两句诗，我们仿佛能看到将士们凝望着边地的景色，思乡之情难以克制。李白几乎把每位战士思归的愁苦心情都表现出来了。最后两句“高楼当此夜，叹息未应闲”写的不再是戍边将士。谁在高楼之上？是戍边将士们的妻子。她们远在千里之外，一定会在这样清冷的茫茫月夜里，站立楼头，不住地叹息。李白把将士的思乡、家人的思亲，都融入广阔苍茫的景色里，让整首诗的意境更加雄浑悲壮。

李白，那可是诗仙啊！虽然写的是残酷的战争题材，却没有那种悲悲切切的姿态，而是给人一种大气且贯穿、俯仰古今的感觉。这首诗带着北方民歌粗犷、辽远的气质，同时又是文人创作的，有诗人细腻的抒情。

明朝的胡应麟评价这首诗说：“浑雄之中，多少闲雅。”我们再来看一下整首诗，李白把景和情完美融合，抒情深沉，文字却浅显易懂，即便是粗粗一读，也会产生一些情感上的共鸣。如果我们把《关山月》看作李白对边关将士的同情之作，下面这首《塞下曲（其一）》，就是李白在表达自己的心愿，他希望能杀敌立功，永久地消除边疆的隐患，一起来读一读这首诗。

塞下曲（其一）

李白

wǔ yuè tiān shān xuě，wú huā zhǐ yǒu hán。
五月天山雪，无花只有寒。
dí zhōng wén zhé liǔ，chūn sè wèi céng kàn。
笛中闻折柳，春色未曾看。
xiǎo zhàn suí jīn gǔ，xiāo mián bào yù ān。
晓战随金鼓①，宵眠抱玉鞍。
yuàn jiāng yāo xià jiàn，zhí wèi zhǎn lóu lán。
愿将腰下剑，直为斩楼兰。

注释

① 金鼓：锣鼓。

既然要写“塞下”之曲，必不可少的便是对西北边塞苦寒景色的描写：“五月天山雪，无花只有寒。”农历五月在中原已是酷暑时节，在边区却还有雪，气候上的寒冷扑面而来。“笛中闻折柳，春色未曾看”不仅承接了首联，而且加入诗人的情感。折柳这个意象在前面的边塞诗中已经出现过多次了，代表了送别。在边疆，听到别人吹奏《折柳曲》，戍边将士多半会想到故园的柳色，或者是离开家乡时，亲友折柳相赠的场面。这里从来都没有春色可言，前四句一气呵成，营造出一种寒冷、萧瑟、艰苦的边疆环境，暗地里也透露出思念故乡春色的情绪。

古诗，特别是律诗，讲究的是起承转合，首联和颔联是起和承，到了颈联，就到“转”了。李白的诗句从自然的环境转到了军旅生活。“晓战随金鼓，宵眠抱玉鞍”是这首诗中最精彩的句子，它的对仗很精巧，写出了军旅生活的紧张。“晓”“随”“宵”“抱”这四个字用得最妙。早上一起来，战争就打响了，很惨烈。“随金鼓”表现了将士严守军纪，一敲鼓就赶紧冲锋。按照生活习惯，“枕玉鞍”似乎更准确，但是李白不用“枕”而是用“抱”，为什么呢？因为“抱”字表现了战士们时时刻刻准备打仗，晚上只能抱着马鞍打盹儿的状态。我们常说的“枕戈待旦”，展现的就是这样一种战斗氛围。

这两句比上面四句更加艰苦了，按照一般的写法，接下来就该痛斥战争了，但李白来了一个神转折：“愿将腰下剑，直为斩楼兰。”

“楼兰”这个典故前面讲过，楼兰王贪财，多次杀害汉朝的使者，于是，傅介子主动请求出使西域，用计策斩杀了楼兰王，从此，“楼兰”便成了敌国的代称。李白前几句都是在说边塞生活的艰苦，可他的目的不是抱怨，而是反衬将士们的爱国之心。越是艰苦的环境，越是能够体现将士们杀敌报国的豪情壮志。这两句写得沉着痛快，一下子就把诗歌的意境和思想提升到了一个令人神往的境地。

苦不苦？苦。

难不难？难。

怕不怕？不怕！我们一定拼到胜利！

余光中在《寻李白》这首现代诗当中这么写道：“酒入豪肠，七分酿成了月光，余下的三分啸成剑气，绣口一吐，就是半个盛唐。”“酿成了月光”是说李白的诗里包含着一种浪漫的情愫；“啸成剑气”是说李白的诗歌自带豪情，当然了，我们也可以理解成李白本身就是一个仗剑任侠的人。李白的诗里经常出现剑的意象，比如“倚剑登燕然”“按剑心飞扬”“弹剑徒激昂”“挥剑决浮云”“别时提剑救边去”“弹剑作歌奏苦声”……在所有关于剑的诗句当中，还是这句“愿将腰下剑，直为斩楼兰”最为豪气干云，最为快意洒脱。因为，他手握长剑不是为个人，而是为国为民。

《关山月》和《塞下曲（其一）》这两首诗包含了余光中诗里头说到的两种不同风格。《关山月》比较浪漫，是“酿成了月光”，《塞下曲（其一）》豪气纵横，给人一种“啸成剑气”的感觉。这两种不同的风格交织在一起，让李白的诗作如梦似幻，别有一番滋味，他的豪情和温情，贯穿在字里行间。

【写作锦囊】

《关山月》是典型的先说景，再写情，用到了起兴的手法。这首诗写得很有层次，先写自然环境，再深入到历史时空，最后归结到人的身上，结构一目了然。在具体的描写上，诗人用了虚实结合的方式。“汉下白登道”是典型的虚写，因为这是在回忆过去。“胡窥青海湾”“戍客望边色，思归多苦颜”都是实写。而“高楼当此夜，叹息未应闲”显然是将士们想象出来的，是虚写。另外，诗人还将不同的景色剪辑拼接在一起来描写环境，这样的手法不仅增加了诗歌的美感，也增加了诗歌的厚重感。

《塞下曲（其一）》前面描写了戍边的艰辛，后面却英气勃勃，是典型的反衬。反衬是一种很有力量的写作手法，大家写作的时候可以活用起来。

诗坛巨匠的友谊

《闻王昌龄左迁龙标遥有此寄》

唐代的诗坛群星璀璨，这些被写在课本上的名字，我们最初读起来可能会略感陌生，然而，在当时，他们都是一个个有血有肉的人。因为他们的存在，诗坛成了一个大大的朋友圈，诗人之间的相亲相助成就了一段又一段的佳话。李白作这首《闻王昌龄左迁龙标遥有此寄》的时候，他的好朋友王昌龄正在苦闷，这是为什么呢？从诗名中我们就能找到线索——“左迁”。“左迁”就是降职、贬职，王昌龄被贬到哪儿了呢？他被贬到了遥远的龙标。在扬州的李白听到这个消息后，连忙对他表示慰问，于是写了这首诗，表达自己对朋友的一片关心。

闻王昌龄左迁龙标遥有此寄

李白

yáng huā luò jìn zǐ guī tí, wén dào lóng biāo guò wǔ xī
杨花①落尽子规②啼，闻道龙标③过五溪④。
wǒ jì chóu xīn yǔ míng yuè, suí jūn zhí dào yè láng xī
我寄愁心与明月，随君直到夜郎⑤西。

注释

① 杨花：柳絮。

② 子规：即杜鹃，又称“布谷鸟”。

③ 龙标：指王昌龄。古代常用官职或任官之地的州县名来称呼一个人。

④ 五溪：今湖南西部、贵州东部五条溪流的合称。

⑤ 夜郎：唐代夜郎有三处，两个在今贵州桐梓，本诗所说的“夜郎”在今湖南怀化境内。

这是一首只有四句的抒情短章，但是读完之后，你有没有一种心情沉甸甸的感觉？开头一句提到的关键词具有地方特征，“子规”是南国的产物，而“杨花落尽”点明此时是暮春时节，表达了一种哀情，营造了一种愁肠百转的气氛。关于“子规”还有一个传说，据说杜鹃是蜀王杜宇的精魂所化，所以它的叫声特别凄切动人。王昌龄被贬到龙标县，所以有人称呼他“王龙标”。以官名或者地名来称呼一个官员是唐代以来文人的一种习惯。龙标县位于现在的湖南省内，在唐代，那里可谓是不毛之地，荒僻辽远。读了这两句，我们可以想象，此时在扬州的诗人听到这个消息后有多悲伤了。这两句看起来平铺直叙，其实却包含着时令，写出了气氛，也点出了题目。前面叙述了这样悲伤的事情，后面自然就要抒发悲伤的感情了。

“我寄愁心与明月，随君直到夜郎西”集中书写了诗人此时此刻的情怀。“愁心”含着丰富的内容，诗人为什么会有愁思呢？第一，好朋友遭贬，作为朋友，他肯定是有着深深的忧虑的。第二，让我们把视角放大，看一看，这是什么样的社会现实。李白有才华不能施展，王昌龄这样忠心耿耿的才子也遭贬官，这“愁心”中也包含诗人对现实的愤慨不平。第三，其中还包含了诗人对好友一路跋山涉水的担忧和真诚的关怀。王昌龄从江宁出发，而李白此时身在扬州，行踪也不定，他不能当面去跟老友告别，只能把这一份担忧和思念托付给明月，好像是在说：“我不能跟着你去了，老朋友，就让月亮代表我的心吧。”

“随君直到夜郎西”这句有两个版本，第二个版本是“随风直到夜郎西”。“夜郎”指的不是汉代的夜郎，而是隋代的夜郎，也就是现在的湖南辰溪一带。龙标恰恰就在辰溪以西，所以才有“随君直到夜郎西”的说法。这两句诗有三层意思，一层是诗人说：“我心里充满了愁情、愁思，无处可诉，也没人理解，只有月亮懂。”月亮是李白的好朋友，这在他的很多诗中都有体现。第二层意思是，王昌龄和李白两人之间相隔千里，怎么才能联系上呢？只有明月能够分照两地，是他们之间唯一的联系。第三层意思是，诗人只能把自己的愁绪寄予月亮，除此之外，别无他法可用于排解。

若有人问你，和朋友的友情有多深，你会怎样回答呢？感情是看不见摸不着的，是很抽象的，但是如果愁心寄予月亮，那它就会跟着月亮来到夜郎西。诗人把月亮拟人化了，月亮化身为千里传信的信使，把诗人的关心、思念带到了朋友身边。而王昌龄接到这样的问候，接到这样的情谊，抬头看看月亮，也会温柔深情地说一句：“兄弟，收到！”

李白有很多咏月的诗，月亮在他那里就像一个知心的老朋友。他把月亮人格化，把自己的感情赋予月亮，以求它能起到传情达意的作用。借明月来怀旧念远，抒发旅思乡愁，这种联想和表现手法在李白之前的诗人作品里不止一次地出现过，比如鲍照的“三五二八时，千里与君同”，汤惠休的“明月照高楼，含君千里光”，乐府民歌《子夜四时歌》中的“仰头看明月，寄情千里光”。但拿它们和李白这两句诗相比，李白的诗可以说是青出于蓝而胜于蓝的。

这首诗是李白因好友王昌龄贬官而作，主要表达对王昌龄的惋惜和同情，了解了这个背景，也就更容易明白其中的真挚感情。李白不仅仅和王昌龄关系好，他们的朋友圈里，还有一位著名诗人，他就是孟浩然。王昌龄路过襄阳时，孟浩然一听是王老弟来了，高兴极了，立刻杀鱼备酒，没想到吃鲜鱼引得孟浩然旧疾复发，最后竟因此丧命，这让王昌龄自责不已。李白是孟浩然的“小迷弟”，他写给孟浩然的诗都是“追星”的铁证。比如我们都听过的“吾爱孟夫子，风流天下闻”，还有孟浩然出趟远门，李白创作的“故人西辞黄鹤楼”。李白在巴陵听王昌龄说孟浩然因吃鱼喝酒而旧疾复发身亡后，和王昌龄相对大哭了一场。两个人也真是性情中人，哭完了伤心事，还不忘继续喝酒。他们一定是在船上喝的，因为王昌龄的《巴陵送李十二》便是写于这时：“摇曳巴陵洲渚分，清江传语便风闻。山长不见秋城色，日暮蒹葭空水云。”这个“李十二”就是李白。古人特别喜欢用排行来称呼人，表示彼此的亲近，比如，白居易就称元稹为元九。此时，王昌龄叫李白李十二，而没有叫太白先生等，足见两个人的友情之深。

我们设身处地地想一想，王昌龄和李白在仕途上都有各自的不顺。王昌龄因为什么被贬官呢？“不护细行”，意思是他在小事儿上太不讲究了。而王昌龄曾在《芙蓉楼送辛渐》中写“洛阳亲友如相问，一片冰心在玉壶”为自己辩白，表明自己的纯洁无辜。这说明王昌龄的内心是低落和无奈的，而这种情绪被李白读懂了，并且李白还把劝说、同情、安慰等一切想说的话，都寄托到了一轮明月之上。

【写作锦囊】

一起看看诗人写作的逻辑。先是借“杨花”和“子规”来写景，杨花落尽、杜鹃啼鸣，此时春天已过。从“落尽”到“啼”可以看出，这是典型的哀景。俗话说，哀景衬出哀情，那么诗人有什么样的哀情呢？诗人娓娓道来：听说去龙标要走很远很远的路，我的心情很惆怅。可是，诗人要如何寄托哀情呢？把愁心寄给明月，“随君直到夜郎西”。

蜀道之难，难于上青天

《蜀道难》

《蜀道难》是一首流传千古的长诗，关于它的创作背景，从唐代开始就有了太多的猜测。有人说，这首诗是李白为房琯（guǎn）和杜甫担忧，怕他们会遭到剑南节度使严武的毒手，希望他们能早点儿离开四川而作；也有人说，这首诗是李白为唐玄宗而作，希望因安史之乱而躲避到四川的唐玄宗能赶紧回长安；还有人说，这首诗是李白为讽刺蜀地的长官不听朝廷的节制而作；更有一些人觉得，这只是一首纯粹歌咏山水风光的诗，并没有特别深刻的意义。不管如何，我们先把它当作一首简简单单的山水诗读一读，看看李白笔下蜀中的道、蜀中的山、蜀中的水都有着什么样的特点，诗人又有着什么样的心情吧！

蜀道难

李白

yī xū xī wēi hū gāo zāi shǔ dào zhī nán nán yú shàng qīng tiān cán cóng jí yú
噫吁嚱①，危乎高哉！蜀道之难，难于上青天！蚕丛及鱼
fú kāi guó hé máng rán ěr lái sì wàn bā qiān suì bù yǔ qín sài tōng
凫②，开国何茫然③！尔来④四万八千岁，不与秦塞⑤通
rén yān xī dāng tài bái yǒu niǎo dào kě yǐ héng jué é méi diān dì bēng shān
人烟。西当太白有鸟道⑥，可以横绝⑦峨眉巅。地崩山
cuī zhuàng shì sǐ rán hòu tiān tī shí zhàn xiāng gōu lián shàng yǒu liù lóng huí rì
摧壮士死⑧，然后天梯石栈⑨相钩连。上有六龙回日
zhī gāo biāo xià yǒu chōng bō nì zhé zhī huí chuān huáng hè zhī fēi shàng bù
之高标⑩，下有冲波逆折之回川⑪。黄鹤⑫之飞尚不
dé guò yuán náo yù dù chóu pān yuán qīng ní hé pán pán bǎi bù jiǔ zhé
得过，猿猱⑬欲度愁攀援。青泥⑭何盘盘⑮，百步九折
yíng yán luán mén shēn lì jǐng yǎng xié xī yǐ shǒu fǔ yīng zuò cháng tàn
萦岩峦。扪参历井⑯仰胁息⑰，以手抚膺坐⑱长叹。

wèn jūn xī yóu hé shí huán wèi tú chán yán bù kě pān dàn jiàn bēi niǎo
问君西游⑲何时还？畏途巉岩⑳不可攀。但见悲鸟
háo gǔ mù xióng fēi cí cóng rào lín jiān yòu wén zǐ guī tí yè yuè chóu kōng
号古木，雄飞雌从绕林间。又闻子规啼夜月，愁空
shān shǔ dào zhī nán nán yú shàng qīng tiān shǐ rén tīng cǐ diāo zhū yán lián
山。蜀道之难，难于上青天，使人听此凋朱颜㉑！连
fēng qù tiān bù yíng chǐ kū sōng dào guà yǐ jué bì fēi tuān pù liú zhēng xuān
峰去天不盈尺，枯松倒挂倚绝壁。飞湍㉒瀑流争喧
huī pīng yá zhuǎn shí wàn hè léi qí xiǎn yě rú cǐ jiē ěr yuǎn dào zhī rén
豗㉓，砯崖转石万壑雷㉔。其险也如此，嗟尔远道之人
hú wèi hū lái zāi
胡为乎来哉㉕！

jiàn gé zhēng róng ér cuī wéi yì fū dāng guān wàn fū mò kāi suǒ shǒu
剑阁㉖峥嵘而崔嵬，一夫当关，万夫莫开㉗。所守

huò fěi qīn huà wéi láng yǔ chái zhāo bì měng hǔ xī bì cháng shé mó yá
或匪亲，化为狼与豺[28]。朝避猛虎，夕避长蛇，磨牙
shǔn xuè shā rén rú má jǐn chéng suī yún lè bù rú zǎo huán jiā shǔ dào zhī
吮血，杀人如麻。锦城虽云乐，不如早还家。蜀道之
nán nán yú shàng qīng tiān cè shēn xī wàng cháng zī jiē
难，难于上青天，侧身西望长咨嗟[29]！

注释

① 噫吁嚱：三个字都是叹词。

② 蚕丛及鱼凫：蚕丛、鱼凫，传说中古蜀王名。

③ 茫然：模糊难知的样子。

④ 尔来：从那时以来，指古蜀国开国以来。

⑤ 秦塞：秦地的关塞。

⑥ 西当太白有鸟道：意思是，秦地西面有太白山阻隔了入蜀之路，山势高峻，道路狭窄，只有鸟才能飞过。鸟道，人兽皆不能至的险峻狭窄山路。当，正对着。

⑦ 横绝：横越，飞越。

⑧ 地崩山摧壮士死：相传秦惠王想征服蜀国，知道蜀王好色，答应送给他五个美女。蜀王派五个力士迎接。返回时路经梓潼（今四川剑阁南），看见一条大蛇钻入穴中，五个力士用力往外拽。结果，山崩地裂，力士和女子全被压死，山分为五岭，入蜀之路遂通。摧，毁坏，这里指崩塌。

⑨ 天梯石栈：天梯，指高险的山路。一说指木制的栈道。石栈，俗称“栈道”，在山崖上凿石架木建成的通道。

⑩ 六龙回日之高标：迫使太阳神的车驾回转的高峻的山峰。六龙，传说太阳神的车由六条龙拉着，羲和是其御者。回，回转。高标，指高耸的山峰。

⑪ 冲波逆折之回川：激浪冲撞岩石

倒流形成的回旋急流。冲波，激浪。逆折，倒流。

⑫ 黄鹤：即黄鹄，善高飞的大鸟。

⑬ 猱：猿的一种，善攀缘。

⑭ 青泥：指青泥岭，在今甘肃徽县境内，是由秦入蜀的要道。

⑮ 盘盘：盘旋曲折的样子。

⑯ 扪参历井：意思是，山高入天，由秦入蜀的人在山上，可以用手触摸到星宿，甚至可以从中穿过。参、井，星宿名，二者邻近，分别是蜀和秦的分野（古人把地域与星宿分别对应，称为分野）。扪，摸。历，穿越。

⑰ 仰胁息：仰着头，屏住呼吸。胁息，屏住呼吸。

⑱ 坐：空，徒然。一说坐下来。

⑲ 西游：指入蜀。

⑳ 巉岩：高而险的山岩。

㉑ 凋朱颜：使容颜大变。凋，用作使动，使……凋谢。

㉒ 飞湍：急流。

㉓ 喧豗：形容轰响。

㉔ 砯崖转石万壑雷：（急流和瀑布）冲击山崖，使大石滚动而下，千山万壑间响起雷鸣般的声音。砯，水冲击石壁发出的响声，这里用作动词，“冲击”的意思。转，使滚动。

㉕ 嗟尔远道之人胡为乎来哉：啊！你这远方的人为什么要来这里呢？嗟，叹词。

㉖ 剑阁：指今四川剑阁北的大剑山和小剑山，群峰如剑插天，两山如门，极为险要。山间有栈道，即剑阁道，为诸葛亮所开辟，是秦、蜀两地间要道。

㉗ 一夫当关，万夫莫开：形容剑阁易守难攻。

㉘ 所守或匪亲，化为狼与豺：守关的将领倘若不是（自己的）亲信，就会变成叛乱者。此句与上句出自西晋张载《剑阁铭》：“一人荷戟，万夫赵趄（zī jū）。形胜之地，匪亲勿居。”狼与豺，比喻叛乱为害的人。

㉙ 咨嗟：叹息。

一开篇，李白就把自己的浪漫主义情愫、豪放与潇洒的气度表现了出来。“噫吁嚱”这三个字有些生僻，是表示感叹的词语，相当于我们现代常说的“啊！啊！啊！”。接着，“危乎高哉”中的“危”不是危险的意思，而是高的意思，这句话换成现代口语就是“实在是太高了！”。“蜀道之难，难于上青天”是这首诗中最有名的一句话，也是全诗的主题，意思是要想走蜀道实在是太难了，比上青天还难。这首诗里一共有三次讲到了这句话，第一次是开篇，读者对蜀道没有直观的感受，诗人却已先发制人地调动起了读者的情绪。

接下来，诗人开始从历史上来讲蜀道为何难，以侧面描写突出蜀道之难。自古以来，秦蜀（也就是陕西和四川）之间，就被高山阻挡着。民间有这样的说法：“武功太白，去天三百。”“武功”和“太白”就是指武功山和太白峰，是横亘在秦蜀之间的高山，太白峰是自古以来便叫太白峰的，跟李太白可没什么关系。“蚕丛”和“鱼凫”都是蜀国的开国之君，可是，你听说过他们是如何开国的吗？一定没有，那是因为在很久很久以前，这个地方与外界隔绝，没有人知道蜀道开通前的历史，因此，诗人才有“开国何茫然”的感慨。那么，蜀道又是怎么形成的呢？既然一直都不通人烟，怎么又有了这条蜀道呢？这里，便涉及一个传说，叫“五丁开山”，这在前面“地崩山摧壮士死”的注释中介绍过了。通过典故，我们便明白先有“地崩山摧壮士死”，才会有后面的“天梯石栈相钩连”。

诗人先讲历史，讲蜀道的成因，随后直接描写蜀道的远景。“六龙回日”句的意思是，即便是太阳神驾着车走过来，走到这里都要掉头回去，因为这山太高了，挡住了太阳神的前行。诗人用夸张的手法，把诗句与神话融为一体，描写山之高，这是非常高明的。最后再借动物从侧面烘托、突出蜀道之难。他都借了什么动物呢？黄鹤和猿猱。这山高极了，连黄鹤也飞不过去；这山陡极了，连善攀缘的猿猱看了也发愁。最后，我们随着诗人把视线拉远——“青泥何盘盘”。据记载，青泥岭这条路山很多，天气又多雨，是唐朝人入蜀的一条要道。为什么有这种盘旋的山路呢？为什么会“百步九折”呢？都是因为山太高了，得迂回着才能攀爬得上去！而上去之后，又会看到怎样的情景？答案是“手可摘星辰”。“扪参历井”中的“参”和“井”都是星宿，这句话的意思是，爬到山顶上便能摸到天上的星星了。下一句中的“膺”是胸口的意思，“手抚膺”形象地表达了攀登者的心态：“哎哟，这山太高、太险了，吓死人了！蜀道实在是太难爬了！”这是这首诗的第二部分，从多个角度描写了这山有多高、多险、多难爬。

随后，诗人开始抒情了。他深情地问：“西游之人，你何时回来呀？蜀道距离中原那么远，蜀山那么高、那么险，西游之人啊，你此行实在太危险了。”在这一部分中，诗人也从许多角度写出了蜀山之险。他先讲山中的鸟，耳中听到的是“悲鸟号古木”“子规啼夜月”，眼中看到的是“雄飞雌从”的盘旋。“悲鸟”的“悲”字本身就带给读者悲伤的感觉，“子规”就是杜鹃，是一种悲情的鸟儿，“杜鹃啼血”的典故可谓家喻户晓，所以，仅仅是这些鸟儿的叫声，就已经营造出了一种阴郁的气氛。那么，诗人写到这里，直言“使人听此凋朱颜”便是水到渠成的了。“凋朱颜”三个字，形象地表现了人闻言色变的模样，这虽然也是侧面描写，却站在了读者的角度，给人以直观的感受。

接着，诗人继续带领读者“沉浸式游蜀道”：抬头往上看，连绵不断的山峰，距离苍茫青天还不到一尺，此乃山川之险；低头往下看，山上的枯松倒挂在几乎垂直的峭壁上，此乃绝壁之险；探探头，往最底层看，湍急的瀑布砸落在石壁上，发出巨大的响声。这里既有对景物的动态描写，比如，悬泉瀑布从高空落下，冲刷着石头，又有静态描写，比如，起伏的山峦耸立在那里，一棵枯树挂在绝壁之上。动态与静态相结合，整个画面都变得灵动了起来。要想让画面有动感，就一定是短、频、快的。这个视觉效应让读者的心都跟着紧张了。

接下来，一句“嗟尔远道之人胡为乎来哉”也问出了读者的心声：这个地方这么危险，你何必从那么远的地方赶来呢？然后，诗人继续叙述现实中蜀道的情况，剑阁峰是那么高，“一夫当关，万夫莫开”。除了地势奇险，还有“人险”，如果有像狼与豺一样的敌人躲在这里，我们根本不是对手，“磨牙吮血，杀人如麻”的形容令人毛骨悚然！因此，即便成都再怎么好，也不要过多留恋，赶快回到安全的地方去吧。于是，诗人再一次感慨，发出了“侧身西望长咨嗟”的感叹。

开篇时，未道蜀道之难，却已喊出“噫吁嚱，危乎高哉”。讲到蜀道有多难、多险的时候，诗人已经“凋朱颜”。最后，除了外部环境的艰难，路中还有“狼与豺”，让诗人不禁以“长咨嗟”结尾。

【写作锦囊】

这首诗的题目取自乐府的旧题，是古体诗，讲述送友人入蜀的主题。浪漫主义的手法、丰富的想象、强烈的感情，在诗人的反复咏叹下，像不像一首乐曲的主旋律，激荡着读者的心弦？从“噫吁嚱”到“天梯石栈相钩连”这一段，是全诗的第一个篇章，极言蜀道之难。第二部分描写蜀中的环境，除了直接描写之外，诗人还用了黄鹤、猿猱反衬，描写山高路险。李白下笔太生动了，他既写景也写自己的心情，既写神话传说也写现实，使得这诗篇绘声绘色，困危之状如在眼前。那么，“蜀道难”写到这里已经到了极点，诗人后面还有什么可写的呢？接下来，第三部分，诗人的话锋一转，一句“问君西游何时还”引出了一个在外漂泊的人物形象，他的羁旅之愁把读者带到了古木荒凉、鸟声悲凄的境界。诗人借景抒情，“悲鸟号古木”“子规啼夜月”把悲凉、恐怖的感情色彩渲染得更加浓厚了。为什么要渲染得这么浓厚呢？为了烘托出蜀道之难、之险。

想到达蜀中的要塞可不容易，首先需要先通过大剑山和小剑山中间的一条栈道。这条栈道大约有十五千米，走路至少要五六个小时。它不仅长，而且险，一路上风光变幻，险象迭生，稍不注意，便会陷入危险之中。李白表面上好像是在写蜀道，实际上另有深意。他虽然出生于盛唐时期，然而大唐鼎盛的背后却也危机四伏。这首诗实际上也表现了李白对国事的担忧，对国家命运的关注。他的担忧并非杞人忧天，后来安史之乱爆发，鼎盛繁华的景象不复存在，只剩下风雨飘摇的国家。可见李白的担忧有一定的预见性和现实意义。

唐以前写蜀道难的作品相对简单，而李白的性格和写作风格使他的这篇《蜀道难》开创了一种新的局面，这便是用散文的方式写诗。每句诗的字数没有严格的限制，有三言，也有四言、五言、七言，字最多的句子是十一言。这些句子放在一起，长短不齐，参差错落，形成了一首风格相当活泼的李白式长诗，也在诗歌史上，留下了浓墨重彩的一笔。

安能摧眉折腰事权贵

《梦游天姥吟留别》

《梦游天姥（mǔ）吟留别》是一首名诗，也是一首长诗。李白早年就有济世的抱负，但是，他始终无法通过科举登上仕途，因此漫游各地。在唐玄宗天宝年间，他来到长安，只住了一年多，便既得罪了大臣，又得罪了皇帝，被唐玄宗赐金放还，永不录用。作为一个封建文人，他的仕途之梦就此破灭了。此后，他开始到处旅游，去了梁、宋、齐、鲁四地，并在鲁地东部度过了一段自由快乐的日子。在那之后，他又收拾行囊，告别朋友，继续远行。这首诗，就是他告别朋友们时所作。我们一起来看看这首长诗吧！

梦游天姥吟留别

李白

hǎi kè tán yíng zhōu yān tāo wēi máng xìn nán qiú yuè rén yǔ tiān mǔ
海客谈瀛洲，烟涛微茫信难求①；越人②语天姥，
yún xiá míng miè huò kě dǔ tiān mǔ lián tiān xiàng tiān héng shì bá wǔ yuè yǎn chì
云霞明灭或可睹。天姥连天向天横③，势拔五岳掩赤
chéng tiān tāi sì wàn bā qiān zhàng duì cǐ yù dǎo dōng nán qīng
城④。天台四万八千丈，对此欲倒东南倾⑤。

wǒ yù yīn zhī mèng wú yuè yí yè fēi dù jìng hú yuè hú yuè zhào wǒ
我欲因之⑥梦吴越，一夜飞度镜湖⑦月。湖月照我
yǐng sòng wǒ zhì shàn xī xiè gōng sù chù jīn shàng zài lù shuǐ dàng yàng
影，送我至剡溪⑧。谢公⑨宿处今尚在，渌⑩水荡漾
qīng yuán tí jiǎo zhuó xiè gōng jī shēn dēng qīng yún tī bàn bì jiàn hǎi rì
清⑪猿啼。脚著谢公屐⑫，身登青云梯⑬。半壁见海日⑭，
kōng zhōng wén tiān jī qiān yán wàn zhuǎn lù bú dìng mí huā yǐ shí hū yǐ míng
空中闻天鸡⑮。千岩万转路不定，迷花倚石忽已暝⑯。
xióng páo lóng yín yǐn yán quán lì shēn lín xī jīng céng diān yún qīng qīng xī yù
熊咆龙吟殷岩泉⑰，栗深林兮惊层巅⑱。云青青⑲兮欲

yǔ shuǐ dàn dàn xī shēng yān liè quē pī lì qiū luán bēng cuī dòng tiān shí
雨，水澹澹兮生烟。列缺[20]霹雳，丘峦崩摧。洞天石
fēi hōng rán zhōng kāi qīng míng hào dàng bú jiàn dǐ rì yuè zhào yào jīn yín
扉，訇然中开[21]。青冥[22]浩荡不见底，日月照耀金银
tái ní wéi yī xī fēng wéi mǎ yún zhī jūn xī fēn fēn ér lái xià hǔ gǔ
台[23]。霓为衣兮风为马，云之君[24]兮纷纷而来下。虎鼓
sè xī luán huí chē xiān zhī rén xī liè rú má hū hún jì yǐ pò dòng huǎng
瑟兮鸾回车[25]，仙之人兮列如麻。忽魂悸[26]以魄动，恍[27]
jīng qǐ ér cháng jiē wéi jiào shí zhī zhěn xí shī xiàng lái zhī yān xiá
惊起而长嗟。惟觉[28]时之枕席，失向来之烟霞[29]。

shì jiān xíng lè yì rú cǐ gǔ lái wàn shì dōng liú shuǐ bié jūn qù xī hé
世间行乐亦如此，古来万事东流水。别君去兮何
shí huán qiě fàng bái lù qīng yá jiān xū xíng jí qí fǎng míng shān ān néng cuī
时还？且放白鹿青崖间，须行即骑访名山[30]。安能摧
méi zhé yāo shì quán guì shǐ wǒ bù dé kāi xīn yán
眉折腰[31]事权贵，使我不得开心颜？

注释

① 海客谈瀛洲，烟涛微茫信难求：航海的人谈起瀛洲，（大海）烟波渺茫，（瀛洲）实在难以找到。瀛洲，古代传说中的东海三座仙山之一，另两座叫蓬莱、方丈。烟涛，波涛渺茫，远看像烟雾笼罩的样子。微茫，景象模糊不清。信，确实、实在。

② 越人：指今浙江一带的人。

③ 向天横：遮住天空。横，遮蔽。

④ 势拔五岳掩赤城：山势高过五岳，遮掩了赤城。拔，超出。五岳，东岳泰山、西岳华山、中岳嵩（sōng）山、北岳恒山、南岳衡山的总称。赤城，和下文的“天台”都是山名，在今浙江天台北。

⑤ 对此欲倒东南倾：对着（天姥）

这座山，（天台山）就好像要拜倒在它的东南面一样。意思是天台山和天姥山相比，就显得低了。倾，偏斜、倒下。

⑥ 因之：意思是受前面越人的话所吸引。因，依据。

⑦ 镜湖：即鉴湖，在今浙江绍兴。

⑧ 剡溪：水名，在今浙江嵊（shèng）州南。

⑨ 谢公：指南朝宋诗人谢灵运（385—433）。谢灵运喜欢游山访胜，他游天姥山时，曾在剡溪住宿。

⑩ 渌：清澈。

⑪ 清：凄清。

⑫ 谢公屐：据《宋书·谢灵运传》，谢灵运游山，必到幽深高峻的地方，他备有一种特制的木屐，前后齿可装卸，上山时去掉前齿，下山时去掉后齿，以保持身体平衡。屐，以木板作底，上面有带子，形状像拖鞋。

⑬ 青云梯：指直上云霄的山路。语出谢灵运《登石门最高顶》诗：“惜无同怀客，共登青云梯。”

⑭ 半壁见海日：在半山腰看到从海上升起的太阳。

⑮ 天鸡：古代传说，东南有桃都山，山上有大树叫“桃都”，树上栖有天鸡。每当太阳初升照到树上，天鸡就会鸣叫，天下的鸡也都跟着它叫起来。

⑯ 迷花倚石忽已暝：迷恋着花，依倚着石，不觉天色很快就暗了下来。暝，昏暗。

⑰ 熊咆龙吟殷岩泉：熊在咆哮，龙在长吟，声音震荡着岩石和泉水。殷，震动。

⑱ 栗深林兮惊层巅：使深林战栗，使层巅震惊。栗、惊，均为使动用法。层巅，层层山峰。

⑲ 青青：黑沉沉的。

⑳ 列缺：闪电。列，同“裂”。

㉑ 洞天石扉，訇然中开：仙府的石门，訇的一声从中间打开。洞天，仙人

居住的洞府。訇然，形容声音很大。

㉒ 青冥：天空。

㉓ 金银台：金银筑成的楼台，指神仙居住的地方。

㉔ 云之君：泛指驾乘云彩的神仙。

㉕ 鸾回车：鸾鸟拉车回转。鸾，传说中的神鸟。

㉖ 悸：因惊惧而心跳。

㉗ 恍：猛然惊醒的样子。

㉘ 觉：醒。

㉙ 失向来之烟霞：刚才（梦中）所见的烟雾云霞消失了。向来，原来。烟霞，指前面所写的仙境。

㉚ 且放白鹿青崖间，须行即骑访名山：暂且把白鹿放在青青的山崖间，等到要走的时候就骑上它去探访名山。传说中神仙、隐士多骑白鹿。

㉛ 摧眉折腰：低头弯腰，即卑躬屈膝。摧眉，即低眉，低头。

好长的一首诗！读罢，我们不禁为李白的气魄和潇洒折服。标题“梦游天姥”是梦中游览天姥山的意思。诗人怎么会做这个梦？当然是日有所思，夜有所梦。天姥山位于浙江省绍兴市，是道家“七十二福地”之一，是古代人心中的“名胜古迹”。

纵览全诗，这是一首记梦的诗，也是游仙的诗，是李白的代表作之一。诗中先是讲“海客谈瀛洲”“越人语天姥”，随后引出诗人对天姥山的向往。别人听了“越人语天姥”之后，或许会垂头丧气，这么好的山，却离我遥远，无法身临其中。李白却说没关系，我梦中游天姥！当你读过这首诗，还会发现，诗人觉得梦游天姥山还不够尽兴，反正是他的梦，他说了算，你猜猜，他还想做什么？自然是他一贯爱干的事——上天！“列缺霹雳，丘峦崩摧”，脚下的山峦都留不住他，“洞天石扉，訇然中开”，山石“咔嚓”一声裂开，李白要乘风而上，与天上的人尽情地、自由自在地玩。不过，理想很丰满，现实很骨感。是梦总要醒的，梦醒之后，李白发出了长叹，也是表达他傲然不群的宣言：“安能摧眉折腰事权贵，使我不得开心颜！”虽然被赐金还乡，永不录用，可李白仍不愿意向权贵低头，不愿屈从于世俗，这是李白的傲气、李白的傲骨。

下面，我们来仔仔细细地读一读这首诗。诗的开篇先写海外来客谈仙境，“瀛洲”就是海外仙岛的意思。如梦似幻的仙境是古人的毕生所求，瀛洲自然会成为海外游历之人的“首席谈资”。但是，瀛洲在烟涛浩渺之地，虚无缥缈，不是我们普通人能到达的地方。下一句，便转而写到了“越人”，古代，在天姥山附近生活的人被称为越人，“语”就是聊的意思，那么，“越人语天姥”就比“海客谈瀛洲”可信度高多了。越人描绘的天姥山什么样呢？“云霞明灭或可睹”。意思是，这天姥山在浮云、彩霓当中时隐时现，就像仙境一样。这两句诗，运用了以虚衬实的写法，突出了天姥山的盛景。

接着，诗人开始描述天姥山的风景。“天姥连天向天横”中的一个“横”字，表达出了天姥山的气势，天姥山挨着剡溪，和天台山相对。天台山已经很高了，诗人却说天姥山“势拔五岳掩赤城”，比五岳还挺拔，把一旁的赤城山也遮掩住了。天姥山怎么可能比五岳还高呢？这是李白写作的一贯手法——夸张。接着，他又提到了天台山，一句“天台四万八千丈”描绘出了它的高不可攀，接下来的一句“对此欲倒东南倾”中的一个“倒”字，更是突出了天姥山的高峻、伟岸。

接下来，诗人开始展现一幅幅瑰丽变幻的奇景。“我欲因之梦吴越”，意思是，诗人继续做梦，梦见他到了吴越，一夜之间便飞渡了镜湖，这是在梦境中独有的自由！“湖月照我影”表现出了湖水的清澈。看到了湖水，诗人并没有停下脚步。他脚踩谢公屐，身登青云梯，继续向上攀爬。他越登越高，登到一半的时候，只见海上有太阳正冉冉升起，这时，空中传来鸡叫声，天要亮了。你看过日出吗？太阳升起前，夜空一片寂寥，灰蒙蒙的。慢慢地，太阳出现了，此时原本灰蒙蒙的天空变得明亮起来，啼鸡也被唤醒，勤劳地站好第一班岗，“喔喔喔，喔喔喔”地叫了起来。可是转瞬间，诗人又感觉到傍晚将至，石径盘旋，诗人太沉迷其中了，觉得山花迷人，便靠着石头，想休息一下，不知不觉间，天已经暗了，这也突出了梦境独有的跳脱。

暮色变得有些吓人了。为什么这么说呢？此时，熊的咆哮声、龙深沉洪亮的吼声响彻山谷，别说人听了会害怕，就连树木和高峻的山峰也“瑟瑟发抖”。这巨大的声响从何而来？诗人忍不住想一探究竟。只见一片片乌云聚集在一起，看来是要下雨了，水面上弥漫起青烟。这时候，诗境已经由奇异转向了奇幻，到这里，全诗进入一个高潮——

这已经不是人间之景了。在令人惊悚不已的幽深暮色当中，突然之间，爆发了一声更大的声响！随后，“丘峦崩摧”——整个山都塌了，神仙的世界猛然洞开。李白认为人世间没意思，不过没关系，做梦就能去到更美好的境地。接下来，诗歌开始写神仙欢迎“我”的场景。首先出场的是“云之君”，他待客很周到，不仅安排弹琴演奏，还安排人为“我”驾车。接着，备受欢迎的“我”又去参加了神仙的聚会，那些神仙都对“我”的到来表示了热烈欢迎。诗人真的能够看到神仙吗？神仙真的很欢迎他吗？这些其实都是诗人想象出来的画面，再一次让我们看到了李白的浪漫。而李白为何会有如此想象，其实也源于现实生活。

李白的梦游奇境和一般的游仙诗是不一样的，一般的游仙诗都没有这么大的动静，没有这么磅礴的气魄。李白的诗为什么能写得如此大气？很明显，这首诗表现出了他对现实的抗议。我们仿佛能看见李白正指着天空，说：“你看，天上的世界多美好！”这时候，他的心里大概在感叹，世间行乐亦该如此！

梦是美好的，但终有醒来的那一天。当作者从缥缈的梦境中醒来，回到现实以后，他躺在自己的枕席之上，为“惟觉时之枕席，失向来之烟霞”这样强烈的对比发出无力、无奈的感喟。所以，他说“世间行乐亦如此，古来万事东流水”。“东流水”既表示时间的流逝，也代表美好的流逝；既代表自己对现实的一种释然，也代表随波逐流的无奈。

最后，回到现实后，点题“吟留别”。你们问我什么时候能再回到东鲁大地，答案是“且放白鹿青崖间，须行即骑访名山”。诗人说，他把白鹿放到山崖之间，等到想骑它的时候，就回来了。什么人才骑白鹿？仙人。这就是李白的洒脱，他的意思是大丈夫居无定所，想去哪儿就去哪儿。离开宫廷，恢复这种自由自在的生活，又有什么不好呢？在这样的心态下，他才能说出“安能摧眉折腰事权贵”这样的句子。李白能够写出这样深刻的诗，写对名山、仙境的向往，其实都跟他的经历密不可分。大才子李白并不是从一开始便想仗剑走天涯的，仕途的不顺、和权贵斗争的失败，让这位诗人切切实实地感受到了什么是怀才不遇。古往今来，有太多的文人墨客和李白有着共同的遭遇。有的可能向权贵低头，获得了一官半职，有的则傲然挺立，坚守自己的原则不动摇。例如，陶渊明。“五柳先生”陶渊明“不为五斗米折腰”的气节，是李白所敬佩和向往的，因此，他说他也不折腰，他也要敢于追求自己想要的生活，人生在世，唯“开心”二字而已。

【写作锦囊】

通读下来，诗人通过这首诗到底想表达什么呢？首先，李白依然采取了一贯的手法，也就是浪漫主义。这首诗中既有对梦境的描绘，又有对现实的折射，也让我们再一次感受到了李白诗歌创作的多变和创新。与此同时，诗中还运用了想象和夸张的手法，让我们看到了李白真实的内心世界。虽然，李白此时没有机会去施展自己的才华，但是，他并没有郁郁寡欢，自暴自弃。反而，这首诗让我们看到了一个积极向上、不卑不亢的李白，这样的人生态度值得我们为他点个赞。

勇往直前是一种勇气

《行路难（其一）》

《行路难（其一）》是李白被赐金放还时所写。他因文采斐然担任了翰林供奉，但只能跟着皇帝吟诗作赋，并不能施展政治抱负，最后得罪了唐玄宗，被以赐金放还的形式变相地撵出了长安城。离开长安这天，朋友们都来给他饯行。在封建社会，读书人大多都会追求仕途上的成绩，但李白已被皇帝下旨永不录用，便在仕途上再没有什么机会了。因此，他满怀愤慨地写下了这篇《行路难（其一）》，抒发郁郁不得志的心情。

行路难（其一）

李白

jīn zūn qīng jiǔ dǒu shí qiān　　yù pán zhēn xiū zhí wàn qián
金樽清酒斗十千①，玉盘珍羞直万钱②。
tíng bēi tóu zhù bù néng shí　　bá jiàn sì gù xīn máng rán
停杯投箸不能食，拔剑四顾心茫然。
yù dù huáng hé bīng sè chuān　　jiāng dēng tài háng xuě mǎn shān
欲渡黄河冰塞川，将登太行雪满山。
xián lái chuí diào bì xī shàng　　hū fù chéng zhōu mèng rì biān
闲来垂钓碧溪上③，忽复乘舟梦日边④。
xíng lù nán　xíng lù nán　duō qí lù　jīn ān zài
行路难，行路难，多歧路，今安在⑤？
cháng fēng pò làng huì yǒu shí　　zhí guà yún fān jì cāng hǎi
长风破浪会有时⑥，直挂云帆⑦济⑧沧海。

注释

① 金樽清酒斗十千：酒樽里盛着价格昂贵的清醇美酒。金樽，对酒樽的美称。樽，盛酒的器具。斗十千，一斗值十千钱（即万钱），形容酒美价贵。

② 玉盘珍羞直万钱：盘子里装满价值万钱的佳肴。玉盘，对盘子的美称。羞，同“馐”，美味的食物。直，同“值”，价值。

③ 闲来垂钓碧溪上：相传姜尚（姜太公）遇到周文王前曾在渭水的磻（pán）溪垂钓，后辅佐周武王灭商。

④ 忽复乘舟梦日边：相传伊尹受商汤任用前，曾梦见乘船经过太阳旁边。

⑤ 今安在：如今身处何方？也可理解为，现在要走的路在哪里？

⑥ 长风破浪会有时：比喻终将实现远大理想。《宋书·宗悫（què）传》载，南朝时宗悫用“乘长风破万里浪”来形容自己的抱负。会，终将。

⑦ 云帆：高高的帆。

⑧ 济：渡。

这是李白在宴会之上所作的诗，所以必然有喝了酒的狂放，同时，又夹杂着仕途无望的悲与痛。因此，在读这首诗的时候，一定要注意情感变化的脉络。首先，诗人描绘了珍馐美味，好酒好菜，酒很多，菜很贵，这是宴会的快乐情景。所以，诗人最先写的情感是乐。

“停杯投箸不能食，拔剑四顾心茫然。”“茫然”二字点出愁绪：这么好的酒，这么好的菜，我却只能放下，因为内心充满了愁怨。到这里，诗人的情绪由乐转愁。在这样的宴会之上，如果是平时，美酒佳肴，再加上有朋友相伴，一片盛情，那诗人恐怕要“一饮三百杯”了。但他“停杯投箸”，心中感情复杂，四下一望，心中十分茫然。为什么茫然呢？因为仕途之路断了，他写“欲渡黄河”，写“将登太行”，都是以景写情，有点比兴的味道。“欲渡黄河冰塞川，将登太行雪满山”写的是行路的难，背后体现的是诗人内心的苦闷，一个有伟大政治抱负的人，被变相撵出了长安城，那就好像冰塞黄河、雪拥太行一样。面对困难，李白并没有放弃自己，把自己包裹起来，反而更加坚定了自己前行的决心，他要继续追求自己的理想。“闲来垂钓碧溪上”中的垂钓者是谁？是姜子牙，我们知道那个著名的典故，叫作“愿者上钩”。姜子牙九十岁还在河边钓鱼，遇到了周文王，最终得到赏识，成就了一番伟业。“忽复乘舟梦日边”中“梦日”的是谁呢？是伊尹，他在受聘于商汤前，梦见自己乘舟绕日月而过。这些人都是坚守着梦想，最终有所成就的，因此，诗人受到了鼓舞，心里又有了希望。

“行路难，行路难”是一种感慨，“多歧路，今安在”是一种自问。姜子牙、伊尹的事迹给诗人增强了信心，但是他又不得不回到现实，看看眼前的情形，不知自己该走哪条路。梦境中，姜子牙和伊尹最后都遇到了自己的伯乐，而现实中，李白却依然没有被赏识。一边是梦境，一边是现实，两相比较，着实纠结。最后，天性乐观豁达的李白还是喊出了他积极入仕的强烈心愿：“长风破浪会有时，直挂云帆济沧海。”诗句表明了诗人阳光向上的态度，他相信，总有一天他会乘风破浪，“直挂云帆”，渡过漫漫无边的大海。

【写作锦囊】

这首诗两句为一节，一共六节。六节共六个情感点，先是宴会上的乐，再是乐中转愁，由愁生苦，由苦到对未来的盼，再到对现实的忧虑，到最后，诗人充满了勇气，决心再出发。这是整首诗的写作逻辑，也是他的心理变化过程。

整首诗的字数不是很多，和以往我们看到的长篇诗略有不同，仅有八十二个字，然而，这并没有影响我们的观感，通过诗句，我们再一次感受到了李白诗歌的气势。与此同时，通过这些诗句，我们仿佛能和李白共情，我们也会有想做一件事却无从施展的时候，此时内心难免会有些不满、痛苦，更何况大诗人李白呢，他有才情，有抱负，然而现实却那么黑暗，没有给李白提供一个机会，此情此景，着实遗憾。不过，李白毕竟是李白，他的倔强、他的自信、他的气势都能够让他把情感磅礴地表现出来，使他成为我们心中浪漫主义诗歌的最高峰。

《行路难》是一组诗，一共有三首，本篇是第一首，这首诗表面上是写行路困难，实际上表达的是李白未遇伯乐，怀才不遇的慨叹。在第二首中，李白说“大道如青天，我独不得出”。这首诗用了一个典故，那就是当年燕昭王高筑黄金台，招揽天下名士的故事。当年，贾谊曾遭受朝廷中士大夫的记恨，韩信也曾被淮阴市井的人嘲笑，但他们终究得到了机会，证明了自己，建立了功绩，可如今“谁人更扫黄金台”呢？没有人想任用我们这些贤才了。一句“行路难，归去来”道出了诗人的悲愤。

如果说本组诗的第一首是慨叹怀才不遇，那么第三首则是对功成身退的慨叹。我们现在常常说要及时行乐，想干什么、吃什么、玩什么应该立刻去做，李白在第三首诗里也传达出这样的人生态度。喜欢喝酒，那就一饮而尽，何必在乎美好的名声，及时行乐，美哉！

简单了解了这组诗之后，我们发现，这三首诗有一些共同之处，通过诗歌，我们都看到了一位有些不平、愁苦的诗人形象。为何不平，为何愁苦，说到底还是源于自己内心的矛盾，以及现实生活的影响。但是李白并没有将这种愁苦一以贯之，比如，第一首《行路难》，我们就在结尾部分，感受到了他乐观向上的人生态度。李白之所以能成为浪漫主义诗人，就是因为他不管遭遇多少困难，面临多少歧途，都有吼出一句“长风破浪会有时，直挂云帆济沧海”的气魄。这句诗也应该成为我们每个人的座右铭。生活中，你肯定会遇到坎坷和不如意，这时候，对自己说这么一句话，也能增强我们的自信心和面对未来必胜的决心。

最苦最难是百姓

《兵车行》

韩愈曾言：“李杜文章在，光焰万丈长。”意思是说，只要有李白和杜甫的诗流传，便能在历史的天空中点亮万丈光芒。所以，我们读了这么多李白的诗，怎么能不提杜甫呢？杜甫，唐代伟大的诗人之一，被后世尊为“诗圣”，与“诗仙”李白齐名。闻一多先生评价杜甫，说他是“四千年文化中最庄严、最瑰丽、最永久的一道光彩”。

杜甫一生坎坷，但他始终忧国忧民，悲悯天下百姓，关注社会现实。他的诗歌记录了唐朝由盛转衰的历史巨变，因而被后世称为“诗史”。下面，我们就以一首《兵车行》走进杜甫的诗歌世界吧。

一提到“行”，我们就知道，这是一首乐府诗。虽然诗歌的题目在形式上跟古乐府很像，但其实是诗人自拟的，而且也不再讲究音乐性。这种用新题写时事的乐府诗，被称作“新乐府”。杜甫是“新乐府”的创造者，他的《兵车行》《丽人行》《哀江头》都是新乐府诗，并且都是反映社会现实、民间疾苦的。

在读诗之前，先来了解一段历史。唐玄宗天宝年间，朝廷对边疆少数民族发动了一系列战争。唐玄宗天宝八年（749），大将哥舒翰奉命进攻吐蕃，在西部边境附近的石堡城，两军爆发了一场惨烈的战役，数万将士牺牲。两年后，驻守在西南边疆的剑南节度使又率兵八万，进攻南诏，大败而归，又有六万人牺牲。为补充兵力，奸臣杨国忠派人去抓百姓，将百姓锷上枷锁，送往军所，据记载，送行的亲眷哭声震野。《兵车行》记录的就是这一段历史。

兵车行

杜甫

chē lín lín mǎ xiāo xiāo xíng rén gōng jiàn gè zài yāo
车辚辚[1]，马萧萧[2]，行人[3]弓箭各在腰。

yé niáng qī zǐ zǒu xiāng sòng chén āi bú jiàn xián yáng qiáo
耶[4]娘妻子走[5]相送，尘埃不见咸阳桥[6]。

qiān yī dùn zú lán dào kū kū shēng zhí shàng gān yún xiāo
牵衣顿足拦道哭，哭声直上干[7]云霄。

dào páng guò zhě wèn xíng rén xíng rén dàn yún diǎn xíng pín
道旁过者[8]问行人，行人但云[9]点行频[10]。

huò cóng shí wǔ běi fáng hé biàn zhì sì shí xī yíng tián
或[11]从十五北防河[12]，便至四十西营田[13]。

qù shí lǐ zhèng yǔ guǒ tóu guī lái tóu bái hái shù biān
去时里正[14]与裹头[15]，归来头白还戍边。

biān tíng liú xuè chéng hǎi shuǐ wǔ huáng kāi biān yì wèi yǐ
边庭[16]流血成海水，武皇[17]开边[18]意未已。

jūn bù wén hàn jiā shān dōng èr bǎi zhōu qiān cūn wàn luò shēng jīng qǐ
君不闻汉家[19]山东[20]二百州，千村万落生荆杞[21]。

zòng yǒu jiàn fù bǎ chú lí hé shēng lǒng mǔ wú dōng xī
纵有健妇把锄犁，禾生陇亩[22]无东西[23]。

kuàng fù qín bīng nài kǔ zhàn bèi qū bú yì quǎn yǔ jī
况复[24]秦兵[25]耐苦战，被驱不异犬与鸡。

zhǎng zhě suī yǒu wèn yì fū gǎn shēn hèn
长者[26]虽有问，役夫[27]敢[28]申恨？

qiě rú jīn nián dōng wèi xiū guān xī zú
且如[29]今年冬，未休关西[30]卒。

xiàn guān jí suǒ zū zū shuì cóng hé chū
县官[31]急索租，租税从何出？

xìn zhī shēng nán è fǎn shì shēng nǚ hǎo
信知生男恶，反是生女好。

shēng nǚ yóu dé jià bǐ lín shēng nán mái mò suí bǎi cǎo
生女犹得嫁比邻[32]，生男埋没随百草！

jūn bú jiàn qīng hǎi tóu gǔ lái bái gǔ wú rén shōu
君不见，青海头㉝，古来白骨无人收。
xīn guǐ fán yuān jiù guǐ kū tiān yīn yǔ shī shēng jiū jiū
新鬼烦冤㉞旧鬼哭，天阴雨湿声啾啾㉟。

注释

① 辚辚：车轮声。《诗经·秦风·车邻》："有车邻邻。"邻邻，同"辚辚"。

② 萧萧：马嘶叫声。《诗经·小雅·车攻》："萧萧马鸣。"

③ 行人：指被征出发的士兵。

④ 耶：通假字，同"爷"，父亲。

⑤ 走：奔跑。

⑥ 咸阳桥：指便桥，汉武帝时所建，故址在今陕西省咸阳市西南，唐代称咸阳桥，是长安通往西北的必经之路。

⑦ 干：冲。

⑧ 过者：过路的人，这里是杜甫自称。

⑨ 但云：只说。

⑩ 点行频：频繁地点名征调壮丁。

⑪ 或：有的、有的人。

⑫ 北防河：当时常与吐蕃发生战争，曾征召陇右、关中、朔方诸军集结河西一带防御。因其地在长安以北，所以说"北防河"。

⑬ 西营田：古时实行屯田制，军队无战事即种田，有战事即作战。"西营田"也是防备吐蕃的。

⑭ 里正：唐制，每百户设一里正，负责管理户口、检查民事、催促赋役等。

⑮ 裹头：男子成丁时裹上头巾，犹古之加冠。古时以皂罗（黑绸）三尺裹头，曰头巾。新兵因为年纪小，所以需要里正给他裹头。

⑯ 边庭：边疆。

⑰ 武皇：汉武帝刘彻。唐诗中常有以汉指唐的委婉避讳方式。这里借武皇代指唐玄宗。

⑱ 开边：用武力开拓边疆。

⑲ 汉家：汉朝。这里借指唐。

⑳ 山东：崤山或华山以东。古代秦居西方，秦地以外，统称山东。

㉑ 荆杞：荆棘与杞柳，都是野生灌木。

㉒ 陇亩：田地。陇，同“垄”，在耕地上培成一行的土埂、田埂，中间种植农作物。

㉓ 无东西：不分东西，意思是行列不整齐。

㉔ 况复：更何况。

㉕ 秦兵：指关中一带的士兵。

㉖ 长者：即上文的“道旁过者”，也指有名望的人，即杜甫。征人敬称他为“长者”。

㉗ 役夫：行役的人。

㉘ 敢：岂敢，怎么敢。

㉙ 且如：就如。

㉚ 关西：当时指函谷关以西的地方。

㉛ 县官：官府。

㉜ 比邻：近邻。

㉝ 青海头：即青海边。这里是自汉代以来，汉族经常与西北少数民族发生战争的地方。唐初也曾在这一带与突厥、吐蕃发生大规模的战争。

㉞ 烦冤：愁烦冤屈。

㉟ 啾啾：象声词，形容凄厉的哭叫声。

这首诗用慨叹的语气，揭露了当时的社会矛盾。对统治者穷兵黩武的罪恶，做了深刻的批判。对深陷在战争苦痛中的普通劳动人民寄予了深切的同情。诗歌一开篇，便立刻给我们一种急促、紧张的感觉。那是一个悲惨的送别场面，凄惨悲怨的情绪表露无遗。

“车辚辚，马萧萧，行人弓箭各在腰”连用两个三字句，简短急促，营造了紧张的气氛。我们重点看“辚辚”“萧萧”两个词语，车在行进时，车轮碾过地面发出的声音是“辚辚”，“萧萧”就是马的嘶鸣声，李白的《送友人》中“挥手自兹去，萧萧班马鸣”也用到了这个词语。不管是写车行进时发出的声音，还是马鸣叫的声音，诗人都意在突出出征的士兵很多。车马已经准备好，马上就要上路奔赴战场了，紧张的气氛不言而喻。“耶娘妻子走相送”这句话描绘了一个场景：征夫的父母妻儿在送行的队伍当中，他们呼喊着征夫的名字。诗中的“走”是跑的意思，他们焦急地跑着，寻找着自己的亲人。因为征夫是被紧急抓走的，来不及跟亲人告别，亲人只能跑着赶来送别。诗人寥寥几笔，描述的却是一个多么惨烈的情形啊！亲人突然被强制征兵，他们听到动静便赶紧跑了出来，连道别的时间都没有，征夫便要被押送到前线去了。他们只得奔跑、追逐，期盼着能短暂地告别。这句诗写出了征夫与亲人生离死别的情境。“尘埃不见咸阳桥”仍是在描述这个场景，那么多的人，那么多的车，他们是要去支援前线的，行军的速度自然很快。当马儿跑起来，人也跟着快速前进，路上的灰尘可想而知，当下的能见度应该很低。出征的人多，送行的人也多，最后，送行的亲眷们只得“牵衣顿足拦道哭”。这一句诗中连用了四个动词，“拉”着衣服“哭”，“跺”着脚“哭”，等到队伍出发了，他们更是“拦”在路上，不想让自己的亲人离开。那哭声撕心裂肺，千万人的哭声汇成了巨响，直冲云天，震耳欲聋，仿佛淹没了一切。

送行者面对分别的悲痛，对亲人的眷恋，对统治者的愤恨，对相见无期的绝望……这种种情感，都被包含在这句“牵衣顿足拦道哭”中了。

在这里，“诗圣”杜甫用细致入微的语言刻画了一场触目惊心的人间惨剧。嘶鸣的战马，漫天的尘埃，妻离子散的哭声，无一不在控诉着统治者的暴行。作者通过第三视角，也就是行人，一针见血地指出造成悲剧的社会根源——“点行频”。“点行频”指的是频繁地征调壮丁，这也说出了前文描述的出征场面出现的缘由，以及人们内心的无奈。“或从十五北防河，便至四十西营田”说的是服役时间有多长，十五岁出征，四十岁还在服役，征夫把一生的黄金时间都献给了战争。“去时里正与裹头，归来头白还戍边”是对前两句更形象的说明。出征时还是一个不会裹头巾的孩子，回来的时候头发都白了。明明已经到了该休息的年龄，没想到，又被派到前线去了。我们不禁感叹，统治者的残酷已经到了无以复加的地步了。

这些征夫的目的地——边地，又是怎样的情形呢？杜甫这样写：“边庭流血成海水，武皇开边意未已。”“武皇”表面上说的是汉武帝，实际上指的是诗人生活的那个时代的皇帝唐玄宗。“以汉代唐”是唐诗惯用的手法。“成海水”虽是夸张，但也足以让读者意识到，边境死亡人数之多，场景触目惊心。死了这么多的人，皇帝却仍旧“意未已”，这和前句中的“成海水”形成了鲜明的对比——那么多人的牺牲，依然没有改变皇帝的意愿。身为君主，看着自己的百姓被抓上战场，用自己的身躯和敌人搏斗，皇帝仍然坚持扩张领土，这多么残忍呀，杜甫此时的愤怒之情达到了极点。于是，他拿起笔，直指统治者。

杜甫上一句还在写战场触目惊心的场景，下一句，视线一转，带我们来到了更加广阔的天地。战争中最受伤的永远是平民百姓，这些百姓家里的顶梁柱被抓去当壮丁。家里只剩下一些妇孺，在男耕女织的封建社会，没有男丁就代表着没有生产力，无人耕地，粮食又从何而来呢？渐渐地，村庄失去了活力，变得死气沉沉。“君不闻汉家山东二百州，千村万落生荆杞。纵有健妇把锄犁，禾生陇亩无东西”，这四句诗直接讲出了战争对生产力的严重破坏。接下来的两句，士兵更是称自己为犬、鸡，表现出统治者不把人民当人看而任意驱遣的现状，字里行间都寄予了诗人更加强烈的悲哀、愤慨之情。

前面几句是杜甫对统治者行为的不满，批判统治者的所作所为，接下来的“长者虽有问，役夫敢伸恨”，则将对象转换到了百姓身上。哀其不幸，怒其不争，百姓常年受到压迫，但是他们敢怒不敢言，这样的状态让杜甫既同情又心痛。接下来的两句写的仍旧是现实问题，“未休关西卒”的原因是什么？是“武皇开边意未已”啊！“租税从何出”与前面的“千村万落生荆杞”相照应，连年征兵，百姓没有办法维持生计，官府和朝廷又催逼租税，这是士兵家庭的困苦和无奈所在，足以见得当时的官府是何等狠毒与贪婪。百姓受到的压榨，远不只被抓去当壮丁。他们还需要承受沉重的赋税徭役。朝廷将家里的壮丁都抓走了，而没有劳动力的家庭却要再交一份税，这样的剥削和压迫让百姓苦不堪言。在这样的生存环境下，人们重男轻女的心理发生了变化。他们不再希望生男孩为家族传宗接代，反而更想生女孩，祈求孩子能够留在自己身边。是什么让人们的思想观念发生了这样的转变呢？是繁重的兵役负担，大量士兵战死的事实。生个女儿就算出嫁了，好歹还活着，还能嫁给近邻，与自己有个照应。若是生个儿子，只能被征去打仗，凶多吉少，命丧沙场。在这个时候，生男生女、好与不好，标准就只有一个——能不能活下来。这是不正常的社会造成的人们反常的心态，进一步反映了战争给人们带来的心理创伤。从另外一个角度看，它仍在控诉统治者的开边政策。

我们再看诗的结尾，诗人描写了一个阴森、凄凉的场景。战场上尸横遍野，一片凄惨。此时，天空中下起了毛毛细雨，使得原本凄惨的氛围更加凄凉、阴森。为什么会变成这样呢？这都是统治者不停开边造成的恶果。一想到这儿，杜甫便不禁为百姓呼喊，他激情澎湃，把唐王朝穷兵黩武、好大喜功的行为在诗里揭露得淋漓尽致。这首诗太痛快了！杜甫写的痛，痛入骨髓；杜甫写的恨，喷薄欲出。读完这首《兵车行》，我们不仅了解了战争给人民带来的深沉苦难，也能体会到杜甫诗作沉郁顿挫的特点，更可以触碰到诗人那颗悲悯苍生的圣人之心。

杜甫看到了战争对百姓造成的巨大伤害，用他的文字将这些记录了下来，抨击统治者对百姓的剥削和压迫，也让我们再一次看到了他忧国忧民的一面。他的这首诗，有记叙，有抒情，也有议论。尽管杜甫自己在政治上是失意的，一直当不了大官，在经济上也是困顿的，但是，他一直关心着民生疾苦，正如他自己所言：“穷年忧黎元，叹息肠内热。”“诗圣”杜甫的伟大之处，也许就在这里。鲁迅先生曾发表过这样一种观点：“陶潜站得稍稍远一点，李白站得稍稍高一点，这也是时代使然。杜甫似乎不是古人，就好像今天还活在我们堆里似的。”从屈原的“长太息以掩涕兮，哀民生之多艰”到杜甫的“安得广厦千万间，大庇天下寒士俱欢颜”，再到后来元代张养浩的“兴，百姓苦；亡，百姓苦”，一脉相承。悠悠五千年，诗歌之中，传承的是诗人心系天下苍生的情怀，这种情怀超越时空，至今都让我们敬佩、敬仰。

【写作锦囊】

《兵车行》的构思很巧妙，层层递进。一句“行人但云点行频”把诗歌的主题“点行频”借行人之口说了出来。接着，用“十五北防河”“四十西营田”进行佐证，证明确实频繁打仗。最后，诗人再用“武皇开边意未已”说明了频繁征兵的原因，揭示了问题的根源。“君不闻”后的句子也逐一展开，揭露了开边给农业生产造成的极大危害。劳动力都打仗去了，土地没人种，荒野遍地。百姓没有收成，本来就无以为生了，朝廷还要催收租税，以至于改变了传统的社会心理。

最后，又用“君不见”引出对古战场阴森景象的描绘，揭露了唐王朝穷兵黩武的罪恶。可以说，这首诗的语言直白，通俗易懂。一首好诗，它不必装得那么高深，也可以是非常平白的。“耶娘妻子走相送”“牵衣顿足拦道哭”“被驱不异犬与鸡”“租税从何出”“信知生男恶，反是生女好”“古来白骨无人收”……这些句子中有哪句话需要翻译吗？都不需要，自然朴实，明白如话。这就是诗歌背后情感的力量，也是“诗圣”杜甫的魅力使然。

先天下之忧而忧的胸襟

《旅夜书怀》《登楼》

杜甫的诗歌，读起来向来让人感到波澜壮阔，艺术价值极高。下面，我们来读一读他的《旅夜书怀》和《登楼》，借这两首短诗，一起领略“诗圣”的诗歌艺术魅力。先来看看第一首《旅夜书怀》是怎么写的吧！

旅夜书怀

杜甫

xì cǎo wēi fēng àn wēi qiáng dú yè zhōu
细草微风岸，危樯①独夜舟。
xīng suí píng yě kuò yuè yǒng dà jiāng liú
星随平野阔②，月涌大江流。
míng qǐ wén zhāng zhù guān yīng lǎo bìng xiū
名岂文章著③，官应老病休④。
piāo piāo hé suǒ sì tiān dì yì shā ōu
飘飘何所似，天地一沙鸥。

注释

① 危樯：高高的桅杆。危，高。樯，船上挂风帆的桅杆。

② 星随平野阔：星空低垂，原野显得格外广阔。

③ 名岂文章著：名声哪里是因为文章而显赫的呢？这一句和下一句都是反其意而写的。

④ 官应老病休：官倒是因为年老多病而被罢退。杜甫实因上疏救房琯触怒肃宗而被罢官，房琯（697—763）曾任宰相，后因兵败被贬。应，认为是、是。

要想读通、读透一首诗，先要看一看它的创作背景，尤其是像杜甫这样去的地方、经历的事件都比较多的诗人的作品，我们更要了解诗人写这首诗时，正处在人生的什么时期。

唐代宗广德二年，也就是 764 年的春天，五十二岁的杜甫带着家人再次去投靠他的好朋友严武。严武是唐朝中期的名将，他和杜甫的关系很好。严武曾在成都做地方官，后来升官去了京城。这一次，是因为成都一带发生了叛乱，严武才再次被朝廷派回了成都，镇守在蜀地。在严武的推荐下，杜甫被任命为检校工部员外郎，再次回到了杜甫草堂。我们翻诗集时，偶尔会看到“杜工部”这样的称呼，便是由他此次任职而来。在严武这位好朋友的帮助下，杜甫原本可以一直在成都生活下去，不料在第二年四月，严武突然去世了，杜甫失去了依托，不得不再次离开成都，乘舟东下，这首《旅夜书怀》就是他在这次旅行当中写的。此时的杜甫，精神上饱受打击。他不仅失去了自己的好朋友，还被现实予以沉重的一击。我们现在提到旅行，可能会觉得很治愈，很放松，应该是开开心心的，然而，精神上备受折磨的杜甫，实在没有心情欣赏沿途的风景。再加上此时的他已经五十三岁了，人到晚年，难免会有些病痛，种种原因下，杜甫看不到未来到底在哪里，也不知道何时能结束这漂泊的日子，于是，便写下了这首诗。

人在旅途，又是在夜晚，最容易伤感，从抒情的角度上看，这首诗可以分成两个部分，首联和颔联是第一部分，描写旅途中夜晚的情景，颈联和尾联是第二部分，抒发了自己怀才不遇、壮志难酬、遭人排挤的苦闷和不平，写得悲苦沉痛、非常感人。

“细草微风岸，危樯独夜舟”，诗人融情于景，借景抒情。友人的去世、生活的漂泊、未来的迷茫让杜甫内心充满了苦闷之情。诗人在表达苦闷的情感时，没有直接抒情，直接表现，反而选择了旅行时看到的小草、船只等抒发情感。那么多的景物，为什么要选小草和船只呢？注意，这里写小草时，并没有重点描绘小草的长势、多少，而是选择了一株细草，细草是什么样子的？即使微风拂过，小草也会弯了腰，这和杜甫当下的处境多么相似啊，接着，诗人没有选择大船、客船，而是选择了在月色中停泊的小船，给我们一种孤寂、渺小的感觉。

“星随平野阔，月涌大江流”是名句。颔联这两句写景，意境雄浑壮大，历来被人们称道。不过，仔细看看这两句，是不是有一种似曾相识的感觉？让我们回忆一下李白的《渡荆门送别》，其中的“山随平野尽，江入大荒流”正是这两句诗的“原型”。这两句诗是杜甫改写而成的，但是两个人表达的情感完全不一样。李白的《渡荆门送别》写于725年，当时的李白才二十四岁，那是他第一次走出蜀地的大山，要出发去寻找自己的人生理想，作为一个初出茅庐的年轻人，他对未来充满期待和信心，他满怀着热情。因此，李白看到的风景是天地开阔，心情是豁然开朗。他的诗里只有对壮阔山河的感叹和对家乡的思念，没有历经人生风雨后的悲愁。杜甫就不一样了。写《旅夜书怀》的时候，杜甫已处于人生的暮年了，这时候的他，不仅人生理想彻底破碎，还穷困缠身，要拖着一身的病，继续颠沛流离，他的心境肯定是格外苍凉的。

有些读者一看到“平野阔”“大江流”这样的词，就觉得很壮美。那么，会不会景色一壮美，诗人的胸怀也跟着开阔了呢？诗人的胸怀一开阔是不是就会喜悦起来了呢？如果你也这样想，那就说明你并没有把自己代入诗人的视角，也没有对应上下文来读。“随”是一个动词，星星为什么会随平野而移动？而月又会在什么时候“涌”呢？坐过船的人都有这样的体会：一叶小舟行驶在万顷江面上，你会觉得，河水随时有可能涌进船里。而当你把船看作静止的，再看看周围的一切，就会觉得星星仿佛随时会坠落下来，月亮也好像跟着江水起起伏伏。古诗词里就有“满眼风波多闪烁，看山恰似走来迎。子细看山山不动，是船行”（“子”同“仔”）这样的句子，说的也是这种感觉。月明星稀，江面一片黑暗，船只停止前行，四周一片寂静，看到此景，杜甫的内心更加孤寂了。世界这么大，这么壮阔，他却在这艘孤零零的小船当中漂荡，风吹来，江涌动，而他，也只能随波逐流。

杜甫是一个有大志向的人，他曾经写过“许身一何愚，窃比稷与契”“致君尧舜上，再使风俗淳”。稷与契是传说中舜帝的两个大臣。稷教百姓种植五谷，契掌管文化教育，杜甫自比这样的圣贤，可见他的理想之大。他希望能够靠治国之功名垂青史，没想到，竟会因诗文而成名。他希望能为国家奉献一生，直到老病之时才停下来，却没有想到，早早便被踢出了政坛。了解了这些，再去品味“名岂文章著，官应老病休”这两句诗，就能体会到，他说的是反话、气话。可这两句诗妙就妙在它的含蓄。杜甫很是苦恼地想：我怎么会因为写文章而出名呢？我明明有治国之才，应该因治国之才名垂青史呀！他看似在写自己又老又病，不应该再做官了，实际上想表达的意思是还想做官。

尾联的“飘飘何所似，天地一沙鸥”是对全篇主旨的概括。清代文人黄生在《唐诗矩》中评价这句诗：“‘一沙鸥’，何其渺；‘天地’字，何其大。合而言之曰‘天地一沙鸥，语愈悲，气愈傲’。”水天空阔，沙鸥飘零，而人就像沙鸥一样，飘零于天地间。这两句借景抒情的诗深刻地表现了诗人内心漂泊无依的感伤，真是一字一泪，感人至深。

接下来，我们再来欣赏一下《登楼》。苏轼称赞杜甫“一饭未尝忘君”，意思是说他时时刻刻都关心着国家大事。《登楼》就是这样的一首作品。

登楼

杜甫

huā jìn gāo lóu shāng kè xīn　wàn fāng duō nàn cǐ dēng lín
花近高楼伤客心[①]，万方多难此登临[②]。
jǐn jiāng chūn sè lái tiān dì　yù lěi fú yún biàn gǔ jīn
锦江[③]春色来天地[④]，玉垒浮云变古今。
běi jí cháo tíng zhōng bù gǎi　xī shān kòu dào mò xiāng qīn
北极朝廷终不改，西山寇盗莫相侵。
kě lián hòu zhǔ huán cí miào　rì mù liáo wéi liáng fǔ yín
可怜后主[⑤]还祠庙，日暮聊为[⑥]梁甫吟[⑦]。

注释

① 客心：客居者之心。

② 登临：登高观览。临，从高处往下看。

③ 锦江：即濯锦江，流经成都的岷江支流。成都出锦，锦在江中漂洗，色泽更加鲜明，因此命名为“濯锦江”。

④ 来天地：与天地俱来。

⑤ 后主：刘备的儿子刘禅。

⑥ 聊为：不甘心这样做而姑且这样做。

⑦ 梁甫吟：古乐府中的一首葬歌，这里代指此诗。

先来看首联，“花近高楼”，花团锦簇，怎么会“伤客心”呢？讲不通啊。那是因为这两句用了倒装的写作手法，正常语序应该是“万方多难伤客心，花近高楼此登临”，这样就讲得通了。“万方多难”并不是说国家真的到处都是灾患，这是虚写，形容朝廷的困难已经到了不容忽视的程度。而“花近高楼”是实写。诗人之所以登楼，就是因为心里忧愁国事，打算登高望远，排解烦扰。正常语序下的“万方多难伤客心”完全是虚写，“花近高楼此登临”完全是实写，会给人一种头重脚轻的感觉，所以，杜甫就调整了词句的顺序，让两句诗尽量保持平衡。杜甫的这个虚实稍微颠倒一下的创作技巧，历来为人们所称道。

如果说首联让我们更多地感受到了杜甫旅途的孤寂和苦闷，那么颔联则让我们看到了登楼时的美景。春天万物复苏，生机勃勃，江上的景色十分迷人，然而，这些美景真的可以排解诗人心中的苦闷吗？杜甫抬起头，看到了山上飘忽不定的云朵，不停变化着形状。看到这里，诗人再一次想到了动荡不安的国家，慨叹世事不断变迁。从空间到时间，诗人给我们营造了一幅壮阔悠长的场景。

接下来，我们再看看颈联。从浮云，诗人想到了国家的现状，虽然大唐王朝风雨动荡，就像天上的浮云一样，但唐玄宗毕竟已经回到了长安，可见朝廷是“终不改”的，同时，也照应了上一句中的“变古今”。下句中的寇盗相侵，对应的是前面的“万方多难”，说明时局艰难。但是，诗人还是义正词严地劝解侵略者：不要再侵犯边境了，你们的狼子野心终究是徒劳的。为什么呢？因为“北极朝廷终不改”呀！这两句说得斩钉截铁，浩气凛然，流露出诗人强烈的爱国之情。在他的焦虑之中，也透出了坚定的信念。

“可怜后主还祠庙”中的“后主”，指的是蜀国的后主刘禅，他宠幸宦官，导致蜀国被灭。到了唐朝，人们在成都的锦官门外给三国时期蜀国的先主刘备建了祠庙，西面有诸葛亮的武侯祠，东面有刘禅的后主祠。刘禅是三国时期蜀国的末代皇帝，是亡国的昏君。诸葛亮是三国时期蜀国的丞相，鞠躬尽瘁，死而后已，为蜀国能够在历史上有一席之地做出了巨大贡献。现在，刘禅的后主祠和诸葛亮的武侯祠，东西相对，在杜甫看来，这是不应该的。杜甫用这句诗表达了对这一现象的不满。最后一句“日暮聊为梁甫吟”中的“梁甫吟”是古代的葬歌，讲的是齐国的宰相晏婴二桃杀三士的故事。“二桃杀三士”中的“三士”指的是齐王手下的三个将军，晏子与他们不睦，便劝说齐王给三位猛士赏赐两个桃子，让三个猛士论功取桃，最后，三个人都弃桃自杀了。诸葛亮没出山之前很喜欢唱《梁甫吟》，这是因为诸葛亮对晏婴很不满，认为他不会用人。这两句诗表面上是写刘禅和诸葛亮，其实是以刘禅来比喻唐代宗李豫，自比诸葛亮。李豫也重用宦官，因此，杜甫忍不住像诸葛亮那样，吟诵《梁甫吟》，慨叹朝廷不会用人，也抒发了诗人无可奈何的伤感之情。

郭沫若先生有一副写杜甫的楹联：“世上疮痍，诗中圣哲；民间疾苦，笔底波澜。”纵观杜甫的一生，他既看到了唐王朝的鼎盛繁华，又目睹了唐王朝逐渐衰败的过程，眼看他高楼起，眼看他宴宾客，眼看他楼塌了，唐王朝由盛转衰的变化给了杜甫沉重的打击。晚年的杜甫一直漂泊，居无定所，虽忧国忧民，却无能为力，那么无奈和心酸，让人动容。尽管如此，杜甫依然心系国家，他希望“安得广厦千万间，大庇天下寒士俱欢颜”。《旅夜书怀》和《登高》这两首诗，不仅给我们展现了杜甫炉火纯青的诗歌创作技巧，也让我们看到了他那种以天下为己任的胸襟和气度。

因此，以后在读杜甫的诗的时候，记得要找两样东西：一样是他的忧国忧民，一样是他个人生活的不幸。为什么他所写的诗歌沉郁顿挫？就是因为其中既有他个人的不幸，也有他对国家的担忧，合在一起，才能大开大合，名垂千古。

【写作锦囊】

这两首诗结构精巧，是我们学习写作的经典范本。《旅夜书怀》的前四句是景，后四句是人，层次分明。我们写文章时，也应该清清楚楚地区分哪里叙事，哪里抒情，哪里写景，哪里状物，哪里表情达意。尾联“飘飘何所似，天地一沙鸥”这两句，既写环境，也写心境。一叶孤舟漂泊江上，像一只漂泊的沙鸥。诗人这时候的心情是孤独无依的，面对着漫漫前路，他自己同样像一只漂泊的沙鸥，这便是一种比喻，是情与景的交融。当你表达不清楚自己感情的时候，也可以用打比方的方式来抒情。

《登楼》写得同样层次分明。诗人因为忧愁国事而登楼，又因为在楼上看到浮云变幻，进而想到了国事的艰难。从国事的艰难，又自然而然地想到朝廷不会用人正是国事艰难的原因，进而再引出他的感慨。整首诗写得环环相扣，让人回味无穷。

《唐诗别裁》推崇《登楼》这首诗，说它气象雄伟，笼盖宇宙，是杜甫诗歌中最好的一首，可见这首诗的魅力之大。

杜甫的另一面

《客至》《春夜喜雨》《闻官军收河南河北》

杜甫曾在《进雕赋表》这篇文章中用四个字评价扬雄、枚皋（gāo）的辞赋，那就是“沉郁顿挫”。不过，后人却觉得这四个字更能体现杜甫自己诗歌的风格。于是，“沉郁顿挫”逐渐成为人们评价杜甫诗歌时最常用的词。不过，伟大的诗人都是立体的、多面的，杜甫也是多面的，他不只有沉郁顿挫这一面，他也有很多热情的、优美的、闲适的，甚至奔放的诗篇。

大家知道，杜甫晚年在成都大概生活了四年的时间，这四年的生活在杜甫的一生中，是相对安稳的。在此期间，他写了二百四十多首诗，因为生活安稳，所以这些诗绝大多数是优美清新的诗篇。接下来，我们就来欣赏三首“不一样”的杜甫诗歌，它们分别是《客至》、《春夜喜雨》和《闻官军收河南河北》。前两首写于杜甫生活在成都草堂的时期，我们先来看《客至》。

有人考证过，《客至》写于761年的春天，这一年杜甫四十九岁。在历尽颠沛流离之后，杜甫来到了成都，在成都西郊浣花溪畔盖了一座草堂，暂时定居下来，没过多久，就有客人来访了。这位客人是谁呢？在写下这首诗前，杜甫已标注了“喜崔明府相过”，“明府”是唐代的人对县令的尊称，可见，诗题当中的客指的就是崔县令，这句“前言”的意思就是，诗人对崔县令前来探望自己很是欢喜，所以写下了《客至》这首诗。不过，也有人认为，杜甫的母亲姓崔，所以这位客人有可能是杜甫母亲那边的亲戚，但这只是一种猜测而已。古人对《客至》这首诗的评价很高，认为《客至》这首诗每一联都包含了三层含义。我们先来读一读这首诗吧！

客至

杜甫

xǐ cuī míng fǔ xiāng guò
喜崔明府相过①

shè nán shè běi jiē chūn shuǐ, dàn jiàn qún ōu rì rì lái
舍②南舍北皆春水，但见③群鸥日日来。

huā jìng bù céng yuán kè sǎo, péng mén jīn shǐ wèi jūn kāi
花径④不曾缘客扫，蓬门⑤今始为君开。

pán sūn shì yuǎn wú jiān wèi, zūn jiǔ jiā pín zhǐ jiù pēi
盘飧市远⑥无兼味⑦，樽⑧酒家贫只旧醅⑨。

kěn yǔ lín wēng xiāng duì yǐn, gé lí hū qǔ jìn yú bēi
肯⑩与邻翁相对饮，隔篱呼取尽馀杯⑪。

注释

① 相过：即探望、相访。此句为诗人在题后自注。

② 舍：指诗人所居的成都浣花溪草堂。

③ 但见：只见。

④ 花径：长满花草的小路。

⑤ 蓬门：用蓬草编成的门户，以示房子的简陋。

⑥ 市远：离市集远。

⑦ 无兼味：谦言菜少。兼味，多种美味佳肴。

⑧ 樽：酒器。

⑨ 旧醅：隔年的陈酒。古人好饮新酒，杜甫以家贫无新酒感到歉意。

⑩ 肯：乐意。

⑪ 馀杯：残酒，未饮完的酒。

首联两句，诗人从户外的景色着笔，点明了客人来访的时间、地点，还有此时自己的生活状态和心境。“舍南舍北皆春水”点出了地点是在临江近水的浣花溪畔，一个“春”字，说明这正是春水上涨的时节。按照时间推测，大概是农历的二月，因为这正是桃花盛开的时节，所以这种春水涨潮又叫“桃花汛”。春潮在固定的时间上涨，鸥鸟也有自己的“生活节奏”，日日都会来到水边嬉戏。“但见”二字说明来“看望”诗人的只有鸥鸟，诗人寓情于景，写景之中蕴藏着感情，侧面表现了他在江村隐居的寂寞心情。

不过，刚说完没有人来，只有鸟至，客人就来了，这也为下文中客人到来后诗人喜悦的心情作了巧妙的铺垫。“花径不曾缘客扫，蓬门今始为君开”仍是以景写情，诗人家中那长满花草的庭院小路，还从没因为要迎接哪位客人而打扫过，一向紧闭的家门，今天才第一次为客人打开。这两句前后映衬。前一句紧接上文，既有描述环境清幽的意思，也表明诗人是不轻易接待客人的。而今天，诗人却打扫起了院子，说明这位客人对他来讲是很重要的，也从侧面说明两个人的感情很深厚。

“盘飧市远无兼味，樽酒家贫只旧醅”，第三联描绘客人已进了门，诗人要招待客人的环节。诗人好像是在说：“哎呀，你看，我们家处在偏僻的地方，买东西实在是不方便，所以也没能给你准备几道好菜。而且家里太穷了，我们也买不起好酒，咱就喝点儿陈酒吧！”表面上看，主人的招待显得太过随意，既没有好菜，也没有好酒。但其实，这恰好说明了两个人的关系亲密，不需要客套。

“肯与邻翁相对饮，隔篱呼取尽馀杯”，最后一联写诗人和朋友越喝酒意越浓，越喝兴致越高，高声呼喊着：“咱们把邻居那老翁也请来，让他作陪，一起喝吧！”这个细节的描写，可以说是细腻逼真，把欢快热烈的氛围推向了高潮。这首诗写得质朴流畅，亲切自然。诗中流露出一种闲适恬淡的情怀，用语非常亲切，就像在跟读者聊家常一样。接下来，再看看第二首诗《春夜喜雨》，这是大家非常熟悉的一首诗，一起来读一读吧！

春夜喜雨

杜甫

hǎo yǔ zhī shí jié dāng chūn nǎi fā shēng
好雨知时节，当春乃发生①。
suí fēng qián rù yè rùn wù xì wú shēng
随风潜入夜，润物细无声。
yě jìng yún jù hēi jiāng chuán huǒ dú míng
野径②云俱黑，江船火独明。
xiǎo kàn hóng shī chù huā zhòng jǐn guān chéng
晓看红湿处③，花重④锦官城⑤。

注释

① 发生：使植物萌发、生长。

② 野径：田野间的小路。

③ 红湿处：被雨水打湿的花丛。

④ 花重：花因为饱含雨水而显得沉重。

⑤ 锦官城：成都的别称。成都曾经是主持织锦的官员的官署所在地，所以叫“锦官城”。

诗人一开篇就说“好雨知时节，当春乃发生”，什么样的雨叫好雨呢？首先，它不能下得太大。我们想象一下，如果是狂风暴雨，会把花草、房屋都砸坏，那称不得“好雨”。其次，这雨要下得顺应时令，在大家需要的时候下，能做到“随风潜入夜，润物细无声”才能算是好雨。为什么“随风潜入夜，润物细无声”的雨是好雨呢？因为它又轻又柔，慢慢地、不间断地伴随着春风在夜晚悄悄地下起来，无声地滋润着天地万物，好像懂大家的心事、很体贴地给大家解决困难似的。这两句写得太美了，后来，这句诗不光用来形容雨，也逐渐变成了“潜移默化”的同义词，形容一个人对别人的影响或教化。比如老师对学生的悉心教导，就可以用“随风潜入夜，润物细无声”来形容。

“野径云俱黑，江船火独明”，颈联描绘了怎样的意境呢？就在大家熟睡的时候，诗人没有睡去，他在欣赏这场春雨。在这里，诗人用了对比的手法。天空中布满黑沉沉的乌云，田野间的小路漆黑一片，而小船上，有一盏渔火独自摇曳，无比温暖。这两句诗写出了雨夜的美丽，“黑”与“明”相互映衬，画面感十足，让人印象深刻。同时，因为是好雨，所以诗人希望这雨能接着下下去。

“晓看红湿处，花重锦官城”，最后一联描写的是雨后的情景，是诗人想象的画面了。等到明天清早，锦官城的大街小巷一定到处盛开着鲜花，汇成一片万紫千红的景象。其中的“重”字非常巧妙，花草吸足了水分，饱满地生长，当然会变重，花瓣上沾着雨水也会变“重”，花开得多，城里色彩也会变重，可以说，这一个“重”字写尽了花朵的娇艳和生机，值得我们细细品味。

最后，再来看看第三首脍炙人口的诗——《闻官军收河南河北》，这也是大家非常熟悉的一篇作品。这首诗写于 763 年的春天，这年正月，史朝义自杀，安史之乱结束了。杜甫听到这个消息，欣喜若狂，手舞足蹈，冲口唱出了这首七律。整首诗中，洋溢着诗人听闻胜利的喜悦，使读者感觉到他情感的奔放，仿佛字里行间都透着一个“喜”字。因此，这首诗被称作杜甫的“生平第一快诗”。

闻官军收河南河北

杜甫

jiàn wài hū chuán shōu jì běi chū wén tì lèi mǎn yī cháng
剑外[1]忽传收蓟北[2]，初闻涕泪满衣裳。
què kàn qī zǐ chóu hé zài màn juǎn shī shū xǐ yù kuáng
却看[3]妻子[4]愁何在，漫卷诗书喜欲狂。
bái rì fàng gē xū zòng jiǔ qīng chūn zuò bàn hǎo huán xiāng
白日放歌须纵酒，青春[5]作伴好还乡。
jí cóng bā xiá chuān wū xiá biàn xià xiāng yáng xiàng luò yáng
即从巴峡穿巫峡，便下襄阳向洛阳。

注释

① 剑外：指作者所在的蜀地。

② 蓟北：泛指唐代蓟州北部地区，当时是叛军盘踞的地方。

③ 却看：回头看。

④ 妻子：妻子和孩子。

⑤ 青春：指春天。

这首诗首联的气势就很猛烈，像一个晴空炸雷，“咔”的一声爆出了战争结束的消息——八年的安史之乱终于被平定了。上句交代了事件本身，下句写到了自己初闻此消息时的反应——“涕泪满衣裳”，听到这个消息，诗人喜极而泣，眼泪鼻涕把衣服都给浸湿了。说完自己，诗人开始说别人，“却看妻子愁何在”，回头看向妻子和儿女，他们的脸上哪里还有一点儿忧伤？一直挂在大家脸上的忧愁早已无影无踪。诗人自己更是“漫卷诗书喜欲狂”，没心思再继续伏案看书写东西了，随手卷起诗书，和大家一起分享这天大的喜悦。

《杜诗解》中说，这一句写得很妙，杜甫身在现在的四川剑阁以南，他为什么会在这里呢？因为安史之乱没有打到这里，他在这里避祸，每天只能靠写诗看书消磨时光，当胜利的消息传来，诗人的心思便早已经不在诗书上面了。一个“漫卷”写出了诗人的心不在焉，而这个心不在焉，恰恰说明诗人的心已经完全被胜利的喜悦占据了。

“白日放歌须纵酒，青春作伴好还乡”，颈联承接上文，从生活细节上细致地刻画了诗人的狂喜。“白日”就是晴朗的日子，诗人这个时候已经到老年了，老年人很难纵情纵性，放歌纵酒。但是诗人偏偏要在白日里放歌纵酒，这正是“喜欲狂”的反应。这里的“青春”并不是说诗人返老还童了，而是指春天的景物。诗人想象着春天已经来临，在鸟语花香中，和妻子儿女做伴，踏上还乡的旅途。杜甫的家乡在哪儿？河南洛阳附近的巩县（位于今河南省巩义市）。听到叛乱被平定的消息，杜甫恨不得插上翅膀，马上回家。

“即从巴峡穿巫峡，便下襄阳向洛阳”，尾联中提到的“巴峡”“巫峡”“襄阳”“洛阳”这四个地方之间的距离是很远的，但是，诗人用“即从”“便下”这些词，把它们贯穿在一起，给人的感觉就像是他已经踏上回家的路了，正在风驰电掣地往老家飞奔一样。而路上的风景，仿佛一个接一个地从读者面前闪过。古人对这首诗的评价极高，说这首诗看似语无伦次，实际上“意若贯珠”。也就是说，这首诗一会儿漫卷诗书，一会儿还乡，一会儿巴峡，一会儿洛阳，看似不符合常理和常态，却非常真实地展现了诗人那种无法抑制的喜悦，令人感同身受。读过这首诗，我们会觉得杜甫实在是可敬、可叹。吃得好、喝得好、住得舒服，都不能让他这么快乐，只有国家安定了，百姓生活安稳了，才能让他如此快乐。

有人问为什么大家会称呼杜甫为“老杜”，但是却没有人称李白为“老李”？有人问便会有人作答，这个答案耐人寻味：“因为杜甫未曾年轻，李白从未老去啊！”仔细读一读这句话，会让人很感动。李白给人的感觉一直都是“五陵年少金市东”，或者是“我本楚狂人，凤歌笑孔丘”“五岳寻仙不辞远，一生好入名山游”。李白的一生仗剑策马，对酒当歌，快意人生，朝气蓬勃，你怎么可能管这样的一个人叫“老李”呢？而杜甫呢？他给人的感觉似乎永远都是一个垂垂的老者。我们读他的诗，不是“南村群童欺我老无力”，就是“亲朋无一字，老病有孤舟”“海内风尘诸弟隔，天涯涕泪一身遥”。哪怕是杜甫年轻时写的诗，也充满了忧国忧民的家国之思。杜甫的一生确实太苦了，似乎很少有过轻松的时刻。一声“老杜”不是不尊敬他，更不是鄙薄他，正相反，是人们对他的敬重，敬重他在这样的际遇中，仍不改初心，写下了那么多伟大的诗篇。

不过，读了这三首诗，我们会对杜甫有更进一步的认识，我们不能用那种简单粗暴的评价，也不能用一两个词，去定位杜甫。杜甫一生留下了一千四百多首诗歌，题材是丰富的，风格也是多样的，可以说，杜甫写诗绝对是个多面手、全面手。叶嘉莹先生曾经说过，在中国诗歌演进的历史当中，杜甫是一个集大成的诗人，因为他有集大成的才能，也有集大成的度量，又恰好生在可以集大成的时代。我们看待杜甫本人和他的作品，要用全面的眼光去看待，不要被一些固化的评价所限制，他一生所作诗歌完整记录了自己一生，足以供后人研究。

【写作锦囊】

这三首诗里面有两首七言律诗和一首五言律诗。它们都是律诗，只不过有的是七个字的，有的是五个字的。在杜甫生活的时代，其他的诗体大致都比较成熟了，只有七律仍然在发展阶段，杜甫的七律为这种诗体的发展做出了重大的开拓和创建，可以说，七律是在杜甫的手中成熟和完善起来的。杜甫写的七律千锤百炼、工整严谨，在整个诗歌史上，达到了律诗写作的巅峰。杜甫也因此被誉为“律诗第一人”“七律第一人”。

《客至》这首诗，首联写景，中间两联言情，尾联升华主题，这是非常讲究的七律写法，就算不写诗，我们学习它的起笔、行文结构的排布、结尾的升华，写作文时也会有所助益，在结构上会有突出的表现。

历史是一面镜子

《蜀相》《咏怀古迹（其三）》

作为拥有数千年文明的国家，在历史的长河中，中国究竟涌现过多少可歌可泣的人物，都已无法细数了，这对我们后人来说，是一份丰厚的遗产。这些遗产也给诗人提供了大量的创作素材，所以，咏史之作在诗坛成了重要的写作题材。杜甫是个有博大胸怀的人，他明明身在草野之中，而心却在朝堂之上，他时时刻刻挂念的是天下苍生。因为胸襟高远，他的咏史诗也不同凡响，《蜀相》和《咏怀古迹（其三）》便是其中的佳作。下面，我们就来品读一下诗圣对历史人物、历史事件的感慨。《蜀相》咏的是诸葛亮，《咏怀古迹（其三）》咏的是王昭君。那么，杜甫为什么会想到去拜谒诸葛亮的祠堂？又为什么会写到王昭君呢？我们到诗中去寻找答案。

《蜀相》写于唐肃宗上元元年（760）的春天。756年，唐肃宗取代了唐玄宗，杜甫千辛万苦地去投奔他，但是唐肃宗对杜甫根本不重视，伤心的杜甫只得离开朝廷。后来杜甫去投奔他的好朋友严武，因而来到了成都。成都曾经是诸葛亮运筹帷幄的政治中心，杜甫来到这里，抚今追昔，自然要到诸葛亮的武侯祠去瞻仰一番。于是，便有了这首脍炙人口的咏史诗。

蜀相

杜甫

chéng xiàng cí táng hé chù xún jǐn guān chéng wài bǎi sēn sēn
丞相祠堂①何处寻？锦官城外柏森森。
yìng jiē bì cǎo zì chūn sè gé yè huáng lí kōng hǎo yīn
映阶碧草自春色，隔叶黄鹂空好音②。
sān gù pín fán tiān xià jì liǎng cháo kāi jì lǎo chén xīn
三顾频烦天下计③，两朝开济④老臣心。
chū shī wèi jié shēn xiān sǐ cháng shǐ yīng xióng lèi mǎn jīn
出师未捷身先死⑤，长使英雄泪满襟。

注释

① 丞相祠堂：即诸葛武侯祠。

② 映阶碧草自春色，隔叶黄鹂空好音：遮着台阶的青草自绿，树上黄鹂徒然发出好听的声音。映，遮蔽。

③ 三顾频烦天下计：指刘备为统一天下三顾茅庐，问计于诸葛亮。频烦，即频繁。一说多次烦劳咨询。

④ 两朝开济：指诸葛亮辅助刘备开创帝业，后又辅佐刘禅。开，开创。济，扶助。

⑤ 出师未捷身先死：指诸葛亮出师伐魏，未能取胜，于蜀汉建兴十二年（234）病死于五丈原（在今陕西岐山东南）军中。

首联中，诗人自问自答。一个“寻”字表明了什么？表明杜甫是专程去拜访丞相祠堂的，而不是顺道、随便地看一看。由此，我们继续联想，会意识到杜甫刚来成都，人生地不熟，那么，这个“寻”字的意义就更不一样了，它表达出了一种急切的心情。诗人在诗里用诸葛亮的生前职位称呼祠堂为“丞相祠堂”，没有像大多数人那样，按诸葛亮谥号“忠武侯”将其称作“武侯祠”，可以看出杜甫对诸葛亮是仰慕已久的，他是怀着一种崇敬的心情来拜访的。接下来，诗人来到了祠堂外，描绘了那里的景观。“锦官城外”点明了祠堂的所在地，“柏森森”渲染了一种安谧肃穆的气氛。

颔联描绘的是武侯祠内的景色，由外写进了内。上句中的“碧草”对下句中的“黄鹂”，一个是静态的，一个是动态的，动与静相互映衬，描绘了祠堂内优美的景色，那真是恬淡自然又富有生机。而上句中的“自春色”与下句中的“空好音”，却说明这里的景色虽然美，却没有人来欣赏，因此，杜甫的心情非常惆怅。对诸葛亮这位伟大的政治家，杜甫极为崇敬，联系到上文刚到成都时的迫切寻访，更能突出这一点，所以，在杜甫看来，应该会有很多崇拜者前来拜谒。可是现实让他失望了，就连武侯祠都没有人来拜谒，这会是一个什么样的世道啊？台阶上长满了苔藓、青草，证明此处少有人来。一个“空”字，把悲愤的感觉慢慢地渗透了出来。

于是，颔联自然而然开始了抒情。“三顾频烦天下计，两朝开济老臣心”讲的是三国时期的典故，“三顾”咱们都知道，讲的是刘备三顾茅庐，请诸葛亮出山的故事。“天下计”指的就是隆中对，诸葛亮在隆中对策，帮助刘备策划了怎么去统一天下。在这里，简单补充一下涉及的历史知识，隆中对策时，诸葛亮给刘备的建议是，以荆州、益州为根据地，整理内政，向东联合孙权，向北对抗曹操，先实现三分天下，再逐步扩大势力，一统中原。“两朝”指的是先主刘备和后主刘禅，“开”指的是帮助刘备开创基业，“济”是辅佐刘禅解决各种危机。为了统一天下，完成刘备的嘱托，诸葛亮鞠躬尽瘁，死而后已。“老臣心”三个字写出了诸葛亮的忠贞，同时也写出了他的辛劳。这两句写得很厚重，让人读起来黯然神伤。

“出师未捷身先死，长使英雄泪满襟”，尾联是让人感佩千年的名句。上句指的是诸葛亮为了伐魏，六出祁山的故事。234 年，诸葛亮最后一次北伐，率领蜀军占领了五丈原，并和魏国大将司马懿隔着渭河相持了一百多天，最后，诸葛亮是累死在军中的。下句中的“英雄”泛指所有仰慕诸葛亮的有志之士，诸葛亮的终身遗憾让杜甫惋惜不已，“长使英雄泪满襟”既是对诸葛亮壮志未酬的陈述，也是对英雄末路的惋惜。

几百年后，南宋名将宗泽看到统一无望，悲愤而死，临死的时候，便一直念叨着“出师未捷身先死，长使英雄泪满襟”。可见杜甫的这首诗，以及诗中所展现的诸葛亮的人格魅力，的确折服了无数的爱国志士。同时，很多爱国志士在表达自己报国无门的时候，也愿意引用这两句诗，或许也因如此，这两句诗成了千古流传的名句。

下面，我们再看《咏怀古迹》，这是一个系列的组诗，其中第三首写于杜甫寓居夔州时期。《咏怀古迹》这组诗共有五首，写了五位历史人物，分别是庾信、宋玉、王昭君、刘备和诸葛亮，王昭君是其中唯一的女性。杜甫到底在王昭君身上寄托了什么样的情感呢？让我们走进这首诗吧。

咏怀古迹（其三）

杜甫

qún shān wàn hè fù jīng mén　shēng zhǎng míng fēi　shàng yǒu cūn
群山万壑赴荆门①，生长明妃②尚有村③。
yí qù　zǐ tái　lián shuò mò　dú liú qīng zhǒng　xiàng huáng hūn
一去④紫台⑤连朔漠⑥，独留青冢⑦向黄昏。
huà tú　xǐng　shí chūn fēng miàn　huán pèi　kōng guī yè yuè hún
画图⑧省⑨识春风面⑩，环珮⑪空归夜月魂。
qiān zǎi pí pá zuò hú yǔ　fēn míng yuàn hèn qǔ zhōng lùn
千载琵琶作胡语⑫，分明怨恨曲中论。

注释

① 荆门：山名，在今湖北宜都西北。

② 明妃：王昭君，名嫱（qiáng），汉元帝宫人，西晋时避晋文帝司马昭的名讳，改称“明妃”。汉元帝竟宁元年（公元前33年）嫁匈奴呼韩邪（yé）单于。

③ 村：指昭君村，在今湖北秭归。

④ 去：离开。

⑤ 紫台：紫宫，宫廷。

⑥ 朔漠：北方的沙漠。

⑦ 青冢：指王昭君墓，在今内蒙古呼和浩特南，传说冢上草色常青，故名“青冢”。

⑧ 画图：汉元帝按图召幸宫人，宫人都贿赂画工。王昭君自恃貌美，不肯行贿，被画工丑化，不得皇帝召见。后来汉与匈奴和亲，令王昭君远嫁，汉元帝才知道她的美貌为后

宫第一，传说因此杀了许多画工。

⑨ 省：曾经。

⑩ 春风面：形容王昭君的美貌。

⑪ 环珮：妇女戴的装饰物。

⑫ 千载琵琶作胡语：传说王昭君在匈奴曾作“怨思之歌”，感叹在汉宫受到的冷遇。古乐府有《昭君怨》《明君词》《昭君叹》等曲辞。

这首诗的开篇极有气势，群山万壑，奔赴荆门。这种力量和气势让人觉得,如此壮美的山河必须有一位睥睨一切的英雄人物来配才行。结果一看第二句，这位英雄人物却是位弱女子——中国古代“四大美女”之一的明妃王昭君。王昭君是西汉人，本来是汉元帝时期的宫女，是一位倾国倾城的美人，后来她远赴匈奴和亲，为边境的和平做出了贡献，因此名传千古。

关于王昭君，有许多传说故事。传说，她美丽非凡，却因为不肯贿赂宫廷的画师毛延寿，被毛延寿给画丑了。那时候没有照相技术，凭借这么丑的画像自然不能被汉元帝挑中、选入后宫。在竟宁元年（公元前 33 年），汉元帝把宫女王昭君赐给了匈奴的呼韩邪单于。王昭君远赴大漠，出塞和亲。西晋时期，为了避讳（皇帝的名字中有哪个字，其他人就不能说、用这个字）司马昭的名字，王昭君被改称“王明君”。所以，你会在一些古籍或诗文中看到“明妃”的称呼，这便是指王昭君。王昭君生活的时代距离杜甫生活的大唐已经有大约七百年了，可直至此时，当地依然有当年的遗迹，可见这位传奇女子在历史中的分量。而诗人以群山万壑来衬托一位女子的身世，也能看出他对蕴含在王昭君身上的某种力量的一种肯定。那么，诗人到底看中了王昭君身上的什么力量呢？颔联告诉了我们答案。“一去紫台连朔漠，独留青冢向黄昏”，“紫台”和“朔漠”相对比，一面是金碧辉煌的皇家宫殿，荣华富贵，锦衣玉食；另一面是狂风袭漫的北方大漠，落差巨大。“独留青冢”有意地用黄昏这样的景色去衬托“青冢”，强化了这首诗的悲剧意味。

再看颈联，诗人开始发表感慨了：一张简单的画像，怎么能看出一个人是不是真正的美丽呢？王昭君的命运却由此注定。“环珮空归夜月魂”写的是昭君对故国的眷恋，虽然埋骨于青冢，但是她死后的灵魂依然会在月明之夜回到父母之邦，这是对故国、故乡的一种深沉的爱。

尾联点明了全诗的情感基调，那就是“怨”。那是一种对皇帝的怨恨，仿佛在替王昭君申诉：我拥有这样的姿容，皇帝怎么就不赏识我？除此之外，更重要的是一个远嫁异域的女子对故乡、故国的怀念，以及由此生出的幽怨。其实，杜甫正是看中了王昭君身上的这种感情。这种怨来自心底的爱，“千载琵琶”两句分明就是用正话反说的形式，表达了王昭君对故国最深沉的爱，这与诗人是一样的。杜甫说，如果月夜里你听到环珮叮当作响，那一定是昭君毅然归来的魂魄。在这里，诗人用一种浪漫的、富有凄迷色彩的笔调，生动地展现了昭君对故国、对家乡的思念，感人至深。

与其说诗人在写王昭君，不如说诗人是在写自己。王昭君美丽，杜甫有才华、有才干；王昭君遭到画师的陷害，杜甫在朝中也遇到了不少小人；王昭君心思故土，杜甫也一直在坚持“此生那老蜀？不死会归秦”。找到与所咏人、事、物的共鸣点，借他人的酒杯浇自己心中的快乐与忧愁，这是咏史怀古诗基本的特点。杜甫写诗，也常常借着对自身遭遇和往事的回顾宣泄“壮心久零落，白首寄人间”的苦闷和悲怆。

由于夔州一带有很多历史遗迹，比如白帝城、先主庙、武侯庙、八阵台、宋玉宅、昭君村等，诗人在闲暇时，就会登临凭栏，遥思千载，借着对从古到今这些历史人物的追怀和对历史事件的评述，以及对历史遗迹的描绘，来抒发自己无穷无尽的感慨。所以，诗人在寄居夔州期间，创作了比较多的咏史怀古诗。杜甫是有着济世安民抱负的伟大诗人，但他在仕途当中屡遭挫折，以至于老病飘零，落魄乡野，政治理想也没有办法实现。他的初衷世人皆知，他的诗歌集中体现了忧国忧民的情感，这是始终没有改变的。面对国事不宁、蜀中动乱、民不聊生的情景，诗人内心怎么可能平静呢？因此，他忧思的情感比任何时候都更加深沉，再加上这些古迹和古人背后的事迹所带来的情感，诗人用文字把它们凝练成诗，就成为怆怀身世、伤时忧国的咏史诗。

【写作锦囊】

这两首诗都是咏史怀古诗，但是写作手法不太一样。《蜀相》是典型的游记体。什么叫游记体？就是记“游”的过程，诗人以设问开篇，自问自答，首先表明自己要去参观武侯祠，紧接着描写在游览的过程中，他看到的自然景物和名胜古迹，并且以简单的语言追溯了诸葛亮的功绩。最后，“出师未捷身先死，长使英雄泪满襟”，这两句既是对诸葛亮壮志未酬的慨叹，也是对与他有着相似命运的英雄的惋惜。这首诗既写了景，也抒了情，情景交融，叙议结合，结构上完全遵循了律诗的起承转合，层次上有波澜，每个字都精雕细琢，炼字琢句，音调和谐，融合在一起，就形成了杜甫诗歌独特的语言魅力，一唱三叹，余味不绝。

再说《咏怀古迹（其三）》，这首诗主要运用的是对比和反衬的写作手法，尤其是“一去紫台连朔漠，独留青冢向黄昏”，这是用王昭君身死前后的巨大差异作对比，突出了她身世的坎坷。除此之外，诗人还用广阔的环境反衬昭君墓的凄凉和孤寂。其实，杜甫是想借王昭君有才华却不被赏识的历史，来抒发自己生不逢时、怀才不遇的苦闷。除了对比，还有类比，类比的内容是什么呢？就是他的拳拳爱国之心。这首诗气势雄浑，意境深远，也是一首堪称典范的七言律诗。

安史之乱的前奏，杨家奢华

《丽人行》

杜甫出生在一个奉儒守官的家庭，跟李白功成身退、修仙学道的人生理念不一样，他从小就有“致君尧舜上，再使风俗淳”的伟大理想，一心想走的是“达则兼济天下”的道路。但是，晚年的唐玄宗逐渐昏庸，奸相李林甫、杨国忠相继弄权，仕途的无望和生活的穷困让杜甫逐渐认清了社会的冷酷现实。所以，在杜甫的笔下诞生了大量忧国忧民的诗篇。《丽人行》是一首反映皇帝昏庸、朝廷腐败的佳作，整首诗比较长，“行”代表歌行体，是古体诗的一种，我们一起来读一读它吧。

丽人行

杜甫

sān yuè sān rì tiān qì xīn, cháng ān shuǐ biān duō lì rén

三月三日①天气新，长安水边②多丽人。

tài nóng yì yuǎn shū qiě zhēn jī lǐ xì nì gǔ ròu yún
态浓③意远④淑且真⑤，肌理细腻⑥骨肉匀⑦。
xiù luó yī cháng zhào mù chūn cù jīn kǒng què yín qí lín
绣罗⑧衣裳⑨照暮春，蹙金孔雀银麒麟。
tóu shàng hé suǒ yǒu cuì wēi è yè chuí bìn chún
头上何所有？翠微⑩匐叶⑪垂鬓唇。
bèi hòu hé suǒ jiàn zhū yā yāo jié wěn chèn shēn
背后何所见？珠压⑫腰衱⑬稳称身。
jiù zhōng yún mù jiāo fáng qīn cì míng dà guó guó yǔ qín
就中⑭云幕⑮椒房⑯亲，赐名大国虢与秦。
zǐ tuó zhī fēng chū cuì fǔ shuǐ jīng zhī pán xíng sù lín
紫驼之峰⑰出翠釜⑱，水精⑲之盘行⑳素鳞㉑。
xī zhù yàn yù jiǔ wèi xià luán dāo lǚ qiē kōng fēn lún
犀箸㉒厌饫㉓久未下，鸾刀㉔缕切㉕空纷纶㉖。
huáng mén fēi kòng bú dòng chén yù chú luò yì sòng bā zhēn
黄门㉗飞鞚㉘不动尘，御厨络绎送八珍㉙。
xiāo gǔ āi yín gǎn guǐ shén bīn cóng zá tà shí yào jīn
箫鼓㉚哀吟㉛感鬼神，宾从㉜杂遝㉝实要津㉞。
hòu lái ān mǎ hé qūn xún dāng xuān xià mǎ rù jǐn yīn
后来鞍马何逡巡㉟，当轩㊱下马入锦茵㊲。
yáng huā xuě luò fù bái píng qīng niǎo fēi qù xián hóng jīn
杨花雪落覆白苹，青鸟㊳飞去衔红巾。
zhì shǒu kě rè shì jué lún shèn mò jìn qián chéng xiàng chēn
炙手可热势绝伦，慎莫近前丞相㊴嗔㊵。

注释

① 三月三日：为上巳日，唐代长安士女多于此日到城南曲江游玩踏青。

② 水边：指曲江边。

③ 态浓：姿态浓艳。

④ 意远：神气高远。

⑤ 淑且真：淑美而不做作。

⑥ 肌理细腻：皮肤细嫩光滑。

⑦ 骨肉匀：身材匀称适中。

⑧ 绣罗：刺绣的丝织品。

⑨ 裳：古代指遮蔽下身的衣裙。

⑩ 翠微：薄薄的翡翠片。微，一作“为”。

⑪ 㔩叶：一种首饰。

⑫ 珠压：谓珠按其上，使不让风吹起，故下云“稳称身”。

⑬ 腰衱：裙带。

⑭ 就中：其中。

⑮ 云幕：指宫殿中的云状帷幕。

⑯ 椒房：汉代皇后居室，以椒和泥涂壁。后世因此称皇后为“椒房”，皇后家属为“椒房亲”。

⑰ 紫驼之峰：即驼峰，是一种珍贵的食品。唐贵族食品中有“驼峰炙”。

⑱ 翠釜：形容锅的色泽。釜，古代的一种锅。

⑲ 水精：即水晶。

⑳ 行：传送。

㉑ 素鳞：指白鳞鱼。

㉒ 犀箸：犀牛角做的筷子。

㉓ 厌饫：吃饱，吃腻。

㉔ 鸾刀：带鸾铃的刀。

㉕ 缕切：细切。

㉖ 空纷纶：厨师们白白忙乱一番，贵人们吃不下。

㉗ 黄门：宦官。

㉘ 飞鞚：即飞马。

㉙ 八珍：形容珍美食品之多。

㉚ 箫鼓：两种乐器名。

㉛ 哀吟：指音乐婉转动人。

㉜ 宾从：宾客随从。

㉝ 杂遝：众多，杂乱。

㉞ 要津：本指重要渡口，这里喻指杨国忠兄妹的家门。

㉟ 逡巡：原意为欲进不进，这里是顾盼自得的意思。

㊱ 轩：车的通称。

㊲ 锦茵：锦制的地毯。

㊳ 青鸟：神话中鸟名，西王母使者。后常被用作男女之间的信使。

㊴ 丞相：指杨国忠，天宝十一年（752）十一月为右丞相。

㊵ 嗔：发怒。

全诗共可分为三个部分，前十句是第一部分，描写了上巳佳节，曲江水边，踏青的丽人如云的场景。这天，天气晴朗，曲江水边聚集了许多美人，她们体态娴雅，姿色优美，衣着华丽。随后，便自然而然地引出了主角——杨氏姐妹，诗人用了许多美好的词语来形容她们娇艳的姿色。接下来的十句诗是第二部分，具体地描写了两位丽人——虢国夫人和秦国夫人。诗人写她们得到的宠幸，写她们使用器皿的雅致，写她们所用肴馔的精美，写她们欣赏的箫管多么悠扬。最后六句是第三部分，写出了杨国忠骄横跋扈、趾高气扬的样子。

下面，我们来仔细读一读这首《丽人行》。先来看第一部分，从字面上看，这首诗好像是在如实描写农历三月三日上巳节，杨氏姐妹在长安水边游玩的情景。实际上，仔细读来会发现，诗里充满了讥讽、调侃的意味。在这样华丽的辞藻间，杜甫要怎么展现他的讽刺呢？清代文人杨伦在《杜诗镜铨（quán）》中说得好："美人相，富贵相，妖淫相，后乃现出罗刹相，真可笑可畏。"意思是，杜甫先是展现杨氏姐妹的"美人相"，再写她们的"富贵相"，再写她们的"妖淫相"，最后揭露她们真实的面目——"罗刹相"。什么是罗刹？罗刹就是佛教中地狱里的恶鬼。

杜甫在写这首诗的时候，心里有着清晰的脉络，他的表达也是如此。先写她们的身姿和美貌，再写她们服饰的华贵，接着写她们举止的荒唐，最后写她们气焰的嚣张，就像层层剥笋，依次剥去了华丽外表，现出了奢靡骄纵的本性。

三月初三是传统的上巳节，在这一天“祓（fú）除”和“畔浴”是传统的习俗。所以，三月初三这天，长安的女子都会到水边戏水祈福。在这些女子中，最引人注目的是谁呢？当然是杨家姐妹了。下面，诗人对她们的外形进行了描写：“态浓意远淑且真，肌理细腻骨肉匀。”“态浓意远”是形容她们的神态高雅，“淑且真”是说她们真实而不做作。“肌理细腻骨肉匀”是形容她们身材匀称，皮肤细嫩，不管是从形还是从貌，无论按照哪个时代的标准来看，这都是大美人啊！

接下来，诗人又对她们的服饰进行了描写。她们穿的是什么？是绫罗做的衣裳，我们仿佛能穿越千年，看见那华贵的衣料光泽饱满，映衬着暮春的风光。绫罗做的华服上，还绣有金丝的孔雀、银丝的麒麟。她们的头上戴的是什么珠宝首饰呢？翡翠雕琢成的饰品垂挂在两鬓。从她们的背后能看见什么？能看到珠宝镶嵌的裙腰不仅稳当，而且合身。诗人用这样细腻的笔法描写了杨家姐妹的美丽。她们神态娴雅，姿色动人，衣着华美，处处透着高贵，看上去十分端庄。在这里，杜甫明显地借鉴了《诗经·鄘风》中《君子偕老》这首诗写作的风格和手法。《君子偕老》讽刺的是卫宣公夫人宣姜的荒淫，但它不是一上来就骂宣姜有多荒淫，而是先极力描写她身体的美丽、姿态的优美和服饰的华美，让外表的美丽和内心的丑恶形成一种强烈的对比，带给人们深深的触动。杜甫用的就是这种写法，先写杨氏姐妹有多漂亮，穿得有多好，然后自然而然地从“穿得好”延续下去，对她们奢侈的生活进行描写。

“就中云幕椒房亲，赐名大国虢与秦”两句，杜甫很明确地点出他所写的对象是虢国夫人和秦国夫人，这不禁让人钦佩杜甫的勇气。椒房是汉代皇后住的地方，“椒房亲”的意思就是皇后的亲属。“紫驼之峰出翠釜，水精之盘行素鳞”描写的是她们的饮食。“紫驼之峰”就是驼峰，这是一种珍贵的食材，唐朝贵族的食谱当中便有驼峰这道菜。“釜”指的是古代的一种锅，“翠釜”是一种非常名贵的锅；“水精”就是我们现在说的水晶。“翠釜”和“水精之盘”代表了她们使用食器的精美和奢华。“素鳞”是指白鳞鱼，与前面的驼峰一样，都是珍贵的食材。用精美的器皿盛装着珍贵的食材，她们的生活可谓奢华至极。

诗写到这里，能看得出来它的结构十分清晰。接下来，“犀箸厌饫久未下，鸾刀缕切空纷纶”，开始表现“丽人”的“妖淫相”了。“厌饫”是吃腻了的意思，对于这些别人见都没见过的食物，杨家姐妹却捏着犀角做的筷子，久久不动，因为这些珍馐对于她们来说司空见惯，已经吃腻了。厨师们快刀细切，空忙了一场。

“黄门飞鞚不动尘，御厨络绎送八珍”更是描绘了她们所得的圣眷有多浓。“黄门”指的是宦官，“飞鞚”是飞马而来。内廷的太监们一看，哟，几位夫人不爱吃这些菜，立刻快马加鞭赶回宫中报信。

不一会儿，天子的御厨房就络绎不绝地送来了各种各样的山珍海味。两位夫人不爱吃驼峰，不爱吃白鳞鱼，皇帝的“八珍”立刻就来了。“八珍”可不是代表只有八道菜，而是形容珍美的食品之多。有个细节令人惊叹：内廷太监飞马去宫里报告，路上不起一点儿灰尘，这是为什么呢？这一定是因为路上已经洒过水、除过尘了。这是何等的规格、何等的排场！杨家姐妹的奢侈已经到了我们难以想象的地步。笙箫鼓乐齐鸣，缠绵宛转，感动鬼神。而她们的身边呢，也坐满了宾客，那尽是达官贵人，从这姐妹俩，写到了她们身边的人，更烘托了其炙手可热。

下面，诗文行到了第三部分。前面诗人都是在暗讽，而后面的部分，诗人已经开始明着讽刺了。“后来鞍马何逡巡”中的“后来鞍马”指的是谁？后来，而且可以直接进来，那自然是丞相杨国忠了。“逡巡”本来的意思是徘徊，不过，在这首诗的情境里，杨国忠用不着徘徊，因此在这里代表缓慢而行，旁若无人。“茵”就是地毯，“锦茵”是指华美的地毯。这两句连起来，就还原了一个场景：最后一个来的是丞相杨国忠，他旁若无人地下马，走进了虢国夫人的帷帐。接下来的“杨花雪落覆白苹，青鸟飞去衔红巾”蕴含了两个典故。“杨花”就是指飘浮的柳絮，“白苹”是指水上的浮萍，它们都是随风飘摇的事物，有轻浮的隐藏含义。与此相关的典故发生在南北朝时期。北魏名将杨大眼的儿子杨白花武艺出众，相貌堂堂，当时正在寡居的胡太后和他发生了私情，杨白花担心会被人发现，就逃到了南方的梁国。

胡太后很想念他，便为他写了一首诗，诗名就叫《杨白花》。所以，后来“杨花”就成了影射暧昧关系的典故。下句中的“青鸟”是传说中西王母的使者，后来，代指男女之间的信使。很明显，这两句是诗人在讽刺杨国忠和虢国夫人之间的不正当关系。

最后，诗人说：“炙手可热势绝伦，慎莫近前丞相嗔。”在这里，诗人没有直接指责杨国忠，而是温和地劝说旁人：千万不要走近这对姐妹，别看她们美丽，你一旦接近她们，丞相就会发怒，丞相一发怒，那后果可是很严重的！这两句绵里藏针，讽刺得幽默又辛辣，非常含蓄又十分尖锐地点出了杨家兄妹骄纵荒淫、飞扬跋扈的样子，也极尽了杜甫的批判之意。

杜甫的这首《丽人行》写于天宝十二载，也就是753年的暮春。暮春就是春天的第三个月，此时距离安史之乱爆发只剩两年的时间了，我们可以把这首诗看作安史之乱的前奏。在杜甫写这首《丽人行》之前，朝廷也发生了一系列的变故。首先是杨贵妃的哥哥杨国忠被破格提拔，扰乱了朝廷。杨国忠本名叫杨钊，“国忠”是唐玄宗赐给他的名字。唐玄宗不但赐给他名字，还任命他当丞相。唐玄宗纵情声色，不务朝政，朝政都由杨国忠说了算。在杨国忠之前的丞相是李林甫，李林甫也是奸相，他口蜜腹剑，排除异己，但是客观来讲，李林甫在治国方面还是挺厉害的。而杨国忠，那就是纯粹的关系户了，他完全没有治国理政的能力，朝廷被他搅得乱了套。随着杨贵妃一家子鸡犬升天，关系混乱，风俗和舆论也被扰乱了。唐玄宗不仅封赐了杨贵妃的大哥，还封杨贵妃的大姐为韩国夫人，三姐为虢国夫人，八姐为秦国夫人。当时的人称杨国忠为“雄狐”，狐狸的气味很难闻，人们这是在骂他臭不可闻，道德败坏。

而这一切的源头——唐玄宗，还在劳民伤财地维系杨贵妃更加奢靡无度的生活，让百姓怨声载道。有一个典故，无人不知，那就是“一骑红尘妃子笑，无人知是荔枝来”。因为杨贵妃喜欢吃荔枝，唐玄宗就派快马日夜不停地从千里之外为她传送荔枝。这么劳民伤财，只为了博妃子一笑，这得多让百姓伤心呀。另外，唐玄宗每个月都赐给几位夫人脂粉钱，光是脂粉钱，每月就有十万钱！当时的一斗米相当于现在的十二斤米，十二斤米才卖五文钱，换算一下，十万钱是多么大的一笔巨款啊！我们可以想象，他们的生活是多么奢侈。这种种行径都会引发百姓的无尽怨言，看到这种情况，忧国忧民的杜甫当然就会痛心疾首了。所以，杜甫在诗里，对扰乱朝廷、伤风败俗、奢侈腐化的行为一一进行了尖锐的批判和讽刺。

但是，只从字面上来看，你是看不出他的怨气和怒气的，因为他的用词非常典雅。清代学者王夫之称赞这首《丽人行》是“杜集中第一首乐府”。包括《唐诗三百首》在内，几乎所有的唐诗选本，都会选用这首诗，可见这首诗的影响之大！

【写作锦囊】

这首诗的结构是非常值得学习和借鉴的，它的反讽、正讽等一些语意深长的写法，也可以用在我们的写作中。这首诗和一般的讽刺诗是不一样的，清代学者浦起龙说：“无一刺讥语，描摹处语语刺讥；无一慨叹声，点逗处声声慨叹。”意思是，这首诗从头到尾没有一处直接的讽刺，创作态度很平实，笔调冷静细腻，描写的场面和情节也都是写实的，毕竟杜甫是现实主义诗人。就是在这不着一处讥语的平铺直叙中，诗人实现了揭露黑暗腐朽现实的效果。这需要很高的文学素养，需要很深的写作功底。这首诗的精妙值得我们细细品味。

于高山之巅看尽人生沉浮

《望岳（其一）》《登高》

在中国的传统文化中，泰山处于非常重要的位置。山之高而尊者为岳，古代有“五岳”之说，东岳泰山是五岳之首。两千多年前，孔子曾经“登东山而小鲁”，意思是登上东山，认为鲁国非常小；登上泰山，则“小天下”。很多文人墨客都曾在泰山留下精彩美妙的诗章，杜甫的《望岳（其一）》也是其中之一。

人们对杜甫诗的印象，大多是悲凉、严肃的，但事实上，杜甫年轻时，也曾踌躇满志，《望岳（其一）》便是杜甫年轻时的作品。这时的杜甫有多年轻呢？二十四岁。二十四岁的杜甫过着一种裘马轻狂的漫游生活。这首诗的字里行间洋溢出青年杜甫对未来人生的憧憬和希望。一起来看看杜甫年轻时的样子吧！

望岳（其一）

杜甫

dài zōng fú rú hé qí lǔ qīng wèi liǎo
岱宗①夫如何？齐鲁青未了②。
zào huà zhōng shén xiù yīn yáng gē hūn xiǎo
造化钟神秀③，阴阳割昏晓④。
dàng xiōng shēng céng yún jué zì rù guī niǎo
荡胸生曾云⑤，决眦入归鸟⑥。
huì dāng líng jué dǐng yì lǎn zhòng shān xiǎo
会当⑦凌绝顶⑧，一览众山小。

注释

① 岱宗：指泰山。

② 齐鲁青未了：泰山横跨齐鲁，青色的峰峦连绵不断。齐鲁，指齐与鲁，周代分封的两个诸侯国，在今山东

一带。青，指山色。未了，不尽。

③ 造化钟神秀：大自然将神奇和秀丽集中于泰山。造化，指天地、大自然。钟，聚集。

④ 阴阳割昏晓：山的南北两面，一面明亮，一面昏暗，截然不同。阴阳，古人以山北水南为阴，山南水北为阳。割，分。

⑤ 荡胸生曾云：层云生起，使心胸震荡。曾，同“层”。

⑥ 决眦入归鸟：张大眼睛远望飞鸟归林。眦，眼眶。

⑦ 会当：终当，终要。

⑧ 凌绝顶：登上泰山的顶峰。凌，登上。

一开篇，诗人首先自问：泰山怎么样？然后自答：你看啊，青翠的颜色一直由齐地绵延到了鲁地。一句“岱宗夫如何”表达了诗人见到泰山时的激动心情，这可是传说中的泰山啊！“夫如何”三个字表达出了他的惊叹和仰慕之情，是非常传神的。“岱”是泰山的别名，我们都知道，“五岳”是五座大山，而泰山是五岳之首，所以称泰山为“岱宗”。“齐鲁青未了”是写泰山之高。在古代，齐国和鲁国是两个大国，而在这两个大国的国境外，仍能远远地看见横亘在那里的泰山，足以证明泰山之高，这是一个侧面描写，用距离的远，来烘托出泰山的高。泰山之南为鲁，泰山之北为齐。所以，这句话也一举多得地写出了泰山的地理特点。我能不能用“齐鲁青未了”去形容华山？形容嵩山？不能，因为齐、鲁只在泰山旁边，所以杜甫写的这句诗，连仿写都不好仿写。

接下来，诗人开始了对泰山的具体描写，“造化钟神秀，阴阳割昏晓”，上句中的“造化”是指上天，感叹上天把这样美好的景色给了我们；而下句中的“阴阳”指的是山两边有不同的景色，这还是在从侧面形容山之高，一座山能把太阳遮蔽，分割早上和晚上，极言泰山之气势。一般而言，山前向日的一面叫作阳，山南为阳，山后背日的一面叫作阴。水正好相反。天色当中的昏晓，就是指它的暗和亮。山有阴阳两面，这本来是很正常的现象，就算是我们住的房子，也分阳面和阴面，但是作者用一个“割”字，就写出了泰山的高大。就好像泰山往这儿一“站”，光线立刻就不一样了，表现了一种主宰的力量，这个力量不是别的，是泰山的高度。与首联的“青未了”对应，在这一联中，作者继续形容泰山之高。前面说的是泰山的整体气势，而这里说的是泰山的高度，突出了泰山遮天蔽日的形象。用笔就能赋予泰山如此雄浑的力量，杜甫真不愧是“语不惊人死不休”啊！

接下来的“荡胸生曾云”形容人站在山上时，心中油然而生的激荡。当人在这高山上俯瞰，看呆了、看愣了的时候，就自然而然会“决眦入归鸟”了。“决眦”非常传神，体现出看到这样的美景时诗人入迷的心态，他使劲儿地睁大双眼去看，视线中，出现了投林的归鸟。这说明了什么呢？说明已经到了傍晚时分。我们想想，一般登山都会早起，而此时已经到晚上了，诗人还舍不得离去，仍旧站在山顶，呆呆地、尽情地望着，此中蕴藏着诗人对大好河山的热爱。这里借鸟的飞动，衬托出了诗人的静止，再以诗人的静，衬出泰山的巍峨和伟大。

最后，在这样巍峨的泰山之上，诗人自然会生出一些感想：我还想登到最高峰，这样的话，便能一览群山！这是怎样的一种豪迈啊！从“望岳”到“登岳”，诗人的情感又进了一步。这最后两句诗，再一次突出了泰山的高峻，突出了诗人傲视一切的心胸和气魄。“会当”是一定要的意思，这一下子就体现出了诗人的壮志，他要登到最高的山上去，“一览众山小”！山这么高，别人可能望而生畏，但是诗人不怕困难，敢于攀登绝顶！这样的壮志也是杜甫能够成为一个伟大诗人的关键所在，是一切有所作为的人不可缺少的。

如果用快问快答来描述这首诗的内容，会是怎样的呢？首先提问：“岱宗夫如何？”回答：“齐鲁青未了。”这样的“岱宗”是谁给的？答：“造化钟神秀。”这山有多高？答：“阴阳割昏晓。”诗人此刻身处何处？答：“‘荡胸生曾云’之处。”在山巅做什么呢？答：“决眦入归鸟。”在想什么呢？答：“会当凌绝顶，一览众山小。”

杜甫的《望岳》一共有三首，分别咏东岳泰山、南岳衡山和西岳华山。诗题中的“望”表现的并不是诗人站在山顶俯视大地的情境，而是身处平原，仰望高峰的状态。诗人没有登上泰山，但是他表达了登山的愿望。这是杜甫早年之作，境界开阔，观察精微，用语非常准确，志向也非常豪迈。

然而，可悲的是我们作为后人，能清晰地看到杜甫的一生，看到他在宦海奋力拼搏却漂泊一生，郁郁不得志。他生活在唐王朝由盛转衰的时期，这更加剧了他人生的悲剧色彩。他的一生，只有在成都草堂的时候还算稍微安定一点儿，但是，好友严武去世后，他又不得不离开成都。

后来，他辗转来到了夔州，在夔州也盖了草房，准备定居。可这时候他已经失去了经济来源，加上一身病痛需要钱医治，所以经济压力很大。可是，面对经济的窘迫，杜甫的思想压力反而轻了。这是因为他不再考虑官场上的是非了，仕途进阶的路径彻底断了，他开始集中精力来写诗。他在夔州写的诗，应该能占他这一辈子写的所有诗歌的七分之二，下面这首《登高》便写于此时。

这天是重阳节，人们有登高的习俗，于是，杜甫便登高，作了这首《登高》。有人评价这首诗是“七律之绝”“七律之冠”。写这首诗时，诗人已经五十六岁了，五十六岁登上夔州白帝城外的高台，他看到的是什么情景呢？我们到这首诗中去看一看吧。

登高

杜甫

fēng jí tiān gāo yuán xiào āi　zhǔ qīng shā bái niǎo fēi huí
风急天高猿啸哀，渚清沙白鸟飞回[1]。
wú bian luò mù xiāo xiāo xià　bú jìn cháng jiāng gǔn gǔn lái
无边落木[2]萧萧[3]下，不尽长江滚滚来。
wàn lǐ bēi qiū cháng zuò kè　bǎi nián duō bìng dú dēng tái
万里[4]悲秋常作客，百年[5]多病独登台。
jiān nán kǔ hèn fán shuāng bìn　liáo dǎo xīn tíng zhuó jiǔ bēi
艰难苦恨繁霜鬓[6]，潦倒[7]新停[8]浊酒杯。

注释

①鸟飞回：鸟（在急风中）飞舞盘旋。

②落木：落叶。

③萧萧：草木摇落的声音。

④万里：指远离故乡。

⑤百年：这里借指晚年。

⑥艰难苦恨繁霜鬓：意思是，一生艰难，常常抱恨于志业无成而身已衰老。艰难，指自己生活多艰，又指国家多难。苦恨，极恨。繁霜鬓，像浓霜一样的鬓发。

⑦潦倒：衰颓，失意。

⑧新停：刚刚停止。杜甫晚年因病戒酒，所以说“新停”。

这是一首律诗，分两个部分：前四句写景，后四句抒情。诗人描绘了什么样的景呢？首联一共出现了六个景物：风、天、猿、渚、沙、鸟。这六个景物不是简单堆砌，而是诗人登到高处时的直观感受。诗人登上山巅，首先感受到的是迎面而来的疾风，“风急”的情况下，人自然而然会想要抬起头，随后便见到高高的天，“天高”使诗人感到了一种空旷和茫然，于是，他低下头、闭上眼，听觉骤然变得敏感了，因此，他听到了“猿啸哀”。

刚才是抬头看，随后是往下看，诗人看到了水中间的沙洲，这就是“渚”。这沙洲从远处看去，显得如此凄清，两边的沙地是如此惨白，天幕下，只有鸟儿徘徊。青与白给人一种凄凉的感受，鸟儿飞来又飞去，仿佛也在彷徨。如此一来，孤独之感、悲哀之情油然而生。这六种景物浑然一体。杜甫描绘出一幅山水画，让我们借着诗人的视角，上下左右地瞭望天地。

这首诗的诗意十分悲凉，六景有近有远，近景有天色，远景有渚的清、沙的白；有动有静，动景是“猿啸哀”“鸟飞回”，静景是群山和天空。一句“渚清沙白”让读者确定，这首诗是冷色调的。而且，结合杜甫病弱老迈的身体情况，即便不写他登高怎样艰难，不去听他在登高时急促的呼吸声，也能感觉到他是好不容易才登上高处的。

颔联中，诗人写出了夔州秋天的典型特征，“无边”打开的是漫漫无边的空间，“落木”中的“木”指的是干枯的叶子，“落木”给人一种萧瑟之感。江水一般表示时间的流逝，“不尽长江滚滚来”就表达了韶光易逝，诗人壮志难酬的心情。这沉郁而悲凉的对句在后世广为传诵。为什么这句话能写得如此生动呢？仔细一想，“无边落木”就像打开了宇宙空间一般，“落木”二字又带有一种萧瑟感。放眼一看，“不尽长江”则拓展了历史的宽度和生命的广度，从时间的角度来说，江水滚滚而来，也会滚滚而去，正如时间的洪流一般。这前四句都是在写景，由个人的感受写到景观的变化，最后从整体上描写风景的全貌。

后四句中，诗人由景写到了情。他想到了自己的生活，“万里”是形容他的漂泊；“悲秋”是他常有的情感；“常”是指这种情绪是他生活的常态；一个“客”字，更是展现了诗人的漂泊羁旅之愁。“百年”是一个形容词，诗人感慨自己已经老了；“多病”是指他身体不好的现状，“独”是诗人现在的孤独的心理状态，诗人怀揣着这样的心理，“登台”望远之后，更感凄凉。

杜甫诗的沉郁顿挫、气势豪迈体现在哪里？首先，他能把时间拓开；其次，他又把空间展开；最后，在颈联和尾联又把视角拉回微观，让读者感觉到杜甫的视角能大能小，收放自如。通过这首诗，我们能体会到杜甫的“八大悲伤”：悲秋乃第一悲，令人黯然神伤；漂泊“万里”，距离家乡甚远，此乃第二悲；“常作客”这种伤感之情，始终萦绕着诗人，是第三悲；老与病是诗人的第四悲与第五悲；孤独是他的第六悲；登高望远后感觉到天地苍茫，是第七悲；而在重阳节当日望远怀乡，则是第八悲。“万里悲秋”虽是抽象的，却被寄予了诗人感伤的情绪。他不是借着生活中的具体事物写悲伤，而是把自己独在异乡、晚景凄凉、壮志难酬的那种孤独惆怅，与深秋的荒凉景色合二为一，让它们水乳交融，让这首诗达到出神入化的境界。

最后，诗人把这八大悲伤凝聚到了一个人身上，就是他自己。“艰难苦恨繁霜鬓”中的“霜”表示诗人的头发已经开始斑白。诗人形容自己是“潦倒”的，他是个很爱喝酒的人，此时却也要因多病的身体和悲凉的心境“新停浊酒杯”。

诗人从秋天的景写到了悲伤的人，写到了自己拖着老病的身躯独自登上高台，写到了他异乡怀人的情感，诗尾的“艰难苦恨”四个字，每个字都可以单独表示一种感情，当这四个字组合在一起，就浓墨重彩地写出了诗人内心的痛苦。此时的杜甫，漂泊辗转，已到人生的暮年，壮志未酬，又如此多病，一时间，所有的愁绪纷纷涌上来。别人都是借酒浇愁，杜甫却让这种愁停在了酒杯中。比借酒消愁更加悲伤的，是连酒都用不了，护病断饮，不得不戒酒。而杜甫如此悲凉的根本原因是什么呢？是时世艰难，潦倒不堪，以及他忧国伤时的情感。

【写作锦囊】

《登高》一共八句，正常情况下，律诗要求中间两联严格对仗，但是杜甫这首诗，却四联皆对仗。所以，有人评价这首诗为“皆古今人必不敢道，决不能道者”，意思是，这首诗，别人不敢这么写，也绝对写不出来，只有“诗圣”杜甫做得到，这样的情怀和实力，也是他能被后人奉为“诗圣”的原因所在。

希望有广厦千万间，庇护天下寒士

《茅屋为秋风所破歌》

看到这首诗的题目，你是不是好奇其中的“茅屋”是什么？这里的“茅屋”指的是著名的杜甫草堂，也就是杜甫在成都浣花溪畔的一座茅屋，这是杜甫历经战乱之后，好不容易找到的一个安身之处。“为秋风所破”就是“被秋风破坏了”的意思，在文言文当中，它是一个被动的句式。大家就可以想象一下，这茅屋得有多么破旧、多么单薄，才会被一阵秋风吹破了呀！

此时安史之乱尚未平息，诗人在悲苦的战乱背景下，写下了这篇脍炙人口的名篇。看到诗题中的“歌”字，我们便知道，这是一首古体诗，一起来读一读它吧！

茅屋为秋风所破歌

杜甫

bā yuè qiū gāo fēng nù háo juǎn wǒ wū shàng sān chóng máo máo fēi dù jiāng
八月秋高风怒号，卷我屋上三重茅[1]。茅飞渡江
sǎ jiāng jiāo gāo zhě guà juàn cháng lín shāo xià zhě piāo zhuǎn chén táng ào
洒江郊，高者挂罥[2]长[3]林梢，下者飘转沉塘坳[4]。

nán cūn qún tóng qī wǒ lǎo wú lì rěn néng duì miàn wéi dào zéi gōng rán
南村群童欺我老无力，忍能对面为盗贼[5]。公然
bào máo rù zhú qù chún jiāo kǒu zào hū bù dé guī lái yǐ zhàng zì tàn xī
抱茅入竹去，唇焦口燥呼不得[6]，归来倚杖自叹息。

é qǐng fēng dìng yún mò sè qiū tiān mò mò xiàng hūn hēi bù qīn duō
俄顷[7]风定云墨色，秋天漠漠[8]向昏黑[9]。布衾[10]多
nián lěng sì tiě jiāo ér è wò tà lǐ liè chuáng tóu wū lòu wú gān chù yǔ
年冷似铁，娇儿恶卧踏里裂[11]。床头屋漏无干处，雨
jiǎo rú má wèi duàn jué zì jīng sāng luàn shǎo shuì mián cháng yè zhān shī hé
脚如麻[12]未断绝。自经丧乱[13]少睡眠，长夜沾湿何
yóu chè
由彻[14]！

ān dé guǎng shà qiān wàn jiān dà bì tiān xià hán shì jù huān yán fēng yǔ
安得广厦千万间，大庇天下寒士[15]俱欢颜！风雨
bú dòng ān rú shān wū hū hé shí yǎn qián tū wù xiàn cǐ wū wú lú dú pò
不动安如山。呜呼！何时眼前突兀[16]见此屋，吾庐独破
shòu dòng sǐ yì zú
受冻死亦足！

注释

① 三重茅：多层茅草。

② 挂罥：挂着，挂住。罥，挂结。

③ 长：高。

④ 沉塘坳：沉到池塘水中。坳，低洼的地方。

⑤ 忍能对面为盗贼：竟然狠心这样当面做抢掠的事。忍，狠心。能，如此、这样。

⑥ 呼不得：喝止不住。

⑦ 俄顷：一会儿。

⑧ 漠漠：阴沉迷蒙的样子。

⑨ 向昏黑：渐渐黑下来。向，接近。

⑩ 衾：被子。

⑪ 娇儿恶卧踏里裂：孩子睡相不好，把被里蹬破了。

⑫ 雨脚如麻：形容雨点不间断，像下垂的麻线一样密集。

⑬ 丧乱：战乱，指安史之乱。

⑭ 何由彻：如何挨到天亮。何由，怎能、如何。彻，到，这里是“彻晓”（到天亮）的意思。

⑮ 寒士：贫寒的士人。

⑯ 突兀：高耸的样子。

这首诗很长，但我们可以把它分为四段来读。

前五句是第一段，是简单的叙事。“八月秋高风怒号，卷我屋上三重茅”交代了“茅屋为秋风所破”的起因。这句诗里的八月是农历八月，换算成公历，差不多是九月中到十月中期间。这时候，天空高远澄澈，于是便有了“秋高”的形容。这个时节，刮大风是常见的天气，诗人作诗这天，便是大风天。“风怒号”三个字给读者描绘了一种音响宏大、秋风咆哮的场面，一个“怒”字，把秋风拟人化了，迅速把读者拉入诗人描绘的情境之中。那么，风刮得这么大，会有什么样的结果呢？结果就是“卷我屋上三重茅”。我们想想，杜甫好不容易盖了这座茅屋，刚刚定居下来，结果秋风怒吼而来，卷起屋顶的“三重茅”，吹破了茅屋！“三重茅”并不是说茅草刚好被卷走了三层，而是指层层叠叠的茅草。“三重茅”被吹到哪里去了呢？它们被吹到江的另一面去了。抬头往上看，有些飘得高的茅草被挂在了树林的树梢之上，很难取下来。飘得低的茅草随风旋转飘进池塘，直接沉到池塘里去了，很难收回。

接下来的五句诗是第二段，顺应着前一段的发展，也是对前一段的补充。如果说第一段描写的是“天灾”，那么第二段就描述了一段“人祸”。在“三重茅”“洒江郊”之后，诗人非常心疼，追着茅草而去，想捡一些回来。可是，就在这时候，来了一群“熊孩子”，欺负诗人“老无力”，当着他的面就把茅草抢走了。如果是撞见有力气的青年人，这些小孩还敢这样嚣张吗？那自然是不敢的，可诗人此时“老无力”，便只得看他们“忍能对面为盗贼”。这个“忍能”里面，饱含了诗人的情感：你们怎么能忍心在我眼前做盗贼呢？读到这里，你是不是心里一顿，盗贼？小孩淘气捡点儿草，怎么就成盗贼了呢？实际上，诗人只是借此表达自己“老无力”、任人宰割的愤懑心情，并不是直接给小孩们定罪。接着上一句的情节，诗人只得眼睁睁地看着“南村群童”“公然抱茅入竹去”。诗人一路追，一路呼喊着他们，都喊得口干舌燥了，却还是没能追回茅草。或许，这些孩子也十分需要这些茅草，也许他们是需要茅草当床铺，或是搭建他们的窝棚，毕竟，如果不是十分穷困，谁也不会冒着狂风，抱走那些并不值钱的茅草。可怜的诗人，一路追，一路找，一路喊，到最后，只能拄着杖走回来了。追了半天，也没追回来，他只能“自叹息”，他会叹息什么内容呢？或许，他会感慨风吹屋破，无处安身；或许，他会感叹别人不能给予自己同情；或许，他会联想到像自己这样又苦又穷又无力又年老的人，是不是还有许多？

接下来的八句，是第三段。“俄顷”二字表现出风云突变，浓墨重彩地大笔渲染出愁惨的氛围，与诗人的情绪一样，非常黯淡。终于，风不吹了，但是天上浓云密布，天色一点一点地黑了下来。回到家里抬头一看天，糟了！要下雨了！被卷去了三重茅的家现在是什么样的呢？诗人用“布衾多年冷似铁，娇儿恶卧踏里裂”来形容家中的惨状。大家可以想象一下那个场景，诗人的被子已经盖了很多年，里面的棉花都硬邦邦的，盖在身上冷似铁。可这仅有的被子，还被家中的娇儿踹裂了。因为下着大雨，“床头屋漏无干处，雨脚如麻未断绝”。诗人用一张被子便把茅屋外部的冷雨和茅屋内部的环境都写了出来，而最让人绝望的是，这种情况不仅仅发生在这一天晚上，自从安史之乱开始，诗人就没睡过一个好觉。“自经丧乱”这四字一出，诗人忧国忧民的感情就表现出来了，是因为战乱频发，国家残破不堪，才会有诗人的风雨飘摇。自从有了动乱之后，诗人的睡眠就少了，今天晚上，就更是一个不眠之夜了。这样的不眠之夜，诗人将如何度过呢？“布衾冷似铁”的艰苦环境激发出他进一步的联想，其他人是不是也有类似的处境？接下来的诗句便水到渠成、自然而然地来到最后的议论和抒情了。

让我们来猜一猜，面对这样的情况，诗人会如何呢？是怨天、怨地、怨人，埋怨命运的不公？还是请求老天爷赐他茅屋，让他住得舒服一点儿？最后一段的六句诗告诉了你我答案，杜甫这位“诗圣”不是常人，他想到的是“安得广厦千万间，大庇天下寒士俱欢颜”。若有高大又舒适的房屋千间、万间，能让天下受苦受难的人得到庇佑，想来，他们都会露出开心的笑容吧。一句“千万间”让我们看到了诗人豁达的境界和美好的希望。是什么让诗人展开“欢颜”？是他自己住上多么好的房子吗？让天下受苦受难的人都展开笑颜才是诗人的心愿。杜甫说：我的茅屋是被风雨撼动、摧残的，但没关系，每个人都有风雨吹不动的、稳如山的庇所，才是我的愿景。这时候，诗人太希望能有理想中的安居之所了，于是，他大喊一声“呜呼！”，这个“呜呼”就是“唉”的意思，直言若这样的房子能突然出现在眼前，就算是自己的房子破了，自己受冻了，都心满意足。这是多么博大的胸襟、多么崇高的理想啊！并非自己想要特别好的生活条件，而是希望天下的百姓别受这个苦，这是伟人才有的思想境界。

杜甫在这首诗里写到了他的痛苦，但是读完之后，我们发现，他不只是为了写自己的痛苦，而是从自身扩展开来，展现更多悲惨之士的痛苦，他想要呼吁起社会对民众的关注。诗人这种忧国忧民的恻隐之心，一直感动着无数后来人。这间“为秋风所破”的茅屋始建于760年。759年，杜甫携家带口来到成都，次年，在朋友的帮助下，在成都浣花溪畔，盖起了一座茅屋，开始了暂时安定的生活。这个茅屋就是杜甫草堂的前身。杜甫这一生有一千四百多首诗歌流传后世，他在这间茅草堂里住了四年，写了超过二百四十首诗，这间草堂极大地激发了他的创作热情，杜甫草堂也因为这些诗作而名扬天下。

【写作锦囊】

我们来看看第一段诗描述的画面，先是风吹，然后是茅草飞，茅草飞过江，上看挂树梢，下看沉水潭。这里面，诗人用了一系列动词，号、卷、飞、渡、洒、挂、飘、转、沉，这几个动词不仅构成了一幅幅鲜明的图画，而且表现出了一种动态。诗人不是呆呆地看着事情发生，他的视线、心弦都被茅草飘忽的行动路线吸引着。他的高明之处在于，没有抽象地说：“啊！风来了，好冷啊！啊！我的房子破了！”而是让你身临其境，跟诗人一样，看着这些茅草被一层一层地卷起来，吹得到处都是，却无能为力，然后深深地共情，跟诗人一同心痛。杜甫此刻会是什么心情？焦灼、着急，思考自己该怎么办。愤怒又无奈地感叹：这过的是什么日子呀？我也太惨了！如何让笔下的文字充满动感和画面感，是我们需要费心琢磨的写作技能。

图书在版编目（CIP）数据

诗词伴着语文飞．第三册 / 申怡著．— 北京：东方出版社，2024.2

ISBN 978-7-5207-2327-5

Ⅰ．①诗… Ⅱ．①申… Ⅲ．①古典诗歌－鉴赏－中国－青少年读物 Ⅳ．① I207.2

中国国家版本馆 CIP 数据核字 (2023) 第 034839 号

诗词伴着语文飞（第三册）

（SHICI BANZHE YUWEN FEI DI SAN CE）

作　　者： 申　怡
策　　划： 王莉莉
责任编辑： 刘　磊
产品经理： 刘　磊
特约编辑： 丁胜杰
出　　版： 东方出版社
发　　行： 人民东方出版传媒有限公司
地　　址： 北京市东城区朝阳门内大街 166 号
邮　　编： 100010
印　　刷： 北京文昌阁彩色印刷有限责任公司
版　　次： 2024 年 2 月第 1 版
印　　次： 2024 年 2 月第 1 次印刷
印　　数： 1—3000 册
开　　本： 710 毫米 ×960 毫米　1/16
印　　张： 20
字　　数： 200 千字
书　　号： ISBN 978-7-5207-2327-5
定　　价： 49.00 元
发行电话：（010）85924663　85924644　85924641